聚福妻

1

踏枝 著

文創 風 882

目錄

序文

踏枝

寫這本書的時候是二〇二〇年春節，疫情肆虐，經濟蕭條，加上被困家中月餘，我的心情多少受影響，便想寫一本能讓讀者，也能讓自己會心一笑、放鬆身心的小說。

起初並不是很順利，光是開頭就寫了三個版本，而且本文和以往寫的言情小說不同，言情僅占一部分，親情與家人相處的點滴則有不小的篇幅。

因此，起初我很擔心這個故事不被大家喜歡，畢竟現在的主流喜好還是以男女感情為主，其他人物關係為輔，孰料竟得到不少人喜愛，更有幸被出版社看中，得以出版。

本文的女主角姜桃是現代的重症病人，家境富裕，但因病痛之故而早逝。

第一次穿越，她成為身體稍好但同樣羸弱的侯門嫡女，父親不喜、繼母奸猾，處境很是艱難，本以為熬到出嫁就能改變現況，卻受朝堂糾葛牽連，不明不白地結束了短暫一生。

到了正文情節展開的第三世，姜桃變成身分低微、父母雙亡、處於生死邊緣的農家女，還被無情的親戚遺棄在破廟中等死。

但幸運的是，這一世的她身體底子好，只要熬過這場病，就可以擁有完全不同的人生。

於是，姜桃以強大意志力戰勝病痛，繼而認識身懷血海深仇的男主角沈時恩。成親後，她樂觀豁達的性格，影響了沈時恩跟弟弟們，一家子和樂融融，日子越過越好。

本文雖沒有氣勢恢弘的大場面，也沒有驚心動魄的波折起伏，但平淡溫馨的家長裡短自有動人之處，日常相處鬧出的各種啼笑皆非的小狀況令人捧腹，很適合在緊張的工作和學習之餘閱讀，放鬆心情。

希望讀到這個故事的你，也能像女主角姜桃一樣，不以物喜、不以己悲，不驕不躁，以樂觀積極的態度面對挫折困苦，終能否極泰來，笑口常開！

第一章

姜桃在黑暗中醒來，掙扎著起身喝下一碗冰冷的湯藥後，雙眼無神地盯著屋頂，悠悠地嘆了口氣。

她又夢到了上輩子的事情。

準確地說，她已經活過兩輩子了。

起初，她是個生活在現代的普通女孩，因為得了罕見的先天性免疫疾病和先天性心臟病，出生後便住進無菌加護病房。

幸好，她的家境還算富裕，光是父母以她名義創辦的基金會，就足以支付醫療費用。等她稍微大些，父母乾脆買下一座醫療設施非常完善的私人療養院，供她居住。

但父母對她的好僅限於此，或許知道她的病難以治癒，說不定哪天就去世了，與其跟她感情深厚，到時候痛徹心腑，還不如冷落她，日後不至於那麼痛苦。

是以，那時姜桃終日見得最多的便是私人醫生和看護，家裡的父母和兄弟，一個月能見上一回，已是很不容易。

她覺得自己還算樂觀，在療養院的日子雖然無聊，仍孜孜不倦學習著各種知識，幻想著當醫學更加發達的時候，能走出無菌病房，和普通人一樣生活。

但這到底是奢望，她還沒有成年，就走到生死邊緣，才發現自己是那麼不甘心——她這怎麼能叫活著呢？根本和行屍走肉沒什麼差別，老天待她太不公道了！

雖然心懷憤懣，但臨終前，姜桃還是選擇盡己所能回報社會，立下遺囑，希望名下的基金會繼續為罕見病患提供幫助。

不知道是不是因為算是做了些好事，那輩子結束之後，她的意識沒有消散，而是回到了古代。

這就是她的第一世。

第二世，姜桃依舊家境顯赫，乃侯門嫡女，金尊玉貴地長大，但親生母親去得早，不過兩年，父親又迎娶了年輕貌美的繼母。

她穿過來時，原身不過七、八歲，繼母已經過門三、五年，不曾苛待她，只是同她不親熱而已。

之後，繼母替侯府開枝散葉，一連生了兩個兒子、三個女兒，最後活下來的卻只有一子一女。見自己健健康康的孩子先後夭折，反而姜桃這病懨懨的繼女一天一天長大，繼室便越發瞧她不順眼了。

姜桃的父親不理家事，當家主母又明擺著不喜歡她，下人慣是拜高踩低，姜桃的日子很不好過。

原來的姜桃就是被下人怠慢，冬日掉進湖裡，生病去世了。

自那之後，繼母乾脆把姜桃關起來，再不讓她踏出自己的小院子半步。

於是，姜桃空占著侯府嫡長女的名頭，在家裡變成了透明人。

好不容易再活一次，穿越來的姜桃自然不可能任由繼母這麼欺壓。

可氣人的是，侯門裡的姜桃居然還是個病秧子！

先天孱弱不說，自從落水之後，她就得了很嚴重的肺病。隨著時間流逝，病非但沒有好轉，反而日漸嚴重。

別說和繼母對抗，便是多訓斥怠慢她的下人兩句，也會咳得翻天覆地，頭暈腦脹，一個不注意，便幾天下不得床。

姜桃不敢拿自己的性命開玩笑，只能一邊養病、一邊想辦法。

繼母不讓她出門，也不好沒理由關著她，一開始說是讓她養病，過兩年請了刺繡大家來教她刺繡，對外說她專心學藝，不便外出。

可繼母沒想到，姜桃在這方面真的很有天賦，加上常人無法相比的耐心和細心，學了四、五年，她的刺繡師傅蘇大家便私下給予她「青出於藍，而勝於藍」的評價。

接著，蘇大家託人幫忙，設法將姜桃的繡品呈進宮裡，打算送給宮裡的貴人，不拘什麼品級的妃嬪，只要能在御前偶爾誇姜桃一句，繼母就不敢再那麼欺負姜桃。

孰料，那繡品竟被送到太后面前，得了太后的青睞。

知道是姜桃繡的，太后跟前的太監還特地去侯府，傳下太后誇讚她的口諭。有了太后的親口稱讚，蘇大家打心眼為姜桃高興，想乘機替姜桃說門好親事，再不用受繼母的氣。

孰料，繼母手段當真了得，不等這件事傳開，就以迅雷不及掩耳之勢，幫姜桃訂了親。親事由姜桃的父親和繼母作主，即便她名聲再好，也沒有用了。

當時的姜桃不懂裡頭的彎彎繞繞，聽父親說對方是個很有才名、家世清白的舉子，也不作他想，只想著快些離開家裡，告別這沒滋沒味的日子。

但還沒開始相看，她的夫家卻換了人，變成她想都不敢想的皇親貴冑，那本是繼母替妹妹挑選好的人家。

她惴惴不安，還沒來得及打聽對方到底是誰，外頭卻發生一樁大事——外戚謀反，太子被圈禁東宮。她說的人家也被牽連其中。

消息傳來那天，侯府像早有準備似的，用一輛簡陋的馬車，把她送到郊外的尼姑庵。

原來，他們早已聽聞風聲，雖不敢輕舉妄動，卻把屬於她妹妹的婚事挪到她身上，讓她替妹妹擋災。

姜桃沒有太難過，此後便和侯府再無關係，算是替原來的姜桃償還侯府的養育之恩。

她的身子依舊不好，但刺繡手藝還在，加上庵堂裡的住持和善，幫她下山賣繡品，得知她想救濟附近孤兒時，也出了一分不小的力氣。

而後，天子的怒氣雖然沒落到她這名不見經傳的小姑娘頭上，但跟她訂親的人家卻實打實地得罪許多人，終於牽連了她。

半年後，一場詭異的大火無聲無息地席捲姜桃住的廂房。

姜桃死於這場大火裡。

死之前，她想著，一般人只活一輩子，卻是多采多姿；她活了兩世，絕大部分的日子病痛纏身，竟像是白活了一場。

若還有下輩子，窮苦一點也無妨，她真想要個健康的身體啊！俗話說，健康的身體是幸福生活的源泉，真乃古今第一金科玉律！

第二世結束後，姜桃的意識依然沒有消散，而是像個遊魂似的，寄居在庵堂內。

那場黑夜裡的大火燒得蹊蹺，只燒了她寄居的廂房，未曾波及其他房間。

姜桃以魂魄的姿態，日日聽經念佛，時常在山上自由走動。除了無人能看見她、和她說話，做不了她最喜歡的刺繡，覺得有些寂寞以外，好像沒有任何差別，甚至比從前過得還好，畢竟從前的她被病痛束縛著，哪像現在這般無拘無束，一身輕鬆。

本以為日子就這樣慢慢過下去了，可姜桃沒想到，居然還有機會見到故人。

那是個風和日麗的春日，一個梳著流雲高髻、衣著華麗的年輕婦人被一群下人眾星拱月地簇擁著，來到城外的庵堂。

眨眼之間，姜桃認出那年輕婦人是繼母生的妹妹——姜萱。時過境遷，當年那個比她還小的小姑娘，如今已經長成大人模樣，還嫁為人婦，過得這般光鮮。

姜萱屏退下人，在佛像前的蒲團跪下，正好跪在姜桃跟前。

出人意料地，姜萱並沒有對著佛像祈願，而像閒話家常似的開口道：「姊姊，轉眼間，妳已經走了三年。老人都說，若人死後對世間仍有眷戀，魂魄最多能在世間等上三年。不知道妳已再世投胎，還是依舊流連在人世？」口吻很是平淡，好像在說著和她不相干的事。

姜桃聽著，心裡不由有些暖意，她和這妹妹感情一般，本以為死後根本沒人記得她，沒想到姜萱居然還惦念著。

不容姜桃多想，姜萱忽然嗤嗤笑起來。「不管如何，姊姊已經死了。父親忘了姊姊，母親也過得舒心，如今府裡的嫡出姑娘只有我一個，我也成了狀元夫人。姊姊不在，真是太好了呢。」

姜萱笑得眉眼舒展開來，只算得上清秀的面龐都染上異樣神采。

「姊姊代替我去死，真真是太好呢。」

姜桃這才明白，姜萱會過來，根本不是惦念她，而是來耀武揚威的。

她活著的時候，從不曾想過和繼母、妹妹爭奪什麼，甚至因為身子羸弱，只有被欺負的分兒，還糊裡糊塗替妹妹頂下那門危險的婚事。

現在，她都死了，姜萱竟還想讓她不得安寧?!

姜桃氣憤地對著姜萱伸出手，但她不過是一縷幽魂，連姜萱的衣襬都碰不到。

最後，姜萱在佛像前上了三炷香，言笑晏晏。「有機會的話，希望姊姊早日再世為人，來找妹妹報仇。」

三炷香燃盡，滿懷憤恨的姜桃眼前一黑，再睜眼，就成了農家女姜桃……

回想到這裡，姜桃又是長長一嘆，恨不能把胸口的悶氣全送出去。

實在不是她活到第三輩子還不知滿足，而是這個同名同姓的姑娘，運道著實差了些。

她本來是槐樹村姜秀才家的女兒，但是天降橫禍，父母在意外中去世了。

這還不算，大家還說，姜秀才夫妻是被姜桃剋死的。

這話並非空穴來風，在她出生不久後，一個遊方道士給她的批言，說姜桃的命格太過奇特，有天煞早夭之相，但又隱隱有大富大貴之命。

一個人居然能有兩種命格，實屬奇特，但不論是哪種，都不是尋常人家承受得住的，恐會為家人帶來災禍。

道士勸姜家人，把她送到尼姑庵寄養，等過完十六歲生日，再接回家中。

姜秀才夫妻如何捨得，加上姜秀才是個讀書人，雖對鬼神保持著敬畏之心，卻不是盲目信從，便謝絕道士的提議，仍舊把姜桃養在家裡。

之後的十五年，姜家一直太太平平的。

是以，村裡知道道士批言的人不少，仍沒多少人在意。

直到不久前，姜桃十六歲生辰前夕，姜秀才夫妻終於為她尋到一門不錯的親事，兩人卻在相看回程的路上遭遇意外，雙雙殞命。

這事和十幾年前的道士批言對上了，姜桃孤煞剋親的風聲才傳開來。

姜家人急了，生怕姜桃再剋家裡人，等姜秀才夫妻的喪事一辦完，便想著替她訂親。雖然姜桃要守孝三年才能出嫁，但先訂了親，就算是別家的人，要剋也是剋別家。

姜家人的算盤打得響亮，可其他人也不傻，再無人敢來觸霉頭。

姜桃驟然失去父母，身邊流言蜚語不斷，偶然偷聽到姜家人想把她胡亂許人，當即病倒，發起了高燒。

這一燒，就斷斷續續燒了快半個月，原來的農家女姜桃歿了，靈魂換成現在的姜桃。

姜桃醒來之後才發現，這具身子虛弱得離死亡只有一線之隔，別說起身下床，連說話都十分費勁，真是欲哭無淚，她怎麼就和病痛脫不了關係呢！

不過，面對這種窘況，她可是駕輕就熟——畢竟是活了兩輩子的病秧子，什麼大風大浪沒見過？

一死再死的她，硬是忍著身體的各種不適，喝下兩個伯母送來的、苦到讓人冒淚的湯藥，又逼著自己把那些粗糲的豆飯、冷硬饅頭，一頓不落地吃進肚子裡，奇蹟般地活了下來。

可姜桃覺得，原身的家人或許不想見到這種局面。

眼下她半夜醒來，屋裡不說有個照看的人，連個帶餘溫的炭盆都沒有，剛喝下去的湯藥冷得差點結出冰碴子，身上不算厚重的被子更是冷硬似鐵。

想來，他們和上輩子侯府的家人無甚區別，都是盼著她死的吧？

可他們要她死，她就得死嗎？

姜桃唇邊漾起諷刺的笑容，沒那麼容易！

以前姜桃活得淒慘，最主要的原因還是身體太差，藥石罔效。不然遠的不說，上輩子她身為侯門嫡女，身分上不算吃虧，和繼母鬥上一鬥，總有別的出路。

因為身子差，連收服能用的下人都辦不到。大家都知道，她一年到頭病著的時候多，好的時候少，誰敢在這樣的主子面前賣忠心、和主母作對？嫌命長不是?!

更別說因為身上長年帶著濃重的藥味，她那自詡高雅的爹也不喜歡她，求見個五回，能見上一回就不錯了。

可生在農家的姜桃不同，雖然現在生病，但這是急症，並非天生羸弱。加上原身父母對她疼愛有加，也有本事替她弄好吃的，身體底子十分不錯，是被突如其來的變故嚇壞了，一時沒有熬過來。

如今，姜桃求生慾出奇旺盛，很有信心，只要熬過這一遭，她就能得到一直想要的健康身體。

姜家那些人空想著吧，她定不會讓他們如願！

藥效慢慢發作，姜桃感覺身上熱起來，立刻掖好四個被角，將自己完全包在被窩裡，眼神熾熱。

這次說什麼都得好好活著，她要活得比誰都長久，最好能有機會回京城，她倒要看看，姜萱和那惡毒繼母能有什麼下場！

相較於姜桃房裡的冷清，姜家的堂屋簡直可以用熱鬧兩字來形容了。

姜老太爺、姜老太太孫氏，還有大房、二房兩家的大人，齊齊整整地坐在一起說話。

二房媳婦周氏正捏著棉帕子，嗚嗚哭道：「阿桃已經病倒了半個月，看病、抓藥全是錢，再這麼下去，咱們連過年的錢都沒有了。來年，幾個哥兒還要交束脩，柳姊兒也要開始相看人家……」

她話音剛落，大房媳婦趙氏便幫腔道：「老二家的說得沒錯。而且撇下銀錢不說，過了臘八就是年，年頭家裡放著重病之人，可不吉利。過完年，柏哥兒要考童生，觸了霉頭就不好了！」

妯娌兩個越說越恨，往年因為三房的小叔會讀書、有出息，兩個老的偏心三房，有什麼好東西都先緊著三房，連三房不聽道士的話，不肯送走姜桃，姜老太爺都默許了。

看吧，現在那丫頭剋死了自己的父母，她們可不想再步他們的後塵！

趙氏和周氏說完，用眼刀子去戳自家男人。

姜家祖上務農，這麼些年只出了姜桃他爹這麼一個讀書人。姜家老大姜正和老二姜直都是很樸實、不擅言詞的農人，但被自家婆娘逼著，又想到家裡各有正讀書的小子，還是硬著頭皮附和起來。

不過，他們也說不出什麼花樣來，不過按自家婆娘教的，死咬著道士的批言，又說家裡其他人都是小事，但爹娘年紀大了，可禁不起姜桃的煞氣。

眾人議論紛紛，直逼著姜老太爺和孫氏下決斷。

孫氏在兒子跟媳婦面前很強硬，但大事還得聽姜老太爺的，所以沒有開口，不過沒有出言喝止他們，默許的意思便很明顯了。

姜老太爺極疼愛意外去世的小兒子，而且他是家裡唯一的讀書人，期望極大，等著他繼續科考，考個舉人光宗耀祖，如今卻是不能了。

往常，姜老太爺也很疼姜桃，但他想到小兒子很可能是被姜桃特殊的命格剋死，心腸又硬了起來。三房孫女的一條命，和家裡其他人的未來，孰輕孰重，姜老太爺心裡已經分出了輕重。

最終，他重重地拍了桌子，一錘定音道：「眼下阿桃雖病著，但仍有一口氣在，我們不能故意害死她。但你們說得不錯，家裡確實禁不起這麼耗著。明天一大早，你們拆下院子的門板，把阿桃抬到三霄娘娘廟，讓三霄娘娘決定她的命吧。」

這是附近四里八鄉由來已久的傳統，如果家中有重症不治的病人，就送到三霄山上的三霄娘娘廟裡。若是命不該絕，待個十天半個月，自然好得差不多；若是這麼去了，也是命該如此。

這種傳統，其實大家心知肚明，不過是個名正言順遺棄病人的藉口罷了。

這話一出，姜老太爺到底還是不忍心，又道：「阿桃到底是咱家的血脈，替她多帶兩床厚被子，備足乾糧，如果三霄娘娘顯靈，她也能活下來。我醜話說在前頭，要是阿桃能活，過完年咱們就接她回家，你們再不許為難她。」

趙氏和周氏異口同聲地答應。「那是自然，爹放心！」

姜老太爺這才疲憊地揮揮手，讓大房和二房的人各自回屋。

一出去，趙氏和周氏就迫不及待地笑開來。

外頭冷得滴水成冰，三霄娘娘廟裡因為死過太多病人，村民都嫌不吉利，人跡罕至，破敗不堪，姜桃要是熬過去，那才有鬼呢！

等姜桃一死，三房便只剩姜楊和姜霖了。

別看他們都是男孩兒，卻不足為懼。姜楊今年十二歲，雖是三房的孩子，但自小身子骨弱，姜老太爺和孫氏心疼他，在他出生沒多久，就抱到身邊親自撫養。後來不知怎的，這孩子居然和親生父母、手足都離了心。

不說遠的，光說父母歿了，這沒良心的小子可是一滴眼淚都沒落。後來姜桃生了重病，姜楊在鎮上讀書，也沒回來瞧過，可見其心涼薄。

而且，他的身子骨是真的差，一年到頭沒少生病，說不定哪天就夭折了。

姜霖更別說了，過完年才五歲，根本不懂事，還不是大人說什麼就是什麼。

所以，只要姜桃一死，三房留下來的東西，可不是全歸她們？

要不是怕姜老太爺聽見不高興，趙氏和周氏真是恨不得在院子裡笑出聲了。

第二章

翌日清晨，晨光熹微，凜冬寒風嗚嗚咽咽地颳著，天氣凍得屋簷下全是冰稜。

這樣的天氣，大家不愛出門，尤其是村子裡，莊戶們不用照料田地，也沒別的進項，要麼窩在土屋裡取暖，要麼進城打工，鮮少出現在田間地頭。

今日卻奇怪得很，居然有一群人出現在村子後的荒山腳下，而人群的中間，一個嬌弱纖細的人影尤為惹人注目。

女孩閉著眼睛躺在門板上，看起來不過十五、六歲，纖瘦白皙、五官靈秀，即便滿臉病色，也沒能掩蓋她的美貌，反倒襯出一股弱質纖纖、我見猶憐的氣質。

這群人是姜家人，門板上的女孩正是姜桃。

姜桃沒想到，再次睜眼，居然會是這樣的情況。

前一晚她還大發宏願，想著等自己好了，要狠狠打姜家人的臉，孰料不過睡了一覺，情況再次急轉直下。

趙氏和周氏心眼不正，但到底沒做過傷天害理的事。昨夜兩人樂了一宿，今兒個真要行事了，又不約而同地心底發虛。

但心虛歸心虛，她們也沒有良心發現，而是一左一右地跟在門板邊，左一個「家裡也是沒辦法了」，右一個「三霄娘娘保佑闔家」，然後把姜家人的安排盡數告訴姜桃，塞了兩個大油紙包給她。她們確信姜桃活不下來，相較於三房剩的東西，兩包吃食實在不算什麼，這才不心疼的。

姜桃心安理得地把兩個油紙包攏進被子裡，安慰自己，情況比她想的還好些，起碼只是讓她去廟裡自生自滅。天知道她剛醒過來的時候快嚇死了，看這陣仗，還以為姜家人要活埋了她呢！

清楚了眼下的情況，姜桃開始思考對策。

跟家裡爭顯然是不可能的，她病沒好，姜家人心腸也硬。而且這時代最重一個孝字，她沒了父母，只能聽從族中長輩的安排，就算鬧開，旁人最多說幾句閒話，並不會幫她。

那就得想想，怎麼在廟裡過活了。

兩個伯母各給了她一大包吃食，摸著像是饅頭跟餅子，兩個伯父腰間則各掛著一個鼓鼓的水囊，應該也是要給她的。

今天這覺，她睡得格外香，一來是夜裡吃藥的關係，二來是姜家人給她多蓋了一床鬆軟的新棉被，很是保暖。現在被抬到外頭，她縮在被子裡，竟也不覺得冷，反而比之前陰冷的屋裡暖和不少。

有食物、有水，還挺暖和，姜桃想著，眼神又落到掛在兩個大伯腰側的柴刀上。

農家的鐵器是寶貝東西，不用的時候，絕對不會隨意拿出，想來應該是要幫她在山上砍些柴火吧？

這麼一想，她好像不缺什麼，只要山上沒有猛獸——應該是沒有，不然村子裡也不會有這種傳統。雖然寄託神明之說只是遮羞布，但真要把病人放在野獸出沒的地方，整個村子真是半點臉面也沒了。

橫豎都是養病，哪裡不是養？如今更要緊的還是心境，老病秧子姜桃還是很清楚積極樂觀的重要性。

她將被子高高拉過眉心，很快便調整好了心情。

本以為就這麼簡單地上山了，一行人剛到山腳下，身後突然爆出一道尖銳的叫聲——

「不許扔掉我姊姊！」

一個約莫五歲大、白白胖胖的孩子踉踉蹌蹌趕來，手裡還抄著比他高好幾個頭的扁擔。仗著靈活的身形，小男孩很快衝到姜桃跟前。

姜家人見了他，並不驚訝。

這孩子正是姜桃的幼弟姜霖，現在不滿五歲，個子還不到成人的腰。

姜老太爺一伸手，輕而易舉地拎住他的後領。

姜霖像條胖泥鰍似的瘋狂扭動，不僅沒扭開姜老太爺的手，一時不察，手裡的扁擔還被趙氏搶走。

姜霖癟了癟嘴，帶著哭腔，急急地喊：「還我的扁擔……不是，還我的姊姊！」

「霖哥兒別鬧了，奶奶帶你回家吃糖好不好？」孫氏哄著他。

姜霖最是貪吃，往常聽到糖，就什麼也顧不上了。

這回卻不同，他絲毫不為所動，像沒聽見似的，一個勁兒伸手，要往姜桃身邊撲。

姜老太爺年紀雖大，仍是有力氣的莊稼漢，姜霖憋得小臉都紅了，還是沒辦法掙開他。且小孩子皮膚嫩，前脖子立時被勒紅了一圈。

姜桃看著，一陣心疼，只得坐起身道：「爺爺放開阿霖吧，我好好和他說。」

姜老太爺對姜桃心懷愧疚，加上今天姜桃也算配合，他們都準備把她送上山，還是不哭不鬧，又讓他心軟幾分，便把手放開了。

姜霖急急跑到姜桃身邊。

姜桃見他眼眶發紅、小臉發皺，以為他要哭了，乾脆把他拉到懷裡，扯起衣袖，幫他擦眼角。

孰料，姜霖扭開頭，帶著鼻音，甕聲甕氣又無比堅定地說：「我才不哭！姊姊不怕，我保護妳！」

姜桃聽了，心軟得都快化開了。

她接收原身的記憶，對這個平時十分依戀姊姊的胖弟弟很有好感，可是穿過來後，只見過他一次。

那時是半夜，她突然醒了，發現被窩裡居然暖暖和和，渾然不似平時那般冰冷。起身查看，被子竟鼓起好大一塊。

她將被子掀開一條縫，瞧見窩在裡面、睡得正香的姜霖。

姜桃喊醒他，問他怎麼悶在被子裡睡，又怎麼跑到她這裡來了？

姜霖揉著眼睛，睏得眼皮都睜不開，道：「我怕姊姊冷，來幫姊姊暖被窩，不知怎的就睡著了。」

姜桃聽了，又無奈、又好笑。

姜霖說完，人也清醒了，摸著暖乎乎的被窩說：「今天已經暖好了。我是大男孩，不能和姊姊同睡，我先回去，明天再來。」

姜桃還來不及出聲，姜霖就邁著小短腿下床，趿拉著鞋跑走了。

不過，之後姜霖沒有再來了。

姜桃不怪他說話不算數，四、五歲的孩子嘛，忘性本來就大，很有可能睡一覺起來，就不記得了。

只是姜桃沒想到，姜霖聽說她要被送走，居然一個人抄著扁擔追了這麼遠。三霄山距離姜家可有一段路程，大人都要走上一刻多鐘。

姜桃心頭又是溫暖、又是酸澀，忍不住嘆了口氣。

姜霖窩在她懷裡，雙手緊緊揪著她的衣襟，生怕她一眨眼就不見了似的。聽到她嘆息，以為她還在生他的氣，連忙開口解釋。

「姊姊，我沒有撒謊，之前我想再去看妳，可是讓奶奶發現了。奶奶不准我去，還說妳在養病，我去了會打擾妳，只要我乖乖的，姊姊就會很快好起來……」說到這裡，姜霖哽咽一下，隨即強忍住，接著說：「我不是故意要騙妳的。」

姜桃連忙應道：「姊姊知道，沒有怪阿霖呢。」

姊弟倆這麼說著話，聽得姜家人心裡怪不忍的。

趙氏見狀，唯恐遲則生變，立刻道：「霖哥兒擔心姊姊，可是進廟也講究時辰，咱們在這裡乾站著不是辦法，不如讓他們姊弟邊走邊說。」

姜霖聽了，立刻齜牙炸毛，又要從門板上跳下來。

姜桃攔住他，點點頭。「那大伯、二伯接著走吧。」

姜正和姜直都有一把力氣，多抬一個小胖子也不吃力，一行人便往山上去了。

路上，姜桃一邊幫姜霖拍背順氣、一邊輕聲細語地哄起他來。

「阿霖不急啊，聽姊姊說，姊姊不是要被丟掉喔，是姊姊的病一直不好，爺爺他們要把姊姊送到廟裡，讓廟裡的神仙替姊姊治病。」

孩子的心情最容易受大人影響，見姜桃到現在還這麼鎮定，姜霖平靜下來，將信將疑地問：「真的？」

姜桃笑了笑，唇邊現出一對梨渦，顯得越發溫柔。「是呀。阿霖一定是聽錯了，爺爺奶奶、大伯二伯是我們最親的人，怎麼會因為姊姊生病，就要把姊姊扔掉呢？」

姜霖聽了，扭頭去看姜老太爺和孫氏。

兩個老人不忍心地扭過頭，但也沒有出言反駁。

趙氏乾笑著附和。「就是就是，你姊姊是去請仙人治病，等治好就接回來了。」

姜霖慢慢地點點頭，隨即反應過來，問他們。「那仙人不來怎麼辦？萬一仙人也治不好姊姊的病，怎麼辦？」

姜家其他人自然回答不出，姜桃便點了點他的鼻子，說：「仙人不來，姊姊就回家呀，繼續在家裡養病。你還這樣小，怎麼跟個小老頭似的擔心這樣多？小腦瓜裡整天瞎想。」

小姜霖呶呶嘴。「才不是我瞎想，是姜傑和我說的，說姊姊治不好了，大人們商量著要把妳扔掉。」

姜傑是二房周氏的孩子，和姜霖差不多大。但和乖巧懂事的姜霖不同，姜傑是家裡最調皮搗蛋的孩子，上山爬樹，招貓逗狗，還愛聽大人壁腳，學大人說話。

這話一出，周氏臉上的神色越發尷尬，乾巴巴地罵道：「這臭小子就知道瞎說，看我回去怎麼收拾他！」

姜傑經常騙人，姜霖還真有些弄不懂，到底是誰說得不對了。

姜桃安撫好姜霖，才發現他腳上的棉鞋居然是趿拉著的，半個腳跟露在鞋子外頭，此時饅頭似的小腳已經凍得通紅，還沾滿泥灰和小石子，腳底還被小石子硌出一些淺淺的血痕。也不知這孩子急成什麼樣了，居然這樣一路跑來。

姜桃手邊沒有帕子，便拿裡面那條蓋了好幾天的被子幫他擦腳。

姜霖躺在她懷裡，乖乖地任她擺弄，看到自己的腳在被子上留下灰色印記，才紅著臉，不好意思起來，要把胖腳丫往棉鞋裡藏。

但姜桃捏著胖腳丫不鬆手，姜霖顧忌到她還生著病，也不敢用力。就這樣，姜桃把兩隻腳都擦乾淨，放進被子裡暖著。

姜霖許久沒見姜桃，只覺得姜桃比從前溫柔好多好多，享受地輕輕依偎在她懷裡了。

不久，一行人到了三霄娘娘廟。

這是不算富裕的鄉間唯一的廟宇，青磚寬頂，莊嚴大器，即使現在看著冷清破敗，也不比鄉間的瓦房差。

廟裡不知死過多少病人，姜老太爺和孫氏肯定不能進去；趙氏和周氏膽怯，也留在門口。

姜霖倒是不怕，非要跟著姜桃一道進去。

姜老太爺不想在這樣的地方訓孩子，就讓姜正和姜直多看顧他。

姜正和姜直應了聲，抬著門板拾級而上，進了正殿。

正殿內立著三具面容慈悲的神像，下設一條香案並幾個蒲團，旁邊則是一團團乾草，看著已有些年頭，比姜桃設想的髒亂環境好上不少。

但不知怎的，外面明明出了日頭，正殿裡卻陰暗得很，而且不知是不是廟宇的牆壁太過厚實，一進殿內，便聽不著外頭的動靜，安靜得有些詭異。窗戶外種了枝繁葉茂的大樹，樹影映進殿內，顯得影影綽綽，不知到了夜間會是何等可怖的景象。

姜正和姜直是兩個孔武有力的大男人，冷不防進來，心裡也忍不住一陣發毛。

姜霖更不用說了，嚇得將小臉窩在姜桃脖頸間。

相較之下，姜桃算是最冷靜的那個。

廟宇嘛，若不是供奉邪神，給人的感覺都是差不多的。上輩子她待的尼姑庵，雖然在京郊，卻比這裡破敗嚇人。那樣的尼姑庵，她住過一陣子，又在裡面當了三年魂魄，現在再到這樣的地方，不僅絲毫不害怕，反而還覺得挺親切。

姜正和姜直到底是當伯父的人，放下門板後，一個去外頭砍柴，一個留在裡面幫姜桃收拾乾草，把舊的乾草攏到角落。

沒多久，姜正來回五、六趟，將砍來的柴火堆成五堆半人高的柴垛。姜直清完乾草，解下腰間的布巾，把正殿裡能擦的都擦了一遍，總算還有那麼一點良心。

姜桃一直在安撫姜霖的心情，同時也把他們的行為盡收眼底。

看姜正和姜直幹活的認真模樣，姜桃突然有了別的想頭，一邊假裝咳嗽、一邊道：「大伯、二伯快別忙了，柴火已經夠用，也夠乾淨了。阿桃心裡記著兩位伯父的好，他日……」她止住話頭。「有機會一定回報你們。」

姜正和姜直聽了，心裡的愧疚更深了。

尤其姜直，他的年紀同姜桃的父親差不多，小時候兄弟也很和睦，只是後來弟弟太有出息，把他比得什麼都不是，才漸漸疏遠。

所以，姜直滿臉糾結地看向姜正。「哥，不然咱們回去吧？」

按照計劃，他們送完姜桃，肯定是要回去，既然姜直發問，說的自然不只是他們，而是不忍心了，想把姜桃帶回家。

姜正比他心狠，略微遲疑，道：「看看阿桃還需要什麼，等等幫她備好了，咱們就回去。」意思很明顯，他不答應。

姜桃從來沒有奢望他們會改變心意，要的不過是姜正這句話罷了，便試探著問：「我可以要一把柴刀嗎？我一個人在這裡，有些害怕。」

姜桃不是專業演員，但還是儘量縮著肩膀，裝出害怕的模樣。不過她現在病得弱不勝衣，根本不用演，光是看著，就夠讓人疼惜了。

是以，姜直想也沒想就道：「這有什麼。」說著便放下自己的柴刀，姜正也沒有攔他。

姜桃立刻收下，又問他們要不要把門板帶回去。

姜直說不用，給她留著當床榻用，睡著也舒服些。

姜桃點點頭，盤算自己有的東西——食物、水、柴，防身柴刀、簡易床榻，好像還真不缺什麼了。這山頭也低矮，離村子並不算太遠，想來不可能有凶猛野獸，就算有，這廟門可厚重得很，只要睡前把門閂上，老虎都撞不開。

這種情況，她要是還不能把病養好，真對不起她這旺盛的求生慾了！

片刻後，趙氏和周氏的聲音在殿外響起來。

她們不敢進去，只在門外催促姜正和姜直趕緊出來，再蘑菇就快到中午了。

姜正應了聲，生怕姜直又心軟，趕緊要他先出去。

姜直不敢再看姜桃，低頭走了。

姜正走到姜桃身邊，俯下身子去抱姜霖，可他死死摟著姜桃的脖子，不肯撒手。

「阿霖，我們不是說好了嗎？姊姊在這裡等仙人治病，病好了就回家找你。」

姜霖甕聲甕氣地說：「我只是沒攔著你們把姊姊送過來，又沒說要跟姊姊分開。我哪裡也不去，就在這裡陪著姊姊！」

「不行！」姜正和姜桃異口同聲道。

姜桃怕姜家人等得不耐煩，強行拖走姜霖，萬一傷著他就不好了，便放柔聲音哄他。

「姊姊來治病，勉強只能照顧自己。你待在這裡，姊姊豈不還得分出心力照顧你？」

姜霖囁嚅一下，想說他會很乖很乖的，才不用姊姊照顧他。

不等他開口，姜桃就猜到他的意思，接著道：「姊姊知道你會很乖，但是姊姊肯定不能讓你吃苦，會忍不住擔心，我們小阿霖有沒有餓著，有沒有冷著，有沒有想家……」

姜霖被父母教養得很好，不會歪纏著大人耍賴撒潑，聽了姜桃這番話，立刻乖巧點頭。「我明白姊姊的意思了，我留在這裡，不能讓妳安心養病。我先跟爺爺奶奶他們回去，妳……妳在這裡好好的啊，我等妳回家。」

別看他小大人似的口齒伶俐，到底還是孩子心性，說到後面，又哽咽起來，淚眼矇矓，忍了一路的眼淚再也忍不住了。

姜桃見他這樣，也不由一陣鼻酸。「別哭別哭，等著姊姊去接你。咱們可有好幾天見不著了，對姊姊笑一下好不好？」

姜霖努力地扯起笑臉，兩顆豆大的淚珠就從眼眶裡掉出來。

這邊苦笑、邊流淚的小模樣又古怪、又可愛，姜桃忍不住親了親他的胖臉蛋，才把他交到姜正懷裡。

姜正一直在旁聽著他們說話，此時不禁多看了姜桃兩眼。

姜桃乖巧嫻靜，被三房教得很不錯，但一直被嬌養著，大門不出、二門不邁，天真爛漫，還是半大孩子。

但沒想到，生了一場大病，這孩子像換了個人似的，越發懂事乖巧。

姜正嘆口氣，他不是真容不下失去父母的姪女，是怕了她的命數。

踏出殿門的那刻，姜正腳下一頓，轉頭道：「阿桃，妳好好待在這裡。妳爺爺說了，等過完年，就把妳接回來。」前提是，姜桃能活下來。

姜桃點頭應下，心裡卻不以為意，她活她自己的，又不是為了姜家人而活。真要回去，也是為了帶走弟弟，其他人如何想，與她無關。

姜正抱著姜霖出了殿門，姜家一行人從三霄山上往回走。

姜老太爺等人的心情都不是很好，一路無言。

趙氏和周氏則各自問自家男人廟裡的狀況，待姜正和姜直說了，兩人的嘴角皆止不住地上揚。

不過，周氏得知姜直竟把柴刀留給姜桃，氣得直掐他的胳膊。

柴刀多貴啊，給姜桃豈不等於給她陪葬？即便之後拿回來，那麼不吉利，也不能用了。

動靜鬧大了，姜老太爺深深看周氏一眼，她才不敢繼續撒潑。

周氏氣悶，但轉念一想，那破廟看著就陰森森地嚇人，男人進去都心裡發寒，姜桃那小妮子得嚇成什麼樣？更別說現在是白天，晚上不知是什麼光景呢。

姜桃的病本就起於心病，那種境況更是不能好了，回頭她大可從三房留下的東西裡找補，一把柴刀著實不算什麼，心情頓時又好了起來。

第三章

姜家人走後，姜桃闔上廟門，鋪好床，美滋滋地開始補眠了。

這一覺，姜桃睡到黃昏。

她睡得極好，被窩裡暖和極了，周圍也十分安靜，哪像姜家似的，一大家子擠在幾間屋子裡，從天亮開始便能斷斷續續聽到走動和說話的聲音，吵得人睡覺都不安穩。

黃昏時，日頭西斜，石窗內透進一片暖融融的光，照得她舒服極了。

姜桃打開水囊，含了口水，等水變得溫熱，再慢慢嚥下去。喝完水，她沒繼續賴床，把被子疊好，準備生火。

火石放在柴火堆旁邊，但前兩世的姜桃都是名副其實的貴女，不會用這個。不過，出身農家的姜桃原身卻是會的。

姜桃努力回憶，像觀看教學影片似的，開始生火。

一開始自然不成，但她耐心極好，一遍不行，就試兩遍、三遍，很快便學會了。

等火生好，她找了根比較細的木柴，用柴刀慢慢削出一根細長棍子，再削尖棍子頭，插上已經冷硬的油餅，放到火上開始加熱。

烤餅的工夫，姜桃還想準備幫自己削一雙筷子，不過柴刀用著還不順手，做筷子更費工，一根筷子沒削完，油餅就烤熱了。

趙氏和周氏做飯手藝一般，用料更是小器，但這回給姜桃的兩大包吃食不同，用足了油和白麵，一塊油餅有成人的兩個巴掌大，比前幾天姜桃吃的豆飯不知道好上多少倍。

姜桃呼著氣，直接舉著棍子吃餅，兩口下去，便吃出一身熱汗。

這可是她穿到農家來，吃得最好的一頓了！

說來也好笑，她的前兩輩子多金貴啊，什麼好吃的吃不到？但因為身子差，山珍海味到嘴裡皆味如嚼蠟，竟不如眼前這麼一塊烤油餅好吃。

姜桃小口小口地越吃越香，很快地吃了個肚兒圓。

吃完之後，姜桃攏好火堆，把其餘吃食放到窗邊比較陰冷的地方，然後拿起姜直留下的布巾，又把能擦的地方收拾一遍。

忙了一通，外頭天色已經暗下，姜桃身上的熱汗也沒斷過。

她到底還病著，加上忙了好一陣子，便犯睏了，鑽進被子裡歇下。

又是一夜好夢。

日子很快地一天天過去，姜桃好吃好喝好睡，身體好得飛快，下巴還圓潤了一圈。

幸運之神似乎開始眷顧她，在姜桃把乾糧吃完之前，身體痊癒大半，不只能在廟裡活動，還能去附近走走。

山上人跡罕至，不要錢的野果、野菜更是多不勝數。她收集許多，竟將殿內的一個角落填滿了。

日子毫無波瀾，要說有什麼插曲，某個半夜，她又慣常醒了，然後聽到廟門外有窸窸窣窣的聲音，像有什麼東西在撓門似的。

透過門縫一瞧，姜桃看到一個小小的、毛茸茸的雪團兒。那皮毛白得不帶一絲雜質，在月光下，好似要和雪地融為一體。

竟然是一隻幾個月大的小貓咪！

小貓咪長相特殊，腦殼又大又圓，爪子又大又厚，跟後世的寵物貓很不一樣。但古代的貓和後世的貓長得不同，也是很正常的。

姜桃一眼就被牠吸引，用半塊油餅收服了牠，喊牠雪團兒。

有吃有喝，不用擔心別人加害她，甚至還有貓捋，姜桃覺得這日子真是太舒坦了。唯一不足的，大概就是身邊沒有個說話的人，冷清了些。

從前她就沒有朋友，但身子不好，也沒什麼精神和人來往，後來學會刺繡，有了寄託，倒也不覺得寂寞。眼下精神好了，還是希望有個人陪著她說說話。

姜桃沒想到，她竟能想什麼來什麼。

這天一大早，姜桃在外頭轉悠，居然看到一隻尾羽斑斕的野雞，正點著頭、慢悠悠地踱著步。

一陣大風颳過，野雞瞇了瞇眼，轉頭瞧見她，還不知道躲。

姜桃裝作沒看見牠似的，慢慢踱著步，一點點靠近，待到野雞跟前，飛撲而至，眨眼間把傻乎乎的野雞撲了個滿懷。

野雞劇烈掙扎半刻鐘後，在她懷裡暈過去。

姜桃這才氣喘吁吁地坐起身，慶幸這野雞力氣不大，若是換隻大些的，她小胳膊小腿的，還真不一定能降伏牠。

雪團兒看著，像通人性似的，高興得直在她腳邊打轉。

「等會兒肯定分給你吃！」姜桃興高采烈地抱著野雞回去，然後驚訝地發現，廟裡多了一個男人！

男人看著大約二十出頭的模樣，雖然衣服破舊，但濃眉深目、鼻挺唇薄，整張面容的線條如刀鑿斧刻一般，十分英俊。

待到姜桃走近，男人掀開眼皮瞥她一眼。那雙眼睛生得極好，目光如星，英氣逼人，如神祇一般，叫人不敢褻瀆。

姜桃被他看愣了，不敢往前踏一步。

男人名叫沈時恩，覺得自己應該是快死了，居然出現了幻覺。

根本不可能有活人的地方，竟然出現了一個荊釵布裙的美貌少女，身後還跟著一隻……

小老虎?!

兩人對視半晌，一時間都沒有開口說話。

後來，雪團兒急著想吃野雞，嗚哇嗚哇叫起來。

姜桃這才回過神，蹲下身子，摸摸雪團兒的頭頂安撫牠。

等她再抬眼時，沈時恩又把眼睛合上了。

姜桃索性大著膽子，將他從頭到尾打量一遍。

沈時恩靠在角落的牆壁半躺著，身著玄色短褐，短褐不算寬大，勾勒出流暢優美的肌肉線條。

姜桃低頭看看自己的小胳膊小腿，加在一起，大概也沒人家的胳膊粗。但他的面色慘白，短褐上五、六處破洞的地方，已經簡單包紮起來，微微透著血跡。

傷得這樣重，應該對她構不成威脅吧？

這麼想著，姜桃還是把柴刀摸到手裡。

和陌生的成年男子共處一室不是長久之計，現下她病好了大半，就是不確定有無力氣下山。只要能下山，她找家繡坊接活計養活自己，總是沒問題的。

她挺捨不得這座廟，住得舒服，還囤了不少東西。但她能不能走下山都難說，這些東西肯定帶不了。

正這麼想著，姜桃身後發出咚的一聲。

她轉頭一瞧，發現沈時恩暈倒了。

姜桃心下一驚，不由上前問：「你沒事吧？」

沈時恩閉著眼，毫無反應。

姜桃蹲下身推推他，見他還是不動，只得顫抖著伸手，去探他的鼻息。

幸好，還有呼吸。

當她的手指擦過他的臉頰時，發現他在發高燒。

姜桃嘆口氣，身後又傳來一聲更輕微的咚。

她再轉頭一瞧，很好，她的小貓咪也暈過去了。

這都是些什麼事兒？她一時間還真是走不了了。

沈時恩再睜眼時，發現自己從廟宇的角落被挪到中間的蒲團上，身邊還燃著火堆。火堆上架著老舊的陶鍋，正咕嘟咕嘟煮著熱水，將他身上的寒意驅散大半。

他身上的傷口也沒那麼疼了，低頭一看，隨便撕了衣襬包紮的地方換上新布條，雖然那布條撕得更潦草，卻包紮得很好，依稀透出一股草藥的味道。

「別急別急，馬上就殺了弄給你吃。」

他暈過去之前見過的少女正背對著他，一手抓著野雞的脖子、一手握住柴刀，在野雞的脖間比劃。

只是，她比劃來比劃去，卻遲遲沒有落刀。

這知道的說她在準備殺雞，不知道的還以為她要替野雞修毛。

她身邊的小老虎焦急得直打轉，委屈得垂下眼，嗚咽不已，似乎很不滿意她的動作。

「好了好了，殺了！」少女猛地偏頭，手上的柴刀終於落下。

野雞驚叫的同時，轉過頭的姜桃也瞧見沈時恩。兩人目光相碰，姜桃沒想到他這麼快就醒了，兩重驚嚇之下，抓著野雞的手不覺鬆開。

野雞立時拍著翅膀，帶著一脖子血，在殿內亂撲騰起來。

於是，姜桃顧不上看沈時恩了，手忙腳亂去抓牠。

這次野雞可不像白天那麼溫馴，飛到半空，就要啄姜桃的臉——

沈時恩實在看不下去，拈起手邊的一枚石子打過去。

石子精準無比地打進野雞脖子上的傷口，姜桃離得近，甚至能聽到雞脖子斷裂的脆響。

姜桃如釋重負地呼出一口長氣，轉頭對著沈時恩笑道：「謝過公子，您真是個好人。」

好人？這大概是沈時恩活了二十二年來，第一次聽到有人這麼說他。

他輕輕揚眉，忍不住反問姜桃。「幫妳殺一隻雞，就是好人了？」

姜桃趕緊替雞放血，一邊笑道：「公子武藝超群，剛才那枚石子若是打在我身上，必然會暈死過去。可公子沒有打我，只打了要啄我的野雞，不是好人是什麼？」

沈時恩不是個多話的人，可眼前的少女說話實在有趣，不禁又問了一句。「妳就不怕我是先殺雞，再殺妳？」

姜桃又笑，梨渦淺淺。「公子真要對我不利，這兩句話的工夫，夠我死一百次了。」

好個大膽的姑娘。沈時恩心中讚嘆一句，繼續問：「若是我不想殺妳，而是想……」目光故意在姜桃臉上多打量兩下，想告訴她，男人對女人意圖不軌，可能比殺人還可怕。

可姜桃坦坦蕩蕩地讓他看，還對他笑了笑，反倒把沈時恩瞧得不好意思，率先移開眼，然後聽到她嘟囔一句——

「真要那樣，咱倆還不知誰吃虧呢。」

沈時恩耳根發燙，今天之前絕對沒想到，他還有被姑娘當面調戲的一天！

姜桃也是第一回幹這種事，瞧見沈時恩的臉上飄起可疑的紅暈，居然有種惡趣味得逞的快樂。

雪團兒看姜桃一直和沈時恩說話不理牠，嗚咽得更大聲了。

姜桃也不欣賞帥哥的臉紅了，連忙加快手裡的動作，放了血，用熱水燙雞毛，把雞剁成大塊，放進陶鍋裡。

她不諳廚藝，只能把雞煮熟了吃。

不久，肉香味瀰漫開來，這下子別說雪團兒，連姜桃都饞得不得了，眼巴巴盯著鍋上蒸騰的熱氣。

等了好一會兒，姜桃用自己做的筷子下鍋撈肉，先撈出幾大塊分給雪團兒。

雪團兒歡快地哇了一聲，撲到雞肉上，連燙嘴都顧不得，低下圓滾滾的腦袋，開始大快朵頤。

姜桃看牠吃得高興，唇邊的笑意又濃了幾分。

雪團兒著實餓得很，姜桃也不小器，給了牠好幾塊肉。但雪團兒眨眼工夫就吃了泰半，姜桃這才知道，牠的胃口竟這樣大。

雖然她沒養過貓，但也知道貓是肉食動物，不是雜食動物。可剛收養雪團兒時，實在沒體力幫牠弄別的吃食，只能把自己的口糧分給牠。

後來她好一些，便在門口製了個簡易陷阱，抓麻雀給牠吃。可終歸還是吃得少，今天居然就那麼倒下了。

當時姜桃以為牠怎麼了呢，著急地抱著牠一通喊，小傢伙那叫一個虛弱啊，眼皮掀開一條縫，厚實的小爪子卻伸向野雞——

得，是餓了。

果然，現在雪團兒有東西吃了，立刻變得生龍活虎，哪裡還見半分虛弱，不知之前是真暈還是假暈的。

姜桃失笑，看雪團兒不像有事的樣子了，自己才開動。

她剛挾一塊肉遞到嘴邊，突然想起，殿裡還有個人呢，而且這個人剛剛還幫過她。

「不嫌棄的話，要不要一起吃？」

出於禮貌問出口時，姜桃還是有些心疼，雖然不是多金貴的東西，但得看環境啊。她好幾天沒吃肉了，下回不知什麼時候能吃到。而且男子的胃口比她大，這一鍋再分下去，她肯定吃不飽了。

沈時恩卻說不用，姜桃心中一喜，不再假客氣，呼著熱氣，開始把雞肉往嘴裡送。因為良好的家教，在這種情況下，姜桃的吃相依舊可以稱得上優美，只是因為飢餓，吃得極快。

片刻後，姜桃吃完，打了個飽嗝，雪團兒更是直接撐得翻肚皮躺下，一人一貓，饜足的神情像一個模子裡刻出來似的，惹得沈時恩不覺多看了兩眼。

休息一會兒後，姜桃抬頭看外頭的天色。

之前她看沈時恩傷得嚴重，就把自己採到的三七給他用，想著他一時半會兒醒不過來，雪團兒又虛弱得很，她把野雞殺來吃了再走也不遲。

孰料這男人恢復能力驚人，不到半個時辰就醒過來。

別看剛才姜桃誇他好人，可她知道人性禁不起考驗，現在這男人沒傷害她，但若長久待在一處，就不好說了。

現在是下午，如果現在下山，應該天黑前能到。但她不認得去鎮上的路，不知道又要耽擱多少工夫。

她正思索著，一旁的雪團兒突然警覺地跳起來，伏低身子，對著門口低吼。

姜桃連忙定睛看去，只見不知道什麼時候，正殿門口居然聚集了七、八隻外形與狗、狼相似，卻是黑背棕肚、帶針毛的野獸。

是豺！

姜桃在這裡住了數日，見過最生猛的野獸，除了雪團兒，就是那隻被吃的笨野雞，沒想過會有豺來襲，而且一來就是七、八隻。

雖然豺看著不大，體型也消瘦，但全齜著尖牙，目露凶光，來者不善。

就在姜桃怔忡的瞬間，沈時恩已經站了起來。

「刀給我。」

或許被他的沈穩感染，姜桃不再慌張，立刻將柴刀拋過去，同時往後退幾步。

沈時恩單手接刀，長腿跨步，眨眼到了豺身前。

他信步往前，那幾隻豺反而懾於他的威壓，步步向後，但沒有逃走，而是將沈時恩圍在中間。

姜桃在旁邊看得心頭狂跳，知道眼前這男人會武，可到底是肉體凡胎，身上發燒又帶著傷，這勢必會是一場惡鬥。

雪團兒渾身炸毛，嗚哇嗚哇低吼不斷，眼看著也要衝過去。

沈時恩迎向豺時，雪團兒飛撲而去，姜桃趕緊一把按住牠。

開玩笑，這小傢伙的身子就成人小臂那麼長，還不夠豺吃兩口，別在這時候添亂。

雪團兒不滿地在她懷裡扭動身子，被她打了兩下屁股才安靜下來。

而戰局結束也比姜桃想像得快，幾乎是她制伏雪團兒的同時，沈時恩也殺了三隻豺。豺本就狡猾，見情形不對，遂改變陣形，倒退著往門外去。

姜桃輕輕呼出一口氣，幸虧遇到這男人，也幸虧她沒有棄他不顧——不然她不熟悉下山的路，可能這會兒還在山上轉悠，要是她孤身對上豺，真不敢想像會發生什麼事。

「小心！」沈時恩的一聲大喝，把姜桃的思緒拉回來。

她雖不知道發生什麼事，聞聲便不由往前一撲，將將躲過身後的襲擊。

不知何時，竟有一隻豺摸到她身後，想偷襲她。

柴刀被沈時恩擲出，直接扎穿那隻偷襲她的豺。門口的其他豺伺機而動，一起撲向沈時恩。

沈時恩不躲反進，一拳直接將領頭的豺打飛，又是一拳，將其後的一隻制住，擰斷了頸骨。

剩下的兩隻豺嚇壞了，這才夾著尾巴，落荒而逃。

姜桃心有餘悸地放下雪團兒，摸著狂跳的心口直吸氣。

她寶貴的小命啊，差點又沒了！

「公子，今天真是太感謝您了。」姜桃說話的時候，尾音還打著顫，但感謝之意卻是真情實意，發自肺腑。眼下男人的身子不適合動武，憑他的武藝，若不想和豺纏鬥，大可直接離去。他留下來同野獸纏鬥，為的還是救她。

「妳把這裡收拾一下。」沈時恩並不邀功，只言簡意賅地說了一句，然後又坐回原來的地方。

姜桃應聲，立刻將豺的屍體拖到一處，再用布巾擦拭地上的血跡。

第四章

姜桃擦得分外仔細，猜想今日之所以會遇上豺襲擊，而且豺進來以後，第一個想攻擊的就是她，甚至想從背後偷襲，很有可能是因為她殺雞的時候沒注意到，把雞血灑得到處都是，身上也沾到了。

眼下雖然擊退豺，但山上不知還會不會有其他東西，萬萬不能再重蹈覆轍。

姜桃擦著擦著，發現不對勁了，地上除了豺的血之外，竟還有一條蜿蜒的血路，往沈時恩坐著的地方延伸。

「公子，你受傷了？」

沈時恩依舊波瀾不驚。「無妨，小傷。」嗓音比之前低沈粗啞，聽著實在不像他嘴裡說的「無妨」。

於是，姜桃跑到自己囤貨的角落開始翻找，翻出一堆草藥。「你傷得重不重？我這裡還有些藥材，你看看能不能用。」

草藥是她這幾天從山上採的，一趟趟運回來，本是留著以備不時之需和以後賣錢過生活。但現下她一點都不吝惜，生怕沈時恩出事。健康的寶貴，沒有人比她更清楚，更別說他是為了救她才受傷的。

姜桃抱著藥材走近沈時恩，這才發現，他胸口的上衣被抓破一個大口子，裡頭有數寸長的傷口，正汩汩流血。

她把藥材送到他跟前，男人並不伸手去接，仍舊閉著眼，彷彿真的無關緊要一般。

姜桃道聲「得罪了」，將方才幫他磨的、剩下的三七粉敷上去。

傷口被碰到，沈時恩依舊是一副不覺得疼痛的樣子。

姜桃見狀，轉身又去翻自己的舊衣裙。剛剛替沈時恩上藥和重新包紮傷口時，沒有乾淨的布條可用，便撕了舊裙子，還有些剩下的布。姜家人送她來時，想著她沒有活著回去的可能，遂把她日常穿的衣裙全塞在被子下一起送上山，正好派上用場。

布帛撕裂的聲音終於讓沈時恩睜了眼，看到姜桃正奮力撕著布條。可能因為力道不夠，一道布條撕開，她的額頭便已沁出汗珠，但沒有停下手，繼續扯著，直到臉都憋紅了才撕下第二條。

這下，他總算知道，自己身上那些歪七扭八的布條是怎麼來的了。

「拿過來吧，我自己包。」沈時恩看不下去了。

姜桃笑咪咪地應了聲。「公子果然樂於助人。」

這話讓沈時恩忍不住笑出來。「妳撕布條是為了替我包紮傷口，我自己來，怎麼就是幫助妳了？」

姜桃第一次見他笑。

沈時恩的五官本是有些過於剛硬和鋒利，可這一笑，面容變得柔和起來，身上那身破舊的短褐都遮不住他的神采。

出塵俊逸，芝蘭玉樹。姜桃腦子裡立刻浮現出這八個字，隨即又暗暗掐自己一把，把腦海裡的綺念趕出去。

「我撕布條為公子包紮傷口，是因為公子救我在先。數來數去，還是公子幫了我。」

沈時恩接過姜桃手中的布條，這才發現她撕的居然是貼身的裙子，耳根不覺又燙起來。

他抬頭看姜桃，姜桃不明所以，坦坦蕩蕩地回望他。

沈時恩有些慌張地避開她的目光，低頭撕布條，因為傷口在前胸，便解開衣襟包紮。

姜桃在旁邊見了，登時倒吸一口氣。

這這這……這身材也太好了！

雖然知道沈時恩身材偉岸，但沒想到衣衫之下的肌肉線條是這般優美流暢，恰到好處。寬肩窄腰，腹肌塊塊分明，還能清楚地見到往下延伸的人魚線……真是多一分則顯油膩，少一分則顯清瘦。

這樣壯實得恰到好處的身材，姜桃在現實中還真沒見過——她活了兩輩子，但幾乎沒有跟異性打過交道。在現代，感情生活再單一的女孩子，總也有暗戀男同學的經歷，可她感情生活空白得和幼稚園孩童似的，如今猛然跳到限制級畫面，尺度委實大了些，小心臟有些受不了。

姜桃感覺鼻尖發熱，立刻捂著鼻子跳開。

「抱歉，是我唐突了。」沈時恩蹙眉。他不是輕薄的人，但見姜桃膽子奇大，又能分辨藥材，遂以為她是學醫之人，而醫者面前無分男女，便沒有多想。

「不用，不用抱歉。」姜桃連忙道。

唐突的明明是她才對！

姜桃怕他傷的位置不方便包紮，有心想幫忙，又怕自己的反應誤事。正猶豫著，沈時恩已經以極其熟練的手法包紮完，把衣服穿好，恢復之前抱著雙臂靠坐的姿勢。

姜桃心裡不由生出遺憾，怕自己再胡思亂想，便繼續去收拾豺的屍體了。

姜桃把豺的屍體拖到外頭，才發現外頭下雪了，寒風嗚咽，天地間銀裝素裹一片。

這下，無論是那男人的傷，還是天氣，都不允許她再想下山的事情。

姜桃想將豺的屍體拖進雪地，雪團兒卻一陣風似的奔到她腳邊，哼哼唧唧咬她的裙襬，見她手下動作不停，乾脆跳到豺的屍體上，不許她接著埋。

「你乖一點，今天的野雞已經夠吃了。這些留著也吃不完，還有可能招來危險，先埋在這裡，等你餓了，我再挖給你吃。」

雪團兒像聽懂了人話似的，耷拉著小腦袋，不情不願地讓開了。

等姜桃忙完，天色已經暗下，剛準備往廟裡走，就看到遠處有個黑點正慢慢地靠近她。

不會吧，居然還有人來?!

這樣的惡劣天氣，年關前闔家團圓的日子，會特地上這破廟的，姜桃第一個就想到姜霖那個小胖子，立時扔了挖雪的木棍，快步迎上去。

離得近了，黑影漸漸擴大，可以清楚地看到身形，姜桃發現自己想錯了，來人身量雖也不高，但仍比姜霖大上許多，而且身形瘦削，揹著一個碩大包袱，自然不可能是只有四歲大的姜霖。

摸不清對方的身分，姜桃便呼喚著雪團兒，一起往正殿走。

人影似乎看見她動了，也加快腳步靠近。

姜桃進正殿後，便推著厚重的廟門，準備關門。

「怎麼了？」沈時恩睜開眼。

姜桃有些焦急，道：「來了個人，遠遠地瞧不見相貌。安全起見，還是先把門關上。」

沈時恩說不用。他已經恢復了些，若對方是普通人，他對付起來綽綽有餘。若不是普通人，或京城裡的人，關廟門並非明智之舉，反而牽連姜桃；如果門敞開著，姜桃還有逃命的機會。

雖然姜桃和沈時恩相識不到半天，但也算共過患難，對他很是放心，遂抄起木棍，再把柴刀放到沈時恩手邊，準備迎敵。

不久，一個清瘦的身影出現在門口。因為在雪地裡走了太久的緣故，這人肩頭、髮上和眉毛都被染上白色，臉頰也泛著病態的紅。

那人瞧見姜桃，嘴裡埋怨道：「妳看到我跑什麼？」又看姜桃手裡舉著的木棍。「怎麼？妳不歡迎我不算，還想打我？」

聽到這聲音，姜桃再仔細一瞧對方的臉，認了出來——這是原身的大弟，從小身子不好、被抱到孫氏身邊撫養的姜楊。姜楊和姜霖的五官輪廓極為相似，但因他身子弱，體型也瘦削，不仔細瞧還真不像兄弟倆。

在原身的記憶裡，這個弟弟很聰明，卻和他們不太親近。小時候看不出來，之後姜楊去鎮上念書，一個月回不了幾次家，也不寫信，便越來越疏遠。

在原身的爹娘故去之前，第一件頭疼的事是姜桃的批命，第二件頭疼的，就是如何親近長子。

原身死前挺怨恨這個弟弟，怪他冷心冷情，爹娘去了也不見他多傷心，兩人剛下葬沒多久，他便回鎮上念書，像個沒事人似的。之後她病了，姜楊亦沒回來瞧過她。

所以，姜桃根本沒想到姜楊會上山。

「你怎麼來了？」姜桃怕他凍壞，立刻放下木棍，找了木柴，開始用打火石生火。

她已用過好幾次打火石，但連原身都沒做過幾回這樣的活計，更別說按圖索驥的她，斷斷續續打了好幾下，火都沒生起來。

「我順路過來看看。」姜楊把包袱往地上一放，蹲下身擠開姜桃。「妳怎麼還是這麼笨？連火都生不好！」

姜楊說完，就有些後悔了。他這個姊姊被養得嬌滴滴，這麼一說，肯定又要紅眼睛、哭鼻子，找爹娘告狀……

可是，他們現在沒有爹娘了。

姜桃並沒有哭，甚至沒有不高興，看著姜楊兩三下就把火生起來，誇讚道：「還是你厲害，我總是掌握不好訣竅。」

姜楊悶聲沒說話。

姜桃敏銳地察覺到他的情緒突然低落下去，但想了想，她好像也沒有說錯什麼，便岔開了話頭。

「你順路來的？你要去哪裡，大雪天的，路能順到這裡來？還帶著這麼大的包袱？」

三霄山地處偏僻，無論從小鎮到村子，還是從村子去別處，都不會經過這裡才是。而且那包袱委實大了些，說句不誇張的，裡面能裝三個小姜霖了。

姜楊的神情露出了一絲不自在。「妳管這麼多？我就是順路過來的。」

「行吧行吧，你說順路就是順路。」

姜桃說著，就去解包袱了，真是大開眼界，裡頭裝得滿滿當當，東西五花八門，應有盡有——有梳頭髮的梳子、裝調料的罐子、打包好的藥材等等，甚至還有一套新衣裙，快把她的眼睛看花了。

「你哪裡來的銀錢買這些？」姜楊雖然早早去鎮上讀書，但每個月家裡也就給他半錢銀子，除去吃喝和交際，並不會剩餘多少。眼前這些，少說也得花掉一、二兩銀子。

「妳怎麼管得這樣寬？」姜楊蹙眉。「不想要就還我。」

「要的要的，哪能不要！」姜桃眉開眼笑，從包袱裡翻出一個油紙包，打開一看，居然是一整隻燒雞！

燒雞已經完全冷了，但並不影響它誘人的金黃色澤。

雪團兒聞香而動，剛剛還蜷在稻草堆裡睡覺，現在立刻小旋風似的颳過來，嗚嗚哇哇叫起來。

「這是什麼東西？」姜楊被牠嚇了一跳。

「我撿的貓，怎麼樣，可愛不？」姜桃按住雪團兒伸過來的爪子。「這個太油膩了，你不能吃！」

雪團兒被按得不能動彈，還不死心，嗚嗚咽咽地扭著屁股。

姜楊仍是皺眉。「貓？長得真奇怪。」

「噓！」姜桃趕緊制止他。「牠可聰明了，別這麼說牠，會不高興的。」

似乎是為了印證姜桃的話，雪團兒對姜楊齜出小尖牙，看著凶巴巴的。

「算了，山上冷清，有牠陪妳也好。」姜楊站起身。「我是私下出來的，這就回去了。

等過兩日我勸服了爺爺奶奶……」

姜楊突然止住話頭，看到坐在殿內另一個角落的沈時恩。沈時恩是練武之人，氣息本就清淺，加上姜楊沒想過殿內還有其他人，所以到了這會兒才發現他。

「這裡怎麼會有個男人?!」姜楊痛心疾首的神情，渾像個看見女兒被野男人騙走的老父親。

姜桃抱著燒雞，剛撕下一隻雞腿，冷不防被他一吼，一時間還真不知道如何反應。

姜楊見她沒反應，又怒氣沖沖地瞪向沈時恩。

「你是誰？在這裡做什麼？」

不等沈時恩回答，姜楊已然看到他衣襟凌亂，腳邊還放著一條破碎的裙子，且那裙子很眼熟，是姜桃穿過的。

「我和你拚了！」姜楊大怒，像隻小豹子似的，氣勢洶洶地衝向沈時恩。

姜桃忙把燒雞放下，從後面一把抱住姜楊。

即便姜楊瘦弱，卻也是半大少年，姜桃根本抱不住他，拉扯之下，兩人跌倒在地，倒成一團。

姜楊率先從地上爬起來，氣得眼睛都紅了，惡狠狠地瞪著姜桃。「都鬧成這樣了，妳還護著他?!」

姜桃真是欲哭無淚，連忙跟著坐起身。「你想岔了。這位公子只是受了傷，到這裡歇腳而已。」

「那妳的裙子呢？」

「我的裙子？喔，我今天抓了隻野雞，雞血引來豺，那位公子為保護我受傷，我才撕了裙子幫他包紮……」

姜楊將信將疑地看看姜桃，再看看沈時恩，又仔細在殿內嗅了嗅，果真聞到血腥味，這才收起一些戒備，恨鐵不成鋼地瞪著姜桃。

「縱然要包紮傷口，難道妳沒有別的衣服嗎？竟然用貼身的裙子？這要是傳出去，妳的名節還要不要了，還做不做人啊？」

一通質問完，姜桃低低地垂下頭。

姜楊緊緊抿住唇，知道這個時候不該罵姊姊的，她生著病，被家裡人送到廟裡等死，又遇上野獸襲擊，一定害怕至極。本是他誤會，應該由他道歉，怎麼還好這樣罵她。

可是道歉的話到了嘴邊，姜楊又說不出口了。

他正囁嚅著，姜桃抬起頭，臉上沒有一分怨懟，只笑著問他。「你說完啦？」

還有臉笑?!姜楊氣呼呼地哼了一聲。

「我的錯我的錯，我不該思慮欠佳，撕自己的貼身裙子，也不該沒先和你說那位公子的事。我錯了，你別生氣了好不好？」

姜楊聽了，神情立時又彆扭起來。「誰說我生氣了？我為什麼要為妳的事情生氣?! 笨死妳算了！」

姜桃依舊笑咪咪，不是她真的沒有半點脾氣，而是她看出來了，姜楊不是真的冷心冷情——真冷漠的人能在大雪天一個人走上山給她送東西？以為她被人欺負的時候，上去跟人拚命？他這小胳膊小腿的，也不夠對方打一拳啊！

怎麼會有這麼彆扭傲嬌的孩子呢？也因為這樣，姜楊對她說話沒有好口氣，難怪原身誤會他。

姜楊轉過身，對沈時恩作揖行禮。「是晚生唐突，誤會公子了，還請公子見諒。」

沈時恩依舊神色淡淡。「無妨。」

姜楊轉身，在帶來的包袱裡取出乾淨的紗布和傷藥，遞到沈時恩面前。「家姊的裙子畢竟是貼身之物，公子若不介意，換上這個可好？」

姜楊說著，撿起姜桃撕了一半的裙子，也不走開，直盯著沈時恩看，一副他不換，便不會善罷甘休的模樣。

這對姊弟都是妙人。沈時恩也不見怪，反而覺得挺有趣，遂解開衣襟，解下布條，用新紗布重新包紮。

別看姜楊年紀小，但瞧見沈時恩的身材時，也有些羨慕和自慚形穢，便轉頭挪開目光。

然後他看見了什麼?!

姜楊簡直不敢相信自己的眼睛，姜桃居然眼睛亮亮、臉頰紅紅地看著沈時恩換紗布?!

「妳、給、我、轉、過、去！」姜楊咬牙切齒，一字一頓地對著姜桃道。

美色當前，姜桃本來準備再偷看一次，沒想到沈時恩都沒說什麼，卻被姜楊抓個正著，委實有些丟臉。

姜桃立刻轉過身，還不忘小聲爭辯。「我又沒幹啥，這麼凶做什麼？」

別看姜楊瘦瘦弱弱，嗓門可著實不小。從他進來，聲音就沒放低過，姜桃被他吼得耳朵都發疼了。

這還有外人在呢，她是姊姊，也是要面子的好不好？

不過想到姜楊凍得泛出紅暈的瘦削臉龐，姜桃還是發不了脾氣。

等沈時恩換好紗布，攏好衣襟，姜楊便把他解下的布條一併拿在手裡。

姜桃以為姜楊要還給她，沒想到姜楊直接把破裙子跟布條扔進火堆。

「多可惜啊。」姜桃心疼。「當抹布用也成，就這麼燒了。」

姜楊要被她氣死了，恨鐵不成鋼地咬牙道：「一條破裙子，可惜什麼？」

見姜桃依舊一臉心疼地看著火堆，姜楊無奈地說：「下回我再給妳買條新的成不？瞧瞧妳這……」沒出息的樣子！

因為今天罵過姜桃太多次，姜楊就沒接著說下去，意思表達出來就行。

「先別管裙子了，我有好多話想問你，你不是等會兒就要下山，咱們抓緊工夫說話。」

「誰和妳有話說？」說是這麼說，姜楊還是在火堆邊坐下來。

姜桃拿起一隻雞腿啃，又把油紙包遞給姜楊，姜楊說不吃，她就邊吃邊問他。「家裡怎麼樣？」

姜楊很少跟人話家常，不過姜桃問了，想了想，還是道：「還有幾日就過年，我和大堂兄今日才放年假，奶奶在家裡張羅著炸丸子、辦年貨，大伯母和二伯母去鎮上趕集……」

姜桃聽著，笑容不由濃了幾分。這小子，剛放假就特地上山送東西給她，偏死鴨子嘴硬，說什麼順路。

不過這些不是姜桃想聽的，她又不關心姜家其他人，便問：「阿霖呢，他怎麼樣了？我被送上來時，他可擔心了。回去後他乖不乖？有沒有按時吃飯和睡覺？」

姜楊的眼神黯了黯，果然，他這姊姊最關心的還是姜霖。他們雖然是一母同胞的親姊弟，但自小他在祖父母身邊長大，即使同住一個屋簷下，兩座院子相隔也不過幾步路，可不一起吃、一起住，感情總是不同的。

好在，他已經習慣了。

「阿霖還好，我回家的時候，他還是胖胖的。而且他素來怕我，有事也不會和我說。妳要實在不放心……」

姜楊凝眉沈思，一時間真沒想到有什麼辦法能解決。爺爺奶奶雖然疼愛他，但到底把他當孩子看。像他們把姜桃送到廟裡的事，就沒想過同他商量，他也是今日回家才知道的。

姜桃見他為難，笑道：「我確實不放心阿霖，不過現在卻是不擔心了。」頓了頓，才接著道：「你放了年假，有你在，肯定能看顧好弟弟的。」

姜楊年紀不大，但除了剛剛與沈時恩的誤會而略顯衝動外，其餘的說話和行事都頗為穩重，有他看著姜霖，她當然不擔心。

「妳讓我看顧他？」

「你們是親兄弟，這有什麼不對嗎？」

姜楊忽然笑了起來，眼睛都變得亮了一些，輕聲道：「確實沒有什麼不對。」

姜桃不知道他為什麼突然心情好轉，只覺得有些摸不著頭腦。

不過，這孩子還是笑起來好看，小小年紀老是板著臉，那可不好。

兩人說著話，外頭的雪停了。

姜桃見了，便催促姜楊。

「快趁著雪停下山去吧。等回去了，你跟奶奶要一碗薑湯，熱熱的喝了，裹著被子睡上一覺。明天早上要是身上不爽利，立刻找大夫來瞧。你身子本就不好，大雪天跑這一趟，委實讓人不放心……」

起初姜楊聽姜桃趕他走，面色沈了沈，接著聽到她絮叨，唇角便不由彎了彎。

以前，好像只有奶奶會這樣對他絮叨，親爹娘對他反倒是小心翼翼過了頭，從來不和他這麼說話。姜桃更不用說了，從前眼裡只有姜霖一個弟弟，見了他掉頭就走。

現在姜桃這般，不枉他特地過來一遭。

「知道了，我又不是四歲的阿霖，還用妳操心嗎？」

姜楊確實要立刻走，天黑了不回去，奶奶擔心不說，兩個伯母還要說嘴。若他們知道他上山，怕還要怪到姜桃頭上。

只是……

姜楊的目光落到沈時恩身上，讓姜桃和一個陌生男人待在一起，他怎麼能不擔心？

第五章

姜桃瞧出姜楊的不安，拉拉他的衣袖，湊到他耳邊，小聲開了口。

「這公子真是好人，先不說他救我在先，就說你來之後誤會他，把他當成登徒子，他也不見半分生氣，哪裡像歹人了？」

姜楊拉開她的手，想了想，從包袱裡拿出一份糕點，走到沈時恩身邊。

「方才晚生誤會公子，小小心意，還望公子見諒。」

沈時恩依然面色平淡。「無妨，客氣。」

姜楊像沒察覺到他的疏離似的，將糕點往旁邊一放，一屁股坐到沈時恩身側，打開了話匣子。

「不知公子姓什麼、叫什麼？從哪裡來？為何受傷，又為何出現在三霄娘娘廟裡？」

得，這小管家公還是不放心，開始身家調查了。

姜桃走過去，剛要勸阻，就被姜楊涼涼的白眼瞪住了。

她沒辦法，只好對沈時恩做了個抱拳告饒的手勢，求他千萬見諒。

沈時恩冷不防被人當成犯人盤查，心情自然不好，但當他看見姜桃這求饒的模樣，不由想起從前長姊身邊養的小獅子狗。

那是個會討人喜歡的小傢伙，每當牠調皮搗蛋做了錯事，長姊要教訓牠時，便一臉討好地直立後腿站起，兩條粗胖的小前腿一個勁兒作揖求饒，叫人如何狠得下心責罰牠？連他都幫著牠求過好幾回情。

是以，沈時恩並不見怪，好脾氣地回答。「我姓沈，喚我沈二便可，祖籍京城，因家中遭難，被發配到白山採石場為苦役。至於為何出現在這裡，過程頗為曲折，三言兩語解釋不清，總之是受了傷，怕家人擔心，便在此養傷，至多耽擱一夜，明早便會離開。」

白山採石場離槐樹村不過兩刻鐘腳程，倒也不算遠。那裡的苦役雖是戴罪之身，但大多是受主家牽連的人，本身並沒有犯什麼大罪。真要是那等罪大惡極的犯人，不會發配到村落城鎮，而是去極南或極北的苦厄之地。

因此，採石場的苦役並不受到本地人輕視，亦可婚配，甚至還有在這裡成家的。

姜楊聽後，總算心安了些。既然是採石場的苦役，若沈時恩真敢對姜桃不規矩，也知道去哪裡尋他。

「不知沈二公子是犯了何罪……」

「姜楊！」眼看這小子越問越探人隱私，姜桃立刻出聲打斷他。

姜楊也自覺失言，輕咳一聲，站起身，對著沈時恩又作了一揖。「晚生失禮。」

沈時恩掀了掀嘴角。「無妨，你也是擔心你姊姊。」

設身處地而想，如果他長姊還在，他怕是比這小子做得還過分。就像當年他得知長姊要嫁進那波詭雲譎之地，他差點拿著劍進宮和人拚命……

「誰、誰擔心她了？」姜楊彆彆扭扭地看了姜桃一眼。「我可不是擔心妳，我只是……只是怕妳辱沒了我們姜家家風！」

「知道了，你快走吧。」姜桃奮力把姜楊拉到門口。「沈公子確實是正經人，你別擔心有的沒的。」

姜楊無言地看著她，那神情彷彿在說——沈公子是個正經人不假，但剛才妳眼睛發亮地看人家換紗布，正不正經就難說了。

姜桃臉頰酡紅，又是一通保證，才哄好了姜楊。

天色徹底暗了，好在沒有繼續下雪，姜楊便不再耽擱，在姜桃不厭其煩的叮囑聲中，姜楊揮別她，一個人慢慢下山去了。

姜桃在門口目送姜楊遠去，直到完全看不到他的身影，才回到殿內。

進了廟，姜桃瞧見沈時恩，頓時有些無措，欲言又止。

姜楊這臭小子，自己盤問個爽就離開了，收拾爛攤子的還是她。

這算什麼呀？人家救了她，還被當成登徒子審問。這知道的說是她弟弟愛操心，不知道的還以為沈時恩把她怎麼了，才要查他的家世背景，準備談婚論嫁呢！

沈時恩察覺到姜桃的目光，回望過去，只見一直坦坦蕩蕩的她，現在居然侷促起來，絞著衣襬，咬著嘴唇，一副想同他說話又不敢的膽怯模樣。

怎麼又忽然像隻受了驚的小兔子？

沈時恩無奈地笑笑，率先打破尷尬的沈默。「我有些餓了，不知道姑娘方不方便把雞湯熱一熱？」

「方便方便！」姜桃立時鬆了口氣，腳步歡快地把陶鍋架上火堆。

之前因為沒有調料，雞湯味道寡淡，姜桃便取了些姜楊帶來的調料放進去。

俄頃，雞湯咕咕嘟嘟煮沸了，姜挑選了幾塊好肉，滿滿盛出一碗給沈時恩。

沈時恩看著碗裡冒尖的雞肉，不禁笑出聲。「我不是很餓，不過想討碗熱湯喝罷了。」

他看得出來，姜桃身邊的吃食並不多，若非今天她弟弟特地冒著風雪送來一包袱東西，可能下一頓就得挨餓。

姜桃忙笑道：「沈公子別同我客氣，您救了我一條命，這一點湯，實在不值當什麼。」想到下午她還為了一碗雞肉心疼，現在這境況著實讓她臊得慌。要不是他身上受傷發燒，不好吃太過油膩的東西，恨不能把剩下的燒雞全送給他。

姜桃說著，又奉上唯一的一雙筷子。

她翻過包袱，姜楊沒想到給她送筷子，所以手上還是只有她自己做的那雙。粗細、長短都不一的筷子，甚至還削得有些歪七扭八，讓沈時恩不免多看了兩眼。

姜桃撓撓臉。「公子別嫌棄，這筷子看著粗陋，但是……」

她頓了頓，沈時恩等著聽她怎麼個「但是」法，可姜桃憋了半晌，最終還是只能臉紅著，結結巴巴地道：「但是它是我親手做的，一點一點削出來的，就、就很特別。」

沈時恩抿唇，忍住笑意。「確實……很特別。」

姜桃不好意思地跑開了。

沈時恩喝下熱湯，用「特別」的筷子吃完雞肉，肚子裡暖和起來，身上舒服不少。

這會兒，姜桃又過來了，拿了一床被子要分給他。

沈時恩說不用，姜桃也不勉強，在包袱裡找出毛毯，尋了些乾草，讓他取暖。

山裡的夜晚無比寧靜，依稀只能聽到山風嗚咽的聲音。

姜桃見沈時恩歇下，便也跟著鑽進被窩。雪團兒早在等著她了，沒等她躺好，就窩到她頸項旁，渾似一條柔軟暖和的大圍脖。

累了一天，一人一貓沒一會兒就睡著了。

夜色深沈，姜桃放心不下沈時恩的傷勢，半夜又起來一回。

沈時恩閉著眼，察覺到姜桃的起身和靠近，聽到一聲輕微的「得罪了」之後，一隻柔軟溫熱的手掌覆上他的額頭。

果然還在燒，而且好似比之前更熱了些。姜桃微微嘆息，起身分出一條被子替沈時恩蓋上，又去倒水擰帕子，幫他敷額頭。

沈時恩想說沒事的，他本是練武之人，這幾年也吃了不少苦，這樣一點病痛實在算不上什麼。

可當他想動時，才發現眼皮居然這般沈重，喉嚨間像堵了團棉花似的，發不出聲。再來，他的腦子變得昏昏沈沈，一時間連自己身在何處都糊塗了。

姜桃守在沈時恩身邊，一時間想不出其他辦法來幫他，便每隔一會兒就幫他重新擰一條濕冷布巾敷額頭。想餵水給他喝，可惜餵不進去，只能不時濕潤一下他的嘴唇。

原來他的嘴唇也這樣好看，粉粉的、薄薄的，看著就很柔軟。怪只怪他的眼睛生得太好了，睜眼時讓人不由沈淪在他的目光裡，忽略了其他長處。

姜桃看了好一會兒，才發覺自己的失禮，忙挪開頭，專心照顧他。

然而沈時恩的情況並沒有好轉，姜桃憂心忡忡，時不時看外頭的天色，盼著天早些亮，好讓她下山去請大夫。

到了晨光熹微之際，沈時恩終於醒來，姜桃的面上剛綻露出笑意，就聽他嗓音低沈地喚道——

「阿姊，是妳回來了嗎？」

「沈公子？」姜桃嚇得去摸他的額頭，熱得簡直有些燙手了。

沈時恩已經完全迷糊了，伸手捉住姜桃的手，放到自己的臉頰上，像一隻小獸似的、愛憐而親暱地輕輕蹭著她的掌心。

「阿姊，我好想妳……」

這絕對是燒糊塗了。

姜桃想把自己的手抽回來，卻發現他捏得無比用力。

沈時恩感覺到她想抽出手，瞬間慌亂起來，捏得更緊，嘴裡不斷地喚著「阿姊」，雙眼迷離，蒙著一層水霧，臉上的神情如同被大人拋棄的孩童一般無助，攥著姜桃的手，更是灼熱得嚇人。

姜桃頓時覺得心裡像揣了隻小鹿似的亂撞，彷彿整顆心臟都要從嘴裡跳出來似的。

都說女孩子有母性，容易對示弱的異性產生好感，但因為生病，一直屈居弱者的姜桃不敢苟同，自覺更喜歡強壯厲害的男人，下午沈時恩孤身斬殺數隻豺、當著她的面展露完美身材時，她就很是心動。

可那時候的心動，竟抵不過此時心跳加速的十分之一。

這般一會兒強悍、一會兒示弱的，誰受得住啊?!

「正經人，我是正經人！」姜桃在心裡吶喊著，終於喚回自己的理智。

她像哄姜霖一樣哄沈時恩。「阿姊不走，你乖一些好不好？阿姊幫你換上新的布巾，這樣你的燒才能退下去。」

沈時恩像孩子似的聽話，把手放開，但不肯閉眼，一眨不眨地看著姜桃，生怕下一刻她會憑空消失。

姜桃擰完布巾，放上他的額頭後，他便立刻把她的手攥在手裡，珍重無比。

姜桃見他這般，忽然有了些不好的想法。

他說他是發配而來的苦役，家人勢必也受到牽連。他的阿姊，怕是已經不在了吧？

「乖乖睡覺吧，阿姊守著你。」姜桃用另一隻手替沈時恩掖好被角，隔著被子，在他胸口的位置輕輕拍著。

「我好辛苦，阿姊給我講個故事吧，好久沒有聽阿姊講故事了。」沈時恩輕聲呢喃。

「好。」姜桃一口應承，卻猛然間想不到講什麼。她在現代的時候，看的書很多很雜，連分辨藥草、藥材都學會了，但很少看童話故事，因為不相信那些。

頓了好半晌，姜桃才道：「我講我的故事給你聽吧。」

「從前有一個小女孩，生下來就得了很嚴重的病，她不能運動，不能情緒起伏，甚至不能接觸外面的人和世界。後來，她十八歲的時候，死了……」

姜桃從來不知道，原來有一天她可以像個局外人一樣，波瀾無驚地說起自己的往事。她明明也沒活多少年，卻好像已經歷盡滄桑。

在她緩慢而舒緩的敘述聲中，沈時恩帶著嘴角的笑意沈沈睡去。

雖然故事慘了點，但看他這個樣子，應該是夢到了他的阿姊，作了個好夢吧。

天光大亮，沈時恩是被雪團兒的嗚哇聲吵醒的。

他醒了，才發現身上有些痠軟無力，手裡還攥著一隻柔嫩光滑的小手。

而小手的主人正背對著他，輕聲指揮著被當成貓的小老虎。「你怎麼那麼笨？讓你把那只裝米的黃色袋子叼過來而已，怎麼就找不著呢？」

縱使雪團兒再聰明，到底有限，試著叼了好幾樣都不對，已經煩躁得直叫喚，眼看著就要不幹了。

「好乖乖，我錯了，你不笨，你聰明得很！」姜桃忙一通誇，心裡暗暗補充道，自家貓咪確實不笨，只是沒想到居然是個色盲，讓牠叼黃色袋子，怎麼就叼其他顏色呢？

沈時恩看他們一人一虎的相處有趣極了，一時間竟忘了把手鬆開。

直到姜桃放棄讓雪團兒幫忙把米袋子叼過來的想法，轉過頭，才驚喜地發現沈時恩已經醒了。

沈時恩見狀，立刻鬆開姜桃的手，且臉上發燒的紅暈未退，姜桃倒沒發現他的窘迫。

「醒了就好。」姜桃又伸出手，探探他的額頭，而後長長呼出一口氣。「燒也退了，公子身體底子委實不錯。」

昨晚那樣的高燒，換成旁人，這會兒應該已經昏迷了。

沈時恩動動嘴唇，這才發現嘴裡乾得像要燒起來一般，竟無法出聲。

姜桃倒水給他喝，又開始忙活起來。

這會兒，她總算可以自己去拿米袋子，把小米洗好放進裝著雞湯的鍋子，生火煮滾，然後又去翻找大包袱裡的東西，看看有沒有其他能用的。

沈時恩看她小陀螺似的忙不停，躊躇半晌，道：「昨夜是我失禮了，還望姑娘見諒。」

姜桃心虛得連頭都不敢抬，更別提迎視他。失禮嘛，他確實有，不過比起他把她當成姊姊抓住她的手，她腦內萌生的邪惡念頭，好像更失禮！

「下回……公子不可這般了。」

畢竟不是每個人都像她這麼正經啊，換成旁人，這位沈公子肯定清白不保！

「自然不會。」沈時恩也尷尬地別開眼。他自詡是習武之人，身強力壯，沒想到不過受了些傷，吹了冷風，晚間竟就發起那般高熱，做出那樣狼狽的事。雖然現在腦子裡還是有些懵，但昨夜的記憶依然清晰。

他居然把眼前的少女認成長姊，抓著人家的手一整夜。可她非但沒有見怪，還一直看顧著他……

她太過善良，也沒有防人之心。

這一刻，沈時恩心底忽然萌生從未有過的念頭——想保護眼前這個心善又純真的少女，讓她可以一直這麼快樂下去，不用面對這個骯髒污穢的世界。

但現在的他……

想到眼下的境況，他不過是苟且偷生罷了，如何護得住別人？

沈時恩頓時有些心灰意懶，自嘲地笑了笑。

姜桃在殿內忙不停，生怕一閒下來，就開始胡思亂想。

她把姜楊帶來的東西分類放好，有些不耐放的，打算今日就吃掉，耐放的就繼續囤著。還有新衣裙、毯子等東西，現下不方便晾洗，但總要曬一曬。

對了，毯子還蓋在沈時恩身上。

昨天她就是隔著毯子，感受他的體溫、他的迷茫……

不許再胡思亂想了！姜桃腦海內警鈴大作。

「姑娘什麼時候回去？」沈時恩忽然開口。

他想問問姜桃的歸期，甚至想打聽她家在何處，又在心裡告訴自己，不妄想得到什麼，只是得人恩情，想著報答而已。

姜桃被他問得愣了愣，扳著手指算了算，不確定地說：「估計再過十天半個月吧，元宵節前應該能回家，最晚不會出了正月。」

她的身體一天好似一天，這兩天除了精神尚不如旁人，倒是沒有其他不舒服了。

「還要待這麼久？」沈時恩愕然。

因為之前不算相熟，他就沒有打聽她為何出現在這裡。如今聽到她這般回答，竟似是有家歸不得。

姜桃也不覺得這有什麼丟人的，就和他說：「我的命不太好，不過這是道士說的，不是我自己說的。不久前爹娘因為意外去世，我又正好生了一場大病，家人覺得把我留在家裡不太吉利，就把我送到這廟裡等……祈福。」

她本不想替姜家人美言，但轉念想到姜楊和姜霖。尤其是姜楊，他是讀書人，雖然現在沒有功名在身，可將來還是要考科舉的，名聲很是要緊。為了兩個弟弟，她不能把話說得太過難聽。

不過話說到這分兒上，聽不懂的也是傻子了。

沈時恩著實沒想到，其中原委居然會是這般。

姜桃是稍嫌病弱，但絕對沒有嚴重到不能醫治的地步，退一萬步說，真是病重，以她這個年紀，只要照顧得當，總歸還有一線生機，怎麼會被家人送到廟裡等死？

虧他還萌生要護著她不見黑暗的念頭，可她本是從黑暗中孤身走來的。

這讓沈時恩更不敢小看姜桃，處於這般境況還能如此樂觀，若是易地而處，沈時恩自問未必能比得上她。

姜桃做過兩輩子的重病之人，最不願意看到的，便是別人有意無意流露出來的同情。

雖然沈時恩眼下只是凝眉思考，還未展現出同情，但姜桃還是立刻把話說清楚。

「其實我覺得這樣也挺好的，家裡人多口雜，我也不能好好休息。這裡雖然冷清些，但我看過許多書，會分辨草藥和野菜，運氣也好，還能抓到麻雀、野雞之類的來吃。昨兒我大弟來了一趟，送來這樣多的東西，更是不用發愁。你看我現在吃得好、睡得好，心情也好，再養個幾日，就和普通人沒有區別了。」

見姜桃緊緊盯著他，一副怕他不相信的模樣，沈時恩便點頭道：「姑娘很有本事。」

看沈時恩不似說假話，姜桃這才笑起來，挺了挺胸。「可不是！」

沈時恩配合地笑著點頭，或許是被她的樂觀影響，方才心頭突然萌生的心灰意冷之感，也完全消退。

兩人正說著話，外間山頭傳來一個少年清朗的喊聲，依稀是在喊「二哥」。

沈時恩聽了，立刻起身，道：「應該是我弟弟尋來了。」說著，便去外頭相迎了。

第六章

一會兒後，沈時恩便和一個身形高眺的英俊少年一道進來。

少年名叫蕭世南，年紀與姜桃相仿，雖然衣著與沈時恩差不多，都是一身破舊的短褐，但長相不同於沈時恩的英氣，而是偏向俊美，僅眉眼有幾分相似。

姜桃見了，心想這家人真的太會長了，這兩個兄弟稍微打扮一下，絕對不輸現代明星。

蕭世南不僅長相和沈時恩完全不同，性格也是天差地別，進了廟裡，便像連珠炮一般的開了口。

「二哥，你可嚇死我了。昨兒夜裡下大雪，我怕你遭遇不測，整晚愁得沒睡著。就算你要養傷，也該和我待在一處，怎麼好一個人在外頭過夜？萬一你出事，我如何對得起九泉之下的大表姊？回頭被我老爹知道，肯定得伺候我一頓板子……」

說到這裡，他才發現破廟裡還有個姜桃，猛地止住話頭，臉上的神情從焦急擔憂，轉變為震驚、難以置信，一副發現不得了事情的樣子，眨眼間又冷靜下來，嘴角噙笑，換上一副「我懂了」的意味深長表情。

這人臉上的表情一秒三變，精采程度不亞於戲劇裡的變臉戲法，姜桃在旁邊看得直樂。

蕭世南見她笑了，表情更是精采。然而他剛張開嘴，沈時恩便立刻打斷他。「別說了，你什麼都不懂，再說錯半句話，你就自己回家去！咱們先動身回採石場，其餘的，我在路上同你解釋。」

蕭世南一副憋住的模樣，整張臉皺起來，但還是十分聽話，把到了嘴邊的話全嚥回去。

前一天姜桃就聽沈時恩說，過夜後便要離開，倒也沒有驚訝，只是不知怎的，心裡還是生出一絲遺憾。

兩人相識不過一日，只能算得上相識一場，就算分別，也不需要鄭重以對。

可沈時恩也覺得心裡怪怪的，說要動身，卻遲遲沒挪開腳步半分。

蕭世南的臉皺得更厲害了，過了半晌，終於忍不住，試探著道：「不是說要走嗎，咱們還等什麼？現下外頭天氣還好，萬一又下起雪來，山路可就不好走了。」

聽蕭世南又打開話匣子，沈時恩轉頭看他一眼。

「出去等著。」

「喔。」蕭世南不情不願地嘟著嘴出去了。

殿內又只剩下沈時恩和姜桃兩人，沈時恩對她致歉道：「我弟弟年幼無知，妳不要同他一般見識。」

姜桃說不會。那少年雖然話多，但沒說什麼唐突的話，且沈時恩也沒給他機會多問。

「那……我走了。」

「嗯。」姜桃輕聲相應。

沈時恩有心想打聽她的姓名，但又怕問姑娘家這些顯得輕佻，一時間不知道如何開口。

姜桃也想和他互報姓名，可對方不問，她貿然說了，亦顯得有些冒失。

於是，一個人拳頭捏了又鬆，鬆了又捏；另一個人輕輕抿唇，絞著手指，愣是又站了快一刻鐘。

一刻鐘之後，蕭世南在門口探頭探腦數次，無聲地催促。

沈時恩只得輕輕一嘆，道：「今日姑娘救過我，他日若有所需，儘管來採石場尋我。只要沈某能做到的，定不負姑娘所託。」

姜桃也呼出一口氣，輕笑道：「公子救我在先，他日有事，亦可來槐樹村姜家。」這樣，他們便有機會再見了吧？

姜桃把沈時恩送到廟外，等候他的蕭世南已經不耐煩地開始踢石頭玩。見到沈時恩出來，蕭世南一躍而起，拉著他就往山下走。

姜桃笑著對他們揮手，目送他們離開。

沈時恩走了兩步，忍不住回頭看姜桃，想到她還要在這冷清的破廟裡待上十天半個月，心裡總有些不是滋味。

蕭世南又催促他。「二哥，快走吧。回去晚了，監工又要囉嗦。」

沈時恩再了解自家表弟不過，哼聲道：「蕭世南，你是迫不及待想回去，還是急著向我打聽這兩天的事情？今年你都十五了，也該定定性子。」

小心思被無情戳破，蕭世南也不窘迫，討好地笑道：「好二哥，我好奇死了，你快告訴我吧。你只跟我說身邊有些探子需要清理，讓我在採石場等你，可是沒說一去要這樣久啊。還有，剛才那姑娘是怎麼回事？我看你倆眉來眼去的，好像有些不一般。」

沈時恩被他的聒噪吵得耳根疼，懶得廢話，只言簡意賅地道：「處理探子受了傷，便到了廟裡歇腳。至於那位姑娘……」沈時恩唇邊泛起一個清淺的、連他自己都沒發覺的笑容。「萍水相逢，她很好。」

其實事情的經過，遠比沈時恩這草草一句話複雜得多。

這幾日，沈時恩發現身邊有來路不明的暗探監視他，遂孤身離開採石場，進入山中，引他們現身。

暗探中計，帶數名武藝拔群的死士行刺。沈時恩將他們悉數殺了，留下暗探逼問口供，確定他們沒有同黨且沒來得及把消息傳回京城後，遂除了暗探滅口。

沈時恩打算在山中尋荒僻之地掩埋他們的屍首，竟又遇到一群從山下打劫回來的土匪。不知是沈時恩倒楣還是土匪倒楣，又一場惡戰之後，土匪也全丟了性命。

這倒省了沈時恩的事，他把死掉的暗探和死士扔進土匪寨裡，偽裝成雙方拚殺、同歸於盡的模樣。

布置好了，他起身折返，途中覺得傷勢有些不妥，天氣也惡劣，怕回去被蕭世南瞧見又要聒噪，這才尋了破廟落腳。

儘管沈時恩交代時省略許多細節，但蕭世南聽到他受傷，還是立刻緊張起來。「二哥傷到哪裡？嚴不嚴重？可要我去請大夫？」

沈時恩說不用，蕭世南又接著委委屈屈地嘮叨起來。「二哥，不是我說你，你還說我該定定性，難道你就不該改改你的性子？我知道你武藝高超、膽識過人，十幾歲就跟著姨丈和大表哥上陣殺敵，但我家老爹把咱倆放在一處，正是為了有個照應，你這不聲不響的，是不是不拿我當自己人？」

雖然沈時恩嫌蕭世南吵，卻絕對沒有把他當成外人。

三年前那場風波，沈家滿門傾覆，昔日的親朋好友在一夕之間俱成陌路，唯有英國公府蕭家伸以援手，暗中設計將沈時恩從死牢裡換出來，又讓自家長子同他一起做苦役，以掩人耳目。

如此，就算宮中那些惡人覺得死牢裡的替身死得蹊蹺，在外遍布眼線尋他，也絕對不會想到，逃出生天的沈時恩並沒有遠走高飛或暗中蟄伏，而是成了一個帶著表弟過活的普通苦役，化名沈二，躲在白山的採石場。

正是這樣簡單的方法，讓沈時恩在白山安穩待了三年多，直到近日才出現第一批可疑的暗探。對方也因此掉以輕心，寧可錯殺，不可放過，帶著幾個人就出手了。

思及此，沈時恩並未回答蕭世南的話，只問他。「小南，三年了，你沒想過回京嗎？」

沈家沒了，沈時恩成了這世間的孤魂野鬼。可蕭家還在，雖然英國公因為當年的風波被奪了官職，禁足府內，非詔令不得出，但爵位仍在。蕭世南回到京城當個落魄侯爵的世子，總好過同他一起當苦役。

「二哥怎麼忽然說起這個？」蕭世南訕訕地笑了。「蕭家長子已經『死』了三年，我還回去做什麼？再說我老爹都讓狗皇……那位軟禁起來了，生殺予奪，也不過一句話的事。老爹讓我和你待在一處，也不是真那麼無私，跟著你，咱們還有指望不是？」

沈家的指望，就是沈時恩的親外甥，入主東宮的太子。

可沈家滅門，皇后已逝，太子也受到牽連，如今不得臨朝，更別提培植自己的勢力。會不會被廢，也不過是承德帝一句話。

這指望，終歸還是渺小了些。

沈時恩一直不如蕭世南樂觀，從前蕭世南提到這些，他都不怎麼願意去想，但眼下他忽然想到了姜桃。

那樣柔弱的小姑娘，身帶惡命，父母雙亡，患病還被家人遺棄，都能活得那般自在灑脫，他一個大男人，何至於連個小姑娘也比不上？

於是，沈時恩難得地應下蕭世南的話，淡淡道：「沒錯，只要人不死，總還有指望。」

只要他不死，定要將昔日仇人拖入黃泉地獄！

另一邊，姜桃送走沈時恩之後，很快調整好心情，開始享用起雞湯粥。雞湯粥本是為沈時恩準備的，只是他們走得太急，剩下她獨自享用。

這會兒雪團兒才懶懶地從被窩裡起身，先安逸地伸個懶腰，再悠哉悠哉地舔舔毛，接著走到姜桃腳邊，嗚哇嗚哇撒嬌討要吃食。

姜桃撈了最後一點雞肉分給牠，笑著打趣。「叫聲這樣奇怪，一點都不像小貓咪。小貓咪要喵喵叫，知不知道？」

雪團兒疑惑地歪歪頭，顯然沒聽懂她的意思。

姜桃便拿雞肉當引誘，哄牠道：「跟我學，喵～～學好了就給你吃，喵～～」

她很有耐性地先喵了半天，終於哄得雪團兒也跟著喵一聲，只是那聲音實在古怪，粗啞洪亮，哪裡有半分小貓咪的可愛，好像一個已經變聲的少年刻意在學小女孩撒嬌似的，肉麻又搞笑。

姜桃被自己的聯想逗得哈哈直笑，冷不防聽一旁有人沒好氣地道：「妳倒是快活！」

姜桃一愣，雪團兒成精會說話了？而後才看到抱著手臂站在門口的姜楊。

這小子居然一大早又過來！

姜桃問他怎麼跑來了，姜楊也不答話，先進殿內，像警察搜房似的搜過一遍，確認沈時恩已經離開，緊繃的表情才舒緩了些。

「隔壁山頭出了大事，兩群匪徒廝殺，血把地都染紅了。爺爺奶奶不放心，讓我把妳接回去。」

姜桃驚得連手裡的粥都顧不得喝了。「接我回去？」

姜家人把她送到破廟，就是不顧她的生死，怎麼會因為匪徒的傳聞將她接回去？

姜楊並不答話，自顧自地開始收拾東西。

等姜桃疑惑地喝完手裡的雞肉粥，他已經揹上了大包袱。

「妳走不走？不走我自己走了。」姜楊道。

姜桃覺得在破廟裡過得挺好，但這是因為之前沒有牽掛，現在兩個弟弟都把她放在心上，她自然也想著他們，能回去自然更好。而且姜楊把她的東西全打包了，什麼都沒剩。

「你等等我！」姜桃抄起雪團兒，飛快跟上姜楊。

「阿楊，快和我說說，你怎麼跟爺爺奶奶求情的？為什麼一夜之間答應讓我回家呢？」

姜楊聞言，走得更快。「少自作多情，誰替妳求情了？」

姜桃不以為意，笑得更開懷，小跑著追上他，還拉他的袖子。

「告訴我嘛，我好奇死了！」

「妳煩不煩?!」

姊弟倆一個就是不說，一個追著一直問，雪地上一大一小兩串腳印，從山頭慢慢往山下延伸而去。

此時的槐樹村姜家，大房媳婦趙氏和二房媳婦周氏正窩在灶房裡咬耳朵。

想到等會兒姜桃就要回來了，趙氏恨得牙癢癢。「不知姜楊那小白眼狼給爹娘灌了什麼迷魂湯，不過一夜，兩人就改了口，居然肯讓那掃把星回來。」

周氏也沒好氣，埋怨道：「早知道那小白眼狼會良心發現，說什麼也該再攔他幾日。阿桃那丫頭未必能活到那時，也就沒有這麼多麻煩了。」

「可不是嘛，如今阿桃肯定病得更厲害，萬一大過年的死在家裡，真是晦氣！」

周氏長長一嘆。「若真是那樣倒還好，就怕阿桃像之前一樣，自己沒事，卻把厄運帶給旁人。」

想到橫死的三房夫婦，趙氏也心有餘悸。「不會那樣邪門吧。」

「最好是不會。」周氏捏著抹布，想像著是捏在姜桃身上一般，手勁大得幾乎要把抹布擰爛。

妯娌倆一頓埋怨，最後趙氏道：「反正我們大房今年的銀錢都花得差不多了，其餘的是留給孩子們用的。到時候阿桃看大夫抓藥的銀錢……」

「我們二房也沒有！」周氏忙道：「這年頭連地主家都沒有餘糧，嫂子別指望我。」

兩人哭起窮來，半點不見方才同仇敵愾的親密模樣。但她們還有著共同利益，倒也沒有撕破臉皮。

這時，周氏突然道：「嫂子，我有一個辦法，不知當講不當講？」

趙氏點頭，立刻附耳去聽，半晌之後，眉開眼笑。「妳這主意好，這樣就算那丫頭有命活下來，也禍害不到我們家半分了……」

姜桃隨著姜楊回到姜家時，姜家人正圍坐在堂屋裡用早飯。姜楊回屋去放包袱，她就自己先進去。

而在她回來之前，趙氏和周氏就吃得心不在焉，頻頻互換了好幾個眼色，只盼著姜桃在廟裡待了幾天，已然油盡燈枯，不用她們再費其他手腳。

但她們失望了，姜桃還是那個弱不勝衣的姜桃，卻是活蹦亂跳地回來了。

姜桃進屋便喊了人，除了趙氏和周氏臉上的笑有幾分勉強之外，其他人見了她，倒是有個真心實意的笑臉。

「好孩子，這些天妳受苦了。」姜老太爺頗為欣慰的一句話，差點讓趙氏和周氏把白眼翻到天上去。

這丫頭臉色紅潤，腳步輕快，看著哪裡像在破廟裡自生自滅的病人，不知道的還當她是去什麼好地方休養生息了。老天真是沒眼啊，竟沒讓這丫頭死去，反倒像病痛全消、成了健康人一般。

趙氏僵著假笑的臉說不出話，周氏當然也不高興，但她還是比趙氏有些城府，假裝熱絡地起身相迎。

「瞧瞧咱們阿桃這臉色，又紅潤、又健康，定是廟裡的三霄娘娘顯靈，把阿桃的病痛全帶走了。」

姜桃也跟著笑。「二伯母說得不錯，確實是三霄娘娘顯靈。如今我不僅病好得差不多，心境也比從前開闊。三霄娘娘還託夢，說是一併替我消了身上的惡命，不用再擔心。」

周氏沒想到姜桃變得這麼鬼靈精，她不過提了句三霄娘娘，姜桃就順著竿子往上爬，一副真的受到神明眷顧的模樣。

趙氏不屑地撇撇嘴，還不待她說話，姜老太爺就問姜桃。「三霄娘娘真這麼跟妳說？」

姜桃面不改色地點頭。「是啊，不然我的身體怎麼能在幾日之間養好？還有，三霄娘娘送我一隻小獸，雖然長得古怪了點，但據說是靈獸。」說著就喚雪團兒進來。

原本她還沒想好怎麼和姜家人說雪團兒的事，以後雖是她養，但總有照看不到的時候。和這麼多人住在一個屋簷下，要是有人在她不知道的時候欺負弱小可憐的雪團兒，她肯定心疼死了。

現在好了，既然周氏提到三霄娘娘，那就說雪團兒是三霄娘娘送給她的。這個時代的人，還是對神明很敬畏的。

雪團兒聽姜桃喊牠，小旋風似的跑進來，歡快地嗚哇嗚哇叫著，親暱地蹭到姜桃腳邊。

姜老太爺細細打量牠一會兒，認真點頭道：「這小獸長得確實非同一般，而且好似還通人性。」

姜桃笑道：「是啊，爺爺說得沒錯，牠機靈著呢。」

聽見有人誇自己，雪團兒驕傲地挺了挺小胸脯。

趙氏在旁聽了，急得直看周氏。兩人商量了辦法去對付姜桃，但眼下姜桃居然藉著三霄娘娘的名字大逞威風，連當家人姜老太爺都信了幾分。這樣下去，她們的計劃如何進行？

周氏見趙氏要憋不住了，忙起身笑道：「阿桃快別光顧著說話，先坐下用早飯。我去廚房再幫妳添一碗粥來。」

趙氏也跟著站起身。「我去幫忙。」

兩人說完話，便一起鑽到灶房去了。

添碗粥還要兩個人？傻子都能察覺出不對勁。

姜桃諷刺地揚唇，倒也沒戳穿，已然猜到兩位伯母肯定在計劃不好的事，雖然還不知道詳情，卻也不怕，定不會讓她們得逞！

她大大方方地在飯桌旁落坐，說起這些天在三霄娘娘的指引下，學會分辨藥草和野菜，又如何好運地抓到麻雀和野雞。

姜家人務農，平日裡聽得最多的就是家長裡短的瑣碎事，眼下聽姜桃說得玄之又玄，且不說信了幾分，都是聽得有滋有味。

姜老太爺看姜桃說得興致勃勃的模樣，心裡倒是真的欣慰起來。

他肯鬆口讓姜桃回家，還是因為姜楊。

前一日附近出匪徒的事突然傳開，姜楊聽到消息後，說他將來也是要下場科考的人，若旁人知道他們家在這種情況下，還把姜桃放在外面自生自滅，不知會傳出多難聽的話來。

姜老太爺一想，確實是這般，讀書人最要緊的是名聲，姜楊可以有一個在祈福的廟裡病死的姊姊，卻不能有一個被家人拋棄、死在土匪手上的姊姊，當下鬆了口，讓他一大早就去把姜桃接回來。

不過姜桃確實是姜家的好孩子，被他們送到山上，竟沒有生出半點怨懟。希望她說的是真的，得到三霄娘娘的垂憐，以後順遂起來，不再為家人招致禍端。

姜桃當然是沒有生出怨懟的。

她只把姜楊和姜霖當成家人，其他姜家人對她來說跟陌生人沒有區別。原身倒是對他們有感情，但在他們決定把她送到破廟時也淡去了。對陌生人的冷漠對待能生出什麼怨懟？不過平常心罷了。

第七章

姜家的早飯沒有什麼好東西，粥水稀得像米湯一樣，其他醬菜也是儲存了許久的，並不新鮮。

姜桃已經在破廟裡吃完一碗雞肉粥，現在也吃不下，等姜老太爺和孫氏吃完離開，她便跟著一道放了筷子。

沒多久，姜楊跟著她一道出來。

兩人前腳剛出堂屋，後頭就聽到有人在堂屋裡重重地放了碗。

不知是趙氏還是周氏在小聲罵道：「就是個掃把星、攪家精，竟還敢扯著三霄娘娘的名頭唬人。三霄娘娘要有那麼靈驗，那廟還能死那麼多人？真把我們當三歲小孩誆騙！」

姜楊聞言，立刻站住腳，神情陰冷得能結出霜來。

「別管他們。」姜桃拉著他往自己的屋子走。「任她們說去，我的病就是好了，還活蹦亂跳，氣死她們！」

姜楊的臉色這才好了些。「妳倒是想得開。」

姜桃頗為自豪地點點頭。「我這種樂觀豁達，一般人還真比不上。」

姊弟倆說著話，回了屋裡。

此時，姜霖還在被窩中。

猛然聽到姜桃的聲音，他一個鯉魚打挺跳起來，胖乎乎的小手揉著眼睛，睡眼矇矓地說：「我是在作夢，還是姊姊真的回來了？」

姜桃也想小胖子了，立刻坐到炕沿上，把他按回被窩。「不是作夢，是姊姊回來了。」離得近了，姜桃才發現小胖子的眼睛紅紅腫腫，像兩顆大核桃似的，一看就是晚上躲在被窩裡偷偷哭了。難怪睡到這會兒了，還是睏得睜不開眼。

姜霖本就迷糊著，姜桃隔著被子，在他胸口輕拍，一會兒後，又把他哄睡了。

「讓你看著他，就是這麼看的？」姜桃小聲地問姜楊。

破天荒的，姜楊沒和她鬧彆扭或吵起來，反而自知理虧地摸摸鼻子。「昨兒個有些事，忘記來瞧他了。」

為勸服姜老太爺，他也是頗費了一番功夫，加上昨兒他從山上回來時也不早了，所以等姜老太爺鬆口，就直接睡下。

姜桃也不是真的怪他，看他臉色不太好，也心疼他，要他跟著姜霖再睡一會兒。

姜楊剛出生就被抱到祖父母身邊，是姜家孩子裡唯一一個從小獨自睡一間房的。更小一些的時候，他很羨慕弟弟，能整天和爹娘一道睡，但現在大了，就有些彆扭。

「我不睏。」

姜桃不理會這話，催姜楊快點上床，姜楊要她轉過臉不許瞧，才脫了外衫鑽進被窩。

姜霖像個小火爐似的，被窩裡暖洋洋，姜楊發出一聲舒服的喟嘆。

姜桃一手拍一個，也要哄姜楊睡。

「我又不是小孩！」

姜楊彆扭地抗議，卻被姜桃直接忽視。沒一會兒，他就睡著了，嘴角不覺上揚起來。

姜桃見他們都睡了，便開始想之後的打算。

現在姜家還沒分家，但田地都是分好的，各房每月交出一部分銀錢或糧食，剩的歸各房所有，供應各房的支出。三房名下沒有田地，因為原身的爹從前念書時花了家裡許多銀錢，之後考上秀才，在學塾裡教書，掙的束脩也比種田多。

可眼下三房只剩姜桃帶著兩個弟弟，沒了進項，連來年姜楊的束脩都成了問題，她得在過年時想法子掙到錢才行！

然而，稍晚些的時候，自詡正向思考的姜桃被三房的現況嚇住了。

她抱著三房裝銀錢的匣子，說不出話，久久才問姜楊。「這匣子裡就這麼一點錢嗎？咱家是有多窮？」

她知道三房不如表面上那麼光鮮，沒有田地，吃用和姜楊的束脩全靠父親教書掙來，平時寫字買書都是不小的開銷。加上夫妻倆是真心實意疼愛長女，發生意外之前，已經在替她相看親事，花了很多銀兩置辦嫁妝，都存在鎮上的鋪子裡了。

但姜桃絕對沒想到，打開存銀錢的匣子，裡面居然只有二十文。

鎮上一塊油餅都要賣兩文錢，這些錢能頂什麼用？

別說姜楊的束脩了，連一份像樣的年貨都置辦不出來。

之前她挺有信心能掙到銀子，是因為有一手刺繡的好本事。上輩子她的繡品雖沒在外面出售，但她師傅聲甲天下，且傾囊相授，她後來的作品得了宮裡娘娘的青眼，想來肯定不愁賣錢。

可眼下這二十文錢，不說上乘布帛，連些像樣的彩線都買不起啊。

時近中午，姜楊和姜霖都睡醒了。

姜霖看到姜桃，才知道自己不是夢到姊姊回來，而是真的，笑開了花。接著又看到雪團兒，更是樂得不得了，追著雪團兒滿屋子跑。

雪團兒跟這個新認識的小夥伴也投緣，跑快了怕他跟不上，還特地停下來等他。一大一小跑了快一刻鐘，也不知道累。

姜楊則去孫氏那裡拿了個雞蛋，用熱水煮了，正慢條斯理地剝蛋殼。

聽到姜桃這麼問，姜楊手底下的動作頓了頓，回答道：「我往常不過來，如何知道爹娘存下多少銀錢？」

姜桃蔫蔫地嘆口氣，前兩輩子都沒為銀子發過愁，現在卻為了一點本錢為難了。

她正想著辦法，姜楊突然想到什麼，霍地站起身，炸了毛。「妳不會以為是我偷了吧?!」

姜桃一頭問號，不知道他哪裡來的錯覺。

姜楊冷著臉。「我確實花了不少銀錢買東西送上山，但那是我自己的，我沒有動過這匣子裡一文錢！」

說著，他氣呼呼地放下雞蛋，要拂袖而去。

姜桃忙拉住他。「你這孩子怎麼氣性這樣大？咱們家現在只剩下我們三個，我不過是覺得發愁，想同你商量，何至於就懷疑你了？再說，就算真是你拿了咱家的銀錢給我送東西，也是正當用途。再退一萬步說，即使你取了錢替自己買東西，也不叫偷。」

姜楊聽她一口一個「咱們家」，臉色才放緩些。「反正再退十萬步，也不是我拿的。」

姜桃連連點頭。「我只是想和你商量而已，拿主意的就咱們兩個，難不成要問阿霖？」

聽到自己被點名，姜霖氣喘吁吁地停下來，挨到姜桃跟前。「姊姊要問我啥？」然後目光落在姜桃手裡的匣子上。「這個呀，娘親以前每天都要打開來看一遍的。」

姜桃心裡燃起希望，問他。「那裡面裝了多少東西？」還是覺得三房不至於就剩這麼幾文錢，尤其是這幾天房裡只有姜霖一個人住，他哪裡懂這些，這說不定是大房跟二房的伯母做的好事……

但姜霖的回答打破了姜桃的幻想。

「沒有，這個匣子只有春天的時候會裝滿，娘說好像是爹的學生給的什麼書來著？」

「束脩？」

「對，娘就是這麼說的。」

得，還真是原身爹娘不擅長儲蓄，把錢花完了。

看著三房裡不算富裕的擺設，姜桃一時間真沒想到，收上來的束脩會花到什麼地方。

「不用為銀錢發愁。」姜楊把剝好的水煮蛋遞給姜霖，同姜桃道：「我身上還有一些，如果妳要用，和我拿就是。」說著便從身上掏出二錢銀子。

姜桃忙擺手說不用。姜楊還是個半大孩子，怎麼好把養家的重擔加到他身上。

其實這刺繡買賣，沒本錢也有沒本錢的辦法，只是不能繡那種能賣出好價錢的繡品，得從繡帕子這些零碎的東西開始，利潤會薄很多。

但也有好處，賣價低，不用像大型繡品那樣等機會賣，倒是不愁出手。

他們說著話，姜霖突然響亮地打了個嗝。

兩人循聲看去，小胖子手裡已經空了，正拍著小胸脯順氣，一副噎到的樣子。

姜桃忙給他倒水，姜楊蹙著眉問：「雞蛋呢？誰讓你吃了！」

姜霖喝了姜桃餵的水，針鋒相對地反問：「不是你給我的嗎?怎麼，你想要回去?!」

別看姜霖在姜桃面前是貼心小寶貝，對著姜楊這個不怎麼親熱的兄長，也是個炸藥桶子，一點就炸。

姜桃見狀，捏捏姜霖的小胖臉。「怎麼跟你哥哥說話的？」

姜霖哎喲一聲，姜桃以為自己捏疼他，忙鬆了手。

姜霖嘿嘿壞笑一下，乘機從姜桃手邊跳開了。

姜楊好心好意地向孫氏討了雞蛋，給這個小胖子揉眼睛，沒想到這傢伙居然眨眼間吃了，還那樣子和他說話，本是有些不高興，但看到姜桃幫他出頭，那點氣也沒了，瞪了姜霖一眼，站起身。

「我再去跟奶奶討一個。」

嗝！姜霖又打了一個嗝，忙道：「飽了飽了，吃不下了。」

「不是給你吃的，是給你揉眼睛的！」姜楊忍無可忍地吼了聲，甩了布簾出去。

姜霖偷偷摸到姜桃耳邊，小小聲地說：「下一個給姊姊吃。」

姜桃好笑又無奈地揉揉他頭髮。弟弟們也是可憐，從前父母還在的時候，對孩子好得很，什麼時候為了一點吃喝發過愁？眼下卻連一個雞蛋都寶貝似的。

雖然雞蛋在農家確實是好東西，也唯有姜楊說拿一個就能拿一個，換了旁人，孫氏未必肯給。

但見姜霖為了個雞蛋這般花心思，姜桃還是十分心酸。

掙錢掙錢，先不管大錢，總不能讓這個小胖子在自己手上餓瘦了！

片刻後，姜桃開了家裡的衣櫃箱籠，找出一些料子還算上乘的布帛。那是原身爹娘替女兒準備的，想著讓她做新衣裳，跟男方相看時穿。

現在親事沒了，正好拿來做帕子。

姜桃拿了剪子，很快就裁好了布，然後開始構思繡什麼。腦子裡有了圖樣之後，便開始忙起來。

到底是曾經整日刺繡的，稍微練習一會兒後，姜桃的動作就越來越熟練了。

姜霖也很乖，雖然不知道姊姊為什麼開始做針線，卻沒多問，繼續跟雪團兒在屋裡玩。沒一會兒，姜楊又黑著臉拿著一個水煮蛋過來，等他剝好殼，姜霖伸手就要接，說給姜桃吃。

姜桃說自己真不吃，姜楊便按住小胖子，用雞蛋揉他核桃似的眼睛。

「妳還會針黹？」姜楊問姜桃，在他印象裡，他這姊姊在家不怎麼幹活，也不做女紅，和姜霖沒什麼區別，整日裡只知道玩。

姜桃知道原身不會刺繡的事瞞不住，幸好今日那些不安好心的伯母們給她遞了竿子，她藉此往上爬，扯出三霄娘娘來。

「從前是不會的，但在廟裡每天作夢，夢裡有人教，我醒來就像做過好些年似的，回來練練手，繡點東西貼補家用也好。」

姜楊不懂繡品能不能賣錢，只道：「都說不用為了銀錢發愁，往後這些事交給我，不會苦著你們。」

姜桃心裡熨貼，抿了抿唇。「一家子嘛，肯定要一起努力。你讓我做點事，不然閒著也難受。」

也是，爹娘驟然去世，忙起來總比閒著好。姜楊的神色黯了黯，沒再阻止她。

姜楊跟她說著話，手上沒停，揉了約一刻鐘，見姜霖眼睛上的腫脹消下去，便把雞蛋遞給姜霖。

姜霖剛被噎到，現在也吃不下，再去問姜桃，聽她說真的不用，眼神在姜楊和雪團兒面前亂瞟一陣，好半晌才下定決心道：「哥，你吃吧。」

他的地位差點連這剛進門半日的古怪小獸都比不上?!姜楊氣得哼了一聲。

「不吃拉倒。」姜霖作勢要將雞蛋收回。

「誰說我不吃！」姜楊把雞蛋搶過來，在姜霖心疼無比的目光中，兩口把一個水煮蛋吃完了。

「嗝！」

姜霖哈哈大笑，姜桃無奈地又替另一個吃到噎著的弟弟餵水。

這個時代的農家平日只吃兩餐飯，也就是早飯和晚飯。中午時不開伙，各房管各房的，隨便吃上一口罷了。

而時值隆冬的農閒時候，男人不用下地，吃食更是簡單了。

姜桃和兩個弟弟都不會做飯，好在前一天姜楊送來的東西裡有些吃食，就著熱水隨便吃幾口，也算對付了一餐。

姜楊回自己屋裡看書，姜霖則不知疲倦地帶著雪團兒出去亂竄，正好把房間留給姜桃琢磨刺繡的事。

她剛開始繡，趙氏和周氏就過來了。

這兩個伯母素來不安好心，不過姜桃也不慌，先喊了人，便繼續做自己的事。

趙氏見她連站都沒站起身，臉色不善地撇撇嘴。從前這丫頭也是知道禮數輕重的，現在病了一遭，竟好似變了個人，渾然不把她們放在眼裡。

周氏拉了趙氏一把，提醒她發難別急在這一時。

趙氏這才不情不願地把到嘴邊的話嚥回去。

看著姜桃手下嫻熟的動作，周氏便找話說：「過去竟不知我們阿桃這般擅長女紅和針黹。瞧瞧這手藝多好啊，鎮上繡坊的繡娘都比不上。」

雖然姜桃很快想好圖樣，但配色時還是糾結了一陣，所以只繡了幾片花瓣，周氏又不精通女紅，哪裡看得出好還是不好，不過是想誇她罷了。

若換成旁人聽了，少不得謙虛幾句，但姜桃卻十分坦蕩地應下，臉不紅、心不跳地順著周氏的話說。

「二伯母說得不錯，我也覺得我繡得很好。過去我不會這些，還是託了三霄娘娘的福，待在廟裡的時候老作夢，得仙人教授的。本來我心裡有些沒底，還以為是自己想多了，如今二伯母一誇，證明果然是仙人所授的不凡技藝。」

饒是周氏剛勸過趙氏，此時聽到她這番話也氣得不輕。早上她不過是隨口提了一句三霄娘娘，這丫頭就一直扯著仙人不放。現在她只是寒暄幾句，怎麼就成了替她證明?!

周氏臉上的假笑僵了僵，連場面話都說不出了。

趙氏也不耐煩和姜桃兜圈子，開口道：「阿桃，不是當伯母的說妳，這女人哪，就該腳踏實地，別整日裡想那些有的沒的。現在妳的身子看著也好了，就沒想想以後的出路？」

來了來了，姜桃在心裡道，故作不解地問：「什麼出路？」

趙氏恨鐵不成鋼地說：「女子還能有什麼出路?當然是相夫教子了！」

姜桃「哦」了一聲，然後又把頭低下來，繼續穿針引線。

「妳這是什麼意思？」趙氏急了。「我們又不是要害妳，都是為了妳好！再過幾日就是年節，到時候來往走動親戚的可不少，要是有看得順眼的，儘管跟妳爺爺奶奶提。」

姜桃抿了抿唇。「大伯母這話說得奇怪，婚事是父母之命、媒妁之言，如今爹娘不在了，自然是爺爺奶奶作主，我怎好自己去提？」

姜老太爺是當家人，說一不二。現在他對姜桃心存愧疚，如果姜桃真有了屬意的人，自會不遺餘力地找人撮合。可他性子直，若是姜桃不主動提，他不會主動把身帶惡命的孫女嫁出去，怕害了別人。

姜桃爹娘剛過世時，趙氏和周氏便想將她胡亂許人，姜老太爺沒答應。原來的姜桃偶然間聽到兩個伯母的算計，加上心中鬱結難抒，才一病不起的。現在，姜桃病癒歸來，還信誓旦旦道自己得了神明眷顧，說得像模像樣，連姜老太爺都信了幾分。

這下，趙氏和周氏更不敢在姜老太爺面前提要把姜桃嫁掉的事，打算先唬住姜桃，讓她自己去說。

「為何妳不能提？這是為了咱們家好，為了妳爺爺奶奶、弟弟好。妳可別忘了妳的命數，妳爹娘歿了還不成，難道妳想讓他們也……」

換成從前的姜桃，聽到這樣的話，肯定會難受得紅了眼眶。如今，姜桃只挑挑眉，不卑不亢地還起嘴來。

「什麼命數？從前那道士的批言啊？我不是說了嗎，三霄娘娘已替我消去，再沒有什麼惡命。三霄娘娘又教我那樣多的本事，爺爺奶奶跟弟弟們只會沾我的光呢。」

又是三霄娘娘。周氏氣得差點一口氣上不來，她這笨嘴說什麼不好，早知道就不該提起這些。

趙氏也氣得不輕，在她印象裡，姜桃就是個沒見識的小姑娘，稍微哄一哄、嚇一嚇，應該就能制住。可現在雖輕聲細語，卻是半分不讓，竟變成油鹽不進了！

欣賞夠兩人吃癟的模樣，姜桃的神情更輕快幾分。「兩位伯母要是沒事，就去忙吧，我還要做女紅，替阿楊賺來年的束脩。若是您們捨不得阿桃辛苦，願意慷慨解囊……」

周氏立刻拉著趙氏，逃也似的快步出去了。

果然是兩隻鐵公雞！姜桃的笑容又快樂了幾分。

第八章

趙氏被周氏拉著，快步到了院中，才黑著臉甩開她的手。

「妳拉我出來做什麼?!」

周氏道：「嫂子還沒看出來？那丫頭像換了個人似的，根本沒認真聽咱們說話，純粹是拿咱們消遣。」

趙氏當然看得出來，可做長輩的在小輩面前說話不管用，自覺丟臉，想找回顏面。

「我勸大嫂冷靜些，現在爹對這丫頭有愧疚，要是真吵起來，咱們只有挨罵的分兒。」

「冷靜？我怎麼冷靜？妳聽聽這丫頭說的話，什麼爺爺奶奶和弟弟還要沾她的光呢，哪曾把咱們看在眼裡！」

「那丫頭就是病糊塗，連自己幾斤幾兩都忘了！這針黹、女紅的，不說城裡，咱們村子的女人，有誰不會幾手？就她那不曾認真學過的底子，難不成還真能賣出銀錢來？」

趙氏聽了，面色緩和些，嗤笑道：「妳說得也對，我進城時聽繡坊的人說過，她們刺繡前都要下工夫描花樣子、配線，就算是一方帕子，要想賣出去，沒個三、五日也做不了。她那樣閉著眼胡亂繡的，能賺到什麼銀錢？不過是糟蹋東西罷了！」

安撫好沉不住氣的妯娌，周氏又接著說：「看來這丫頭學精了，讓她主動提是不可能。

不如這樣，我們主動去找男方，把她誇得好些，等旁人來提親，爹就沒話說了。」

趙氏無奈道：「她生那場大病之前，咱們便打算嫁掉她，雖說爹不答應，但多少也放出一些風聲。不過妳瞧，這些天可有一個上門的？」

周氏搖頭。「那是咱們從前目光短淺。誰說她只能嫁在這抬頭不見低頭見的地方，咱們往遠的地方找，總有沒聽過她那惡名，或者不怕死的。」

槐樹村在附近的十里八鄉已經算是相當富庶，起碼沒聽說誰家吃不飽飯。再往遠處找，便真是窮鄉僻壤，或是白山上全是苦役的採石場。

這種地方，若是趙氏和周氏要幫自己的兒女、親戚說親，肯定不會考慮，嫁過去不知道要吃多少苦。尤其是採石場，即便那處的苦役不是窮凶極惡的重犯，但都是涉罪的人，從前曾風光過，就算娶了妻，也只會念著從前的榮光，不會好好過日子。附近幾個村子，也少有姑娘和苦役成親。

所以，之前趙氏和周氏沒想起這些，但前幾日趙氏的親戚上門送年禮，裡頭有個正好在採石場當監工的，提起那邊的事，周氏便默默記在心裡。

趙氏聞言，面上不由一喜，立刻道：「這好辦，我娘家姪子正在那處領差事，今兒個我就回娘家問問。」

姜桃想賴在姜家，當繡娘做女紅賣錢？作她的春秋大夢呢，還是做個苦哈哈的苦役娘子去吧！

天剛亮，白山採石場的苦役們全起了身，開始準備幹活。

蕭世南是最後一個起來的，此時沈時恩已經練過一套拳，打著赤膊，在院裡用井水擦洗身體。

寒冬臘月，冷風颼颼，蕭世南看著他這樣，縮了縮脖子，覺得冷。

沈時恩擦洗完，將短褐穿上身，招呼著蕭世南一道出門。

這一處的苦役比其他地方的重犯，待遇好上許多，十人一組，每天幹完自己分內的活兒就成，也不會在監工手裡吃太多苦頭。甚至腦子轉得快、能尋摸到賺錢路子的，多打點一些，連活兒也可以推給別人，只管逍遙去，每日按時過來應個卯便可，監工也是睜一隻眼、閉一隻眼。

但沈時恩並不想引人側目，到了這裡三年多，還是按時去上工。

蕭世南剛來時，才十二歲，又不像沈時恩那樣自小練武，挑個石頭，就把肩膀磨得血肉模糊。

沈時恩見了，就去獵些野物，送給監工，把蕭世南的活兒挪到自己名下。

這兩年，蕭世南大了，不好意思看沈時恩一個人幹兩個人的活兒，跟著一道上工，雖然體格還是稍弱，但多少能幫襯些。

蕭世南摸出半塊前一夜剩下的餅子分給沈時恩，兩人正吃著，就看到一個身著粗布短襖、身形魁梧的年輕男人走來。

他們認得他，是在本地雇的人，負責看守採石場，名叫趙大全。

趙大全是趙氏的娘家姪子，前一天休沐回家，遇上特地回娘家的趙氏。

趙氏同他說了姜桃的事情，想替她在採石場尋一門親事。

姜家同趙家是姻親，兩家素有來往，趙大全對姜桃並不陌生，甚至早兩年時，還對貌美嬌憨的姜桃動過心。

但他有自知之明，姜桃的爹是秀才，又將女兒看得像寶貝似的，自然不可能把她許給他這樣的人。

因此，趙大全便斷了念想，前幾日送節禮時，聽說姜桃病得快不行了，被送到三霄娘娘廟祈福，也不禁一陣唏噓。

孰料，姜桃的病居然神奇地好轉，姜家又要為她安排親事了。

趙大全為她高興之餘，又替自己惋惜，若是他能等兩年，說不定姜桃就是他的媳婦呢。

惋惜歸惋惜，趙大全也知道不成，他不怕帶凶煞的惡命，可家裡的長輩肯定不會要這樣的媳婦。

所以趙大全便想著，好好幫這個他曾經心儀過的姑娘挑個好夫婿，第一個人選，就想到沈時恩。

沈時恩的樣貌、身形不用說，連他看了都只有讚美的分兒，而且他懂武藝，連山上的野豬都獵過。雖說身邊帶著有些文弱的弟弟，但他弟弟已經十五歲，眼看著也是個能扛事兒的男人了。

姜桃的爹娘歿了，兩個弟弟年紀小，家裡自然缺少能幹活的人。沈時恩帶個少年弟弟，反而成了助力。

只是，沈時恩少同採石場的人往來，趙大全還是偶然和他多說幾句話，才算有些交情。

趙大全是個不會兜圈子的耿直人，瞧見兄弟倆，就招呼道：「沈二，我來和你商量一件事。」然後便竹筒倒豆子似的，說姻親家裡有個好姑娘要說親，問他想不想成家。

怕嚇到沈時恩，趙大全沒說姜桃爹娘過世和她批命的傳聞，只說是秀才家的女兒，貌美心善，是難得一見的好姑娘。

還不待沈時恩回答，蕭世南就搶著道：「大全哥別誆我們，那姑娘真要有你說的這樣好，能輪得上我二哥？」

趙大全忙道：「咱們認識多少年了，我何曾說過謊話。那真是個好姑娘，本身挑不出半點壞處，就是家裡……有點問題。」

不等他細說，沈時恩便回絕了。「我暫時不打算想這些，謝過你的好意了。」說著就去拿工具，準備走了。

趙大全急得在後頭直追，可惜沈時恩腳步飛快，如御風一般，實在讓他追不上。

不過，沈時恩飛快地離開了，蕭世南這個不會武的還在。

趙大全抓住蕭世南，忙道：「小南，你勸勸你哥，我絕對沒有騙人！」他姑姑說姜家那邊急著給姜桃訂親，若是沈時恩不答應，姜家肯定不會等。可他也不想看到姜桃那樣好的姑娘隨便許人，那可是一輩子的事！

蕭世南沒急著掙開趙大全的手，反而問他。「那大全哥好好和我說說，到底是個怎麼樣的姑娘？要是真像你說的那般好，怎麼還愁嫁不出去，要在苦役裡頭尋夫君？」

這下趙大全也不想瞞著了，一五一十地說了姜桃的情況。說完，小心翼翼地打量蕭世南的臉色。

蕭世南面色不變，他不信命，那姑娘的父母是意外去世，怎麼也說不上是應了剋親的批命。真的要說，最剋親的豈不是他表哥？沈氏一族全歿了，只剩他這根獨苗。

「只要大全哥不騙我，我就替我表哥應下這事。你挑個日子，約兩家相看吧。」

「你能作你哥的主？」趙大全問道。雖然蕭世南才十五歲，但在鄉下也算是能說親成家的大人了，但這對表兄弟在一處時，怎麼看，沈時恩才是那個拿主意的。

被人小看了，蕭世南當然不服氣，道：「怎麼不成？自然是可以的！」

趙大全打量蕭世南一番，突然有了別的想頭。沈二不一定能鬆口，但眼前的蕭世南也是一表人才啊！雖說不如他哥哥，但跟採石場的其他人相比，也是鶴立雞群。到時候兩兄弟過去，總有一個能被相中吧？

於是，趙大全笑著應下。「成，那我去向我姑姑回話。訂好日子，就告訴你們！」

蕭世南點頭，就去追沈時恩了。

沈時恩已經在幹活，聽到響動，頭也不抬地問：「你沒有替我亂答應什麼吧？」

一下子被戳穿，蕭世南心虛地摸了摸鼻子。「沒、沒有。大全哥說約個日子去見一次，我想著，咱們平日也沒事，去就去吧……」

沈時恩不悅地抬眼看他，蕭世南立刻討好地笑道：「二哥，我這不是替你著急嘛。你都二十二了，過年就是二十三。我記得二哥曾經訂過一門親事，若還在京城，你這年紀，該是幾個孩子的爹了……」

聽到訂過親的事，沈時恩的臉色黯了黯。

蕭世南見狀，越說越理虧，聲音越來越低。「你訂親的那戶人家，我依稀記得是寧北侯府，好像姓姜？這次大全哥來說的那家也姓姜，這豈不是緣分？五百年前是一家呢。」

沈時恩沒好氣地橫他一眼。「附近有個姜家村，整村全是姓姜的，都同我有緣？」

此地姓姜的太多，沈時恩完全沒想過，要說親的會是他在破廟遇見的小姑娘，她那麼好，自然不會到採石場這樣的地方來挑丈夫。而且她說要等年後才歸家，就更不可能了。

蕭世南自知沒理，只能歪纏著求沈時恩。「我都應承大全哥了，現在反悔，往後還怎麼在一處幹活。好二哥，咱們就去看一眼，若是相不中，就……」

「就如何？」

「就我娶那姑娘成不成？」蕭世南有些不好意思地搔搔臉。「我也十五歲，不小了。」

這話，沈時恩倒是沒有反駁。

蕭世南是為了替他掩蓋身分才到這裡，說起來全是受他牽累。如今蕭世南正值少年，但短時間內他們只能蟄伏，如果蕭世南能在此處成家，也不是壞事。

「你想好了？」

「想好了！」

「行，到時我陪你一道去相看。」

不過，蕭世南十二歲就隨著沈時恩出京當苦役，哪裡懂什麼男女之情，只想著，反正妻妾嘛，總歸要有的，沈時恩要是看不上那姑娘，他娶了也沒什麼。他日要能回到京城，不過是府裡多雙碗筷的事。

幸虧不通人事的蕭世南沒把心裡的想法全盤托出，不然光憑這番話，就少不得吃沈時恩一頓教訓。

姜桃待在屋裡，埋頭繡了三天，終於趕在年前繡出四條滿意的手帕。

四條手帕都是鵝黃色，但用了不同配色的彩線，一條繡桃花、一條繡荷花、一條繡菊花，最後一條繡了梅花，正好湊滿一年四季的花卉，成了完整一套。

儘管繡得比從前慢不少，但成品出來之後，姜桃還是挺滿意的。她怕惹人注意，沒用蘇大家傳的特殊繡法，只用了普通針法，但繡出來的東西卻比從前更有靈氣。

以前蘇大家說她天賦異稟，又有著旁人難及的耐心，有時還會冒出一些奇思妙想，已然比她年輕時強上不少，青出於藍。但繡的東西卻過於匠氣，年紀小時可能還不明顯，等再大些想更進一步時，怕是困難。

刺繡也是一門藝術，像畫畫似的，初時追求構圖、畫工，接著就該追求意境了。

那時的姜桃雖然活到了第二世，但一直被病痛束縛著，心境自然不可能開闊，更別提繡出手下作品的意境了。

如今重活一次，在生死邊緣再次掙扎，終於得了健康的身體，心境豁達，覺得自己隱隱約約體悟了一些蘇大家說的意境。

手帕繡好後，便要拿去縣城賣。

姜楊說他正好有事要進城，幫她一起送到鋪子裡就是了。

姜桃卻說不用，這幾條帕子不準備賤賣，還是親自去一趟。

於是，這天一早，姊弟兩人用過早飯後，和姜老太爺說一聲，準備出門。

此時，趙氏和周氏正湊在院子裡的角落嘀嘀咕咕。

這種情況已經持續好幾天，姜桃見過幾回，起初還防備著她們耍陰招，但她們遲遲沒有動作，姜桃也就不管了——只有千日做賊，沒有千日防賊的，反正她也不怕她們，兵來將擋，水來土掩便是。

趙氏和周先以為姜桃是送弟弟出門，看她竟也要走，立刻追出來。

「阿桃這是要出去？」趙氏急急地問。

「帕子繡好了，我送去賣錢。」姜桃說著話，狐疑地打量她們緊張的神色。「兩位伯母找我有事？」

周氏怕笨拙的趙氏說漏嘴，忙搶著笑道：「哪有什麼事？就是看今日天氣不太好，想著妳身子弱，別在外頭著了涼。」

趙氏也跟著附和。「就是就是，我們擔心妳罷了。不過賣幾條帕子，也不值幾個錢，讓楊哥兒替妳捎進鋪子，或等年後得了空，再拿去賣也不遲。」

姜桃頓時覺得奇怪，又猜不出她們為什麼阻止她出門，只道：「我就是想在年前賣的，賺來的銀錢可以買些好的布料、彩線，也能做出更好的繡品。」

趙氏說不出話了，只得去看口齒更伶俐的周氏。

周氏正支吾著，姜楊不耐煩地皺起眉。「既然天氣不好，兩位伯母別攔著我們，我們早去早回，午飯前便能回來。再耽擱下去，時辰就晚了。」說罷便拉著姜桃離開。

姜楊是姜老太爺和孫氏的寶貝，身子骨又弱得很，趙氏和周氏不敢拉他，只能放他們出門去。

等他們走遠，趙氏埋怨周氏。「妳怎麼就這樣放那死丫頭出門？難不成忘了今日是什麼日子？萬一人來了，這死丫頭還沒回來，豈不白忙活一場。」

其實周氏對這個沈不住氣的大嫂挺不耐煩，但仍勉強笑道：「爹娘就在屋裡，難道妳敢為難楊哥兒？反正他們中午前就會回來，耽誤不了。再說，跑得了和尚跑不了廟，今天不行還有明天，阿桃還能跑了不成？」

離姜家越來越遠，姜桃還是忍不住回頭張望，總覺得這兩個伯母今天很是古怪。

「別管她們。」姜楊頭也不回地道：「我在家裡，她們不敢如何。」

姜桃轉過頭，見姜楊手裡提著一個布兜，問他重不重，要不要她幫著提？

姜楊避開她去接布兜的手。「幾本書罷了，哪裡會重。」

他這姊姊自病過一場之後就變了，對他親近不少不說，還總愛把他當成孩子看。

姊弟倆走到村頭，搭上同村的牛車，進城去了。

第九章

入城之後，姜楊說要去書齋，跟姜桃約了，一個時辰之後在城門口見面。

姜桃揣著四條帕子，在最繁華的街道上逛了逛，選了門面最大、客人最多的芙蓉繡莊。

這家繡莊抵得上普通鋪子的四、五間大，處在街頭岔路最大的位置，人來人往，裡頭設十幾個櫃檯，賣帕子、抹額、荷包、衣裳等各色繡品。先不說這些繡品如何，光店裡的擺設，就很大器富貴。

裡頭的客人也多是衣飾華貴，像姜桃這樣穿著一條半新不舊的素色衣裙進來的，很是引人側目。

不過，掌櫃年大福倒不是只敬羅衣不敬人的，見伙計忙著招呼其他客人，遂親自走到姜桃面前，和氣地問：「姑娘看著面生，應該是第一次到我們繡莊來，不知道要買什麼？」

姜桃對著年掌櫃笑了笑。「我不是來買東西，是想來賣東西。」

年掌櫃臉上的笑容不變，口中卻道：「那怕是辛苦姑娘白跑一趟了。我們這繡莊是從京城開過來的，雖是分號，但繡品出自京城的自家繡坊，並不收旁人賣的。」

大一些的繡莊都會有自己的繡坊，裡頭的繡娘簽了長契，十來歲便開始由老師傅教導。

不過，繡莊既是做買賣，只要有利可圖，還是會從旁人手裡收繡品。

這偏遠之地，富貴人家不多，有眼界的人也不多。芙蓉繡坊剛開張時，許多人拿了自己的繡品來賣。初時年掌櫃還幫著掌掌眼，但看到的都是些不像樣的東西，久而久之，就不從本地收購。

姜桃不以為意，繼續道：「我特地從村裡趕來的，路上就花了兩、三刻鐘，煩勞掌櫃的幫我看一眼，要真是不成，我一定不再糾纏。」

姜桃年紀不大，又生得膚白貌美，說話輕聲細語，進退得宜，神情亦是不卑不亢，饒是年掌櫃這樣閱人無數的，一時間也不忍心讓她失望。

他帶著姜桃到了櫃檯邊，請她把繡品拿出來，心裡卻想著等會兒要說的回絕之語，說詞可要婉轉些，讓小姑娘不至於太過難堪。

姜桃取出四條帕子，年掌櫃先瞧料子和鎖邊。

料子是普通的好料子，不算名貴稀有，鎖邊的針腳細密周正，看得出繡工紮實。

年掌櫃依舊面不改色，但當他看到帕子角落繡的圖案時，眼中就閃現出驚豔的光芒。

圖案不過是春桃夏荷秋菊冬梅這些常見的樣子，卻繡得栩栩如生，每一片花瓣和葉片的脈絡都清晰可見，上頭的蝴蝶振翅而起，彷彿真的要飛出手帕一般。另一條繡的喜鵲更是毛羽蓬鬆、纖毫畢現，無比討喜可愛。別說用針線繡成這樣的，就是用筆能畫成這樣的，年掌櫃還沒見過幾回。

他伸手摸了摸針腳，才確定眼前的帕子並不是用了掩人耳目的法子，而是真的一針一線繡出來的。

只可惜這帕子的繡法有些普通，更被料子、用線所累，不然別說在縣城裡賣，就算送到京城去，也不會比經驗老到的繡娘的作品遜色。

年掌櫃將每條帕子看了又看，摸了又摸，半晌之後才開口道：「好一位厲害的繡娘。」這樣的功底，非數年苦練不得，年掌櫃以為是姜桃家裡的長輩所繡，讓她這小輩出來變賣而已。

姜桃沒有多解釋，只問：「掌櫃看著不錯就好，不知道能出什麼樣的價錢？」沒有直接說要賣，而是問價錢，意思是提醒掌櫃的別想著壓價，她還可以找別家繡莊接著問。

年掌櫃沈吟半晌，最後試探著問：「一套二兩銀子，姑娘看這價錢如何？」二兩銀子，在姜桃的認知裡算是偏低的價錢，畢竟從前她師傅的繡品，就算是最不起眼的抹額之類的，也要賣到上百兩。她自然不能跟師傅那樣的大家相提並論，但一身本事全是師傅心血所授，肯定不僅值這些。

但眼下她不能提自己的師承，也不敢用蘇大家所創的技法，帕子的底料和彩線也是普通貨色，又是第一次拿繡品來賣，賣不出去也屬正常。她進店之前，在街上逛著，看到街邊小攤賣的手帕，昂貴些的，一條至多半錢到一錢銀子，用料也比她的好，二兩銀子的價格還算厚道。

姜桃沈吟不語，年掌櫃怕她後悔，有些著急地說：「實在不是老夫要壓姑娘的價，而是老夫權力有限。這樣吧，我再給姑娘加一兩銀子！」

其實年掌櫃沒說的是，他權力有限是一回事，另一方面是他們商號的少東家最近就在此處，對芙蓉繡莊的盈利很不滿意，此時不敢貿然再花更高的價錢收購繡品，生怕惹得少東家不快。

一下子加了一兩，姜桃也不猶豫了，道：「價錢有些低，但我想和芙蓉繡莊長期合作，這價格自然好說。只是得麻煩掌櫃，若我還要在此處變賣繡品，不知能不能以便宜些的價錢賣我布料和彩線？」

繡莊買這些的辦法多得很，價錢比市面上便宜很多，年掌櫃幾乎沒有猶豫就答應了。

「這自然好說，一定給姑娘滿意的價錢。」

很快，三兩銀子到了姜桃的口袋裡。

她印象中，姜楊的學費不只這些，因為他的老師是本地頗有名望的舉人，比原身的爹還厲害許多，這也是為什麼原身的爹沒親自教導兒子念書的原因。

所以，姜桃沒急著攢下銀子，而是想著在姜楊開學之前，繡些東西來賣，所以又拿出二兩銀子，買了比她之前用的好上不少的料子和配線。

年掌櫃跟在她身邊，見她選料、選線、配色都像模像樣，越發肯定這姑娘背後的繡娘是個厲害人物，還教家裡小輩幾手。

等姜桃買完東西要走了，年掌櫃忽然出聲道：「我這裡有一件繡桌屏的買賣，不知道姑娘有沒有興趣？若是繡得好，我們店裡會給十兩銀子的工錢。」

十兩？姜桃一聽，停下腳步，這不正好是姜楊一年的束脩?!

「是什麼樣的桌屏？」姜桃折回櫃檯。

十兩銀子不是小數目，能賣到這個價錢的繡品，用料更是要上乘，姜桃不確定自己付不付得起本錢。

而且芙蓉繡莊的規模這樣大，以現代的眼光來看，就是連鎖店了，想要訂製什麼樣的繡品都行，何至於付錢給她這樣第一次上門來賣繡品的，裡頭肯定有內情。

年掌櫃解釋道：「前些日子，我們少東家回京途中路過此地，不慎遺失要獻給府裡老太太的年禮。再有兩日，少東家就要趕回京城了。」

姜桃一聽便明白了，看來是這家繡莊的少東家闖了禍，弄丟準備好的年禮，為了彌補，得臨時準備其他禮物，又不好驚動家裡，只好在外面買。

「是多大的桌屏？」

兩天工夫實在太趕，姜桃沒信心能做出來。畢竟桌屏不像帕子，只要繡一個角落，若是比較大的，她多長兩隻手也忙不過來。

「不用很大，就巴掌大的桌屏，不拘圖案，什麼松鶴延年、慈眉觀音之類的都可以，全憑繡娘作主。」

姜桃點點頭，卻見年掌櫃一副欲言又止的模樣，便問他是不是還有別的要求。

年掌櫃支吾一下，道：「不瞞姑娘，這桌屏雖然要得趕，但小店扎根此處數年，利用人脈也輕易可得。但這是給老太太的禮物，需名貴特殊些。不知姑娘家裡的長輩可聽過蘇大家？若是能……」

姜桃抬手阻止年掌櫃繼續說下去，表示明白了，旋即回絕，說這事怕是做不到。

這還有什麼不明白的？就是讓她模仿蘇大家的繡技，當槍手。

而且，年掌櫃口中的蘇大家不是別人，正是她的師傅！

這種有辱師傅的事，姜桃自然不會去做，別說十兩，百兩、千兩也不行！

難怪年掌櫃會找她這個名不見經傳的人來繡，其他技藝精湛的繡娘，大多不愁銀錢，也有自己的驕傲，不會甘願充當冒名頂替的槍手。

姜楊的學費雖然昂貴，但學堂要等過完上元節才開課，還有半個多月，姜桃有信心把那些錢賺回來。

見她要走，年掌櫃又在後面追出幾步。「老夫知道蘇大家的繡技罕見，登峰造極，短時日內想學成，確實強人所難。所以老夫不是要讓姑娘家的繡娘模仿蘇大家，而是模仿蘇大家的愛徒。」

她師傅的愛徒？她師傅有過很多記名徒弟，但正式拜師的弟子僅姜桃一個，也只有姜桃學到她的真本事。難道在她被送出京城之後，師傅又收了其他弟子？

姜桃狐疑地停下腳步，見年掌櫃去後頭取出一個匣子。

匣子打開，裡頭也是一架桌屏，雖然桌屏的紫檀木木架是新換上的，但看上頭繡線的光澤，懂行的人一眼便能看出，這東西已經有好幾年了。

「就是這架桌屏。我們少東家費了好大功夫才尋到的。只是年禮得湊個雙，單個實在不好聽。」

好吧，這不是別人的，是她住在庵堂時繡出來，託住持賣了籌錢行善的作品。

沒想到，時隔經年，姜桃會在這樣的情況下，再次看見她繡的桌屏。

這算怎麼回事？自己給自己當槍手？

姜桃又蹙起秀氣的眉，還是搖頭，沒再和年掌櫃多說，讓他另請高明，便離開了繡莊。

姜桃身上還剩一兩銀子，雖然不多，但置辦吃食、年貨，還是夠的。

姜桃買了米麵、幾塊油餅並一筐子雞蛋，還剩下些銀錢，雖然可以買些肉，但是原身的父母才去世沒多久，她和兩個弟弟吃不得太多葷腥，便作罷了。另外再買一刀成色不錯的紙，留給姜楊寫字用。

買完東西，姜桃兩手滿滿當當地去城門口找姜楊會合。

隔著遠遠地，姜桃就看到姜楊纖瘦挺拔的背影。

她剛想出聲喚他，便看到幾個也做書生打扮的少年朝姜楊走去。

姜桃以為是姜楊的同窗找他說話，就沒上前，停下腳步。

幾個少年穿著不凡，為首的青衣書生更是在這大冷的天打著摺扇，頗為講究。

「喲，這不是我們來年預定的案首？要過年了，怎麼不待在家裡，倒在城門口喝風？」

青衣少年帶著調笑嘲弄的話語，惹得其他少年也跟著笑起來。

他身後的人道：「子玉兄快別嘲笑姜賢弟了，誰不知道他爹娘被他姊姊剋死，來年不能下場。什麼案首，最晚也得等三年呢。」

青衣書生裝出恍然大悟的樣子，紙扇一合，抵著腦袋道：「賢弟提醒得是，我竟忘了這件事。可惜啊可惜，咱們老師常常稱讚的神童，到手的功名就這麼飛走了。」

幾人放聲談笑，姜桃聽見都快氣炸了，這少年看著人模人樣，沒想到說出來的話卻像狗嘴裡吐出來似的！這話裡的酸味，一聽就是平常在學堂裡被姜楊處處比下去，才存心和姜楊過不去。

不過，姜楊也不是麵團性子，怎麼被人這麼說了，還不回嘴？

姜桃氣呼呼地往前走，想著回去得好好和姜楊說說，怎麼在她面前就那麼凶，在外面卻這樣被人欺負？

她剛走了兩步，背對著他的姜楊淡淡開口道：「我來送抄寫的書給書齋，年後就把銀錢還你。」

青衣書生嗤笑道：「好好的神童案首，就這麼被姊姊拖累，爹娘歿了，自己三年不能科考不說，還得跟我借銀錢。唉，我說你也別太放在心上，不過區區二兩銀子，平日我看到可憐的乞丐，隨手也給那麼多。你慢慢還，不急。」

他身後人跟著嘲弄道：「子玉兄真是大方，要我說，誰家的銀錢都不是大風颳來的，給人抄書的活計，費時費力地抄一本，不過賺半錢銀子，幾時才能還清？半個月？一個月？那自己的書還讀不讀了？哦，我忘了姜賢弟來年不用下場，有大把工夫做這些。」

聽到這些話，姜桃突然不敢上前，終於知道姜楊第一次去破廟看她時，為什麼買得起那麼一大包東西了。

姜楊垂著的雙手緊緊握拳，背脊僵硬地挺直，顯然是因為借了對方的銀錢，才不得不強忍怒氣。

姜桃喉頭發堵，收起繼續靠近的腳步。

之前她問過姜楊好幾次銀錢的事，姜楊絕口不提，顯然不想讓她知道這些銀錢的來歷。他那麼驕傲，眼下應該更不希望被看到這麼狼狽的一面。

弟弟為她做到這樣，但她方才還為了所謂的身段，放棄十兩銀子的買賣。不就是給過去的自己當槍手嗎？和姜楊所承受的屈辱相比，這又算得上什麼？

於是，姜桃埋著頭，飛快地沿著原路離開。

不一會兒，姜桃回到芙蓉繡莊，對著年掌櫃道：「你說的事，我應下了。」

年掌櫃笑著連聲說好，隨即發現她面色發白、眼圈發紅，好像受了什麼委屈一般。

店裡的其他客人也注意到這邊，再聯想之前姜桃說的那些話，立時誤會叢生，以為是年過五旬的年掌櫃逼迫年輕的小姑娘做什麼不妥勾當……

年掌櫃被譴責的目光瞧得額頭都出汗了，只得請姜桃移步去廂房細談。

既然姜桃準備接這筆生意，倒也沒有獅子大開口地索價，只說自己手上的銀錢不多，可能買不起桌屏所需的料子和彩線。

年掌櫃卻說不用，道：「我許諾姑娘的十兩銀子就是工錢，材料由我們鋪子出。」

姜桃納悶，年掌櫃不怕遇上騙子嗎？上好的布料轉手便能賣錢，要是她直接拿了錢跑掉，年掌櫃不就血本無歸？

年掌櫃不以為意地笑了笑。「不瞞姑娘說，這桌屏要得急，老夫也有些病急亂投醫。不過看姑娘的樣貌談吐，不似那些只顧蠅頭小利的小人。若真變成姑娘所說的那種局面，那只能說，老夫這數十年看人的本領還沒練到家。」

也是，年掌櫃辦成這件事，在他的少東家面前，就是頭功一件；如果辦不成，只是折了些本錢，不會損及根本。

姜桃和掌櫃談好交貨的日子，留下剛採買的布料和彩線做抵押——雖然只值二兩銀子，但多少是表示。而且她這兩日要埋頭繡桌屏，騰不出手做別的，放在這裡，也不會耽誤自己的事情。

從芙蓉繡莊出來後，姜桃才去跟姜楊會合。
姜楊見了她，便蹙起眉，不耐煩道：「怎麼到現在才過來？我都快等了兩刻鐘呢。」
姜桃見他裝得像沒事人一般，也不提自己來過一趟的事，討好地笑道：「買的東西太多了，耽誤一些工夫。」
姜楊從她手裡接過幾樣東西，嘟囔道：「看來妳的帕子賣出了好價錢。買這麼多東西，錢都花完了？」
若是之前，姜桃還把姜楊當個半大孩子看，不會說自己賺多少錢。但經過剛才的事後，她就知道這弟弟已經是大人了，便解釋起來。
「賣了三兩銀子，我花了七、八錢買東西，另外二兩買下回要用的料子。掌櫃的看我手藝好，還給我一份活計，做完能賺十兩，你來年的束脩就有了！」
姜楊聞言，倒是真的吃了一驚，他不懂女子用物的價錢，猜著最多賣個半錢一兩的，沒想到四條帕子居然能賣得三兩銀子。
姜桃故作輕鬆地笑道：「你姊姊厲害吧，都說是夢中仙人所教授的技法，自然不同凡響。等我把這次的活計做完，再賣一次帕子之類的小東西，過年就給你和阿霖一人包一個大大的紅包。」
看姜楊要拒絕，她又道：「今年爹娘不在了，你讓我包一次壓歲錢給你們吧，權當是我這做姊姊的一片心意。」

提到爹娘，姜楊才沒有打斷她的話，點頭應了聲好。

姊弟倆一邊說話、一邊往城外走，迎面遇上一個圓臉大眼的中年婦人。

這婦人姓錢，也住槐樹村，看到姜桃便納悶地問：「阿桃，妳怎麼不在家裡？我出門的時候，看到妳伯母領著提親的人到妳家了。」

錢氏住得離姜家近，過去和姜桃的娘交情不錯，連帶著閨女和姜桃也變成手帕交。不過後來姜桃爹娘出事，她們母女就沒來姜家了。

聽到她說的話，姜楊急了，怒道：「伯母們好本事，待我回去仔細問問她們！」說罷便跳上牛車，一副要回去跟人算帳的模樣。

姜桃卻不急，問：「嬸子可看得真切了，是去提親？不是客人？」

「這哪能看錯了啊。」錢氏道：「妳大伯母領著他姪子，還有另外兩個臉生的男人。我遇上了還納悶，說前幾天不是瞧見她姪子來送年禮嗎，怎麼這般禮數周到地送第二次？妳伯母說不是，是為了妳才去的。我看他們手裡提著不少東西，不是來向妳提親是啥？」

姜桃點點頭，事情沒有錢氏說的糟糕，提親只是她的猜想罷了。

在她看來，姜老太爺是個刻板、把家族利益放在第一位的大家長，卻不至於對孩子沒有半分憐惜之心。他可能不在乎她的想法，卻不會不在乎姜楊的看法。若真要到提親那一步，肯定會知會姜楊一聲。

今天這件事，應該是她的好伯母自作主張，沒跟姜老太爺打過招呼，直接把人領上門，至多是相看罷了。

於是，姜楊出聲催促姜桃，姜桃便沒和錢氏多說，上車趕回槐樹村去。

第十章

此時，姜老太爺正在堂屋裡黑著臉拍桌，指著趙氏的鼻子大罵。

「老大媳婦，妳竟敢不知會一聲，就把人往家裡帶，眼裡還有我和妳娘嗎?!」

孫氏也黑著臉坐在一旁，趙氏站在下面，被訓得抬不起頭，周氏縮著脖子站在旁邊，不敢說話。

趙氏也沒想到，她領著人來，姜老太爺居然見也不見，雖沒把人直接轟出去，但也沒讓他們進堂屋，而是請到其他屋裡，然後狂風驟雨般對她一通訓斥。

趙氏嘴笨，一時間不知如何回話，看向妯娌周氏求救。

現在周氏和她是一條繩子上的螞蚱，只能硬著頭皮賠笑道：「爹，嫂子也是一片好意。阿桃的身子好是好了，可那命格總歸讓人擔心。如今難得有那麼好的對象，又不介意這些，您看……」

「我看什麼看？」姜老太爺怒道：「老二媳婦，別以為我不知道妳也有分兒！」

這下，周氏不敢賣弄口才了，鵪鶉似的低下頭。

堂屋裡的氣氛極差，眾人僵持許久，最後還是孫氏開口勸道：「老頭子，老大媳婦和老二媳婦確實沒規矩，但人都來了，咱們直接趕走也不好。不如把人叫進屋，看看對方的品性，要真是不錯，就幫阿桃訂下。」

孫氏一直很聽姜老太爺的話，想法也跟姜老太爺差不多。趙氏和周氏辦事不成體統，但若真能替姜桃訂親，對姜家也是一樁好事。而且人老了，更是相信命數，最疼愛的小兒子已經歿了，她不敢拿最寶貝的孫子去冒險，為了姜楊的前程，只得幫著兩個兒媳婦說話。

姜老太爺當然明白這意思，但想到媳婦們自作主張的行為，還是氣上心頭，說不出話。

孫氏又問兩個媳婦，帶的是誰？雖然姜桃的婚事艱難，但她好不容易活下來，便不能胡亂許人，否則以後家裡讀書的小輩沒臉出去見人了。

趙氏立刻順竿子往上爬，道：「娘說得是，我和弟妹不是那等狠心的人。這回說的是我姪子的朋友，和他一道在採石場做活，家裡窮了點，卻是一表人才，武藝超群，連山上的野豬都獵得。同來的還有他表弟，年紀和阿桃差不多，也是頂頂的青年才俊。」

怕姜老太爺聽到對方是苦役更生氣，趙氏難得聰明一回，模糊地說他們是和她娘家姪子一道做工的人，沒有提具體的身分。

得，還一相看就是一對兄弟。姜老太爺真不知道說什麼才好了。

這時，姜楊和姜桃到家了，兩人逕自踏進堂屋。

從前在人前，姜楊從不和姜桃親近，半點不把她放在心上，這會兒是真的慌張起來，一進門就問：「爺爺，您沒有替姊姊應下親事吧？」

見他回來，姜老太爺的面色緩和了些。「這麼慌張做什麼？在你眼裡，爺爺是那麼不知輕重的人？」

「大冷天的，你急什麼？瞧瞧這額頭出的汗，回頭著了涼可怎麼辦？」孫氏心疼地拉著姜楊坐下，拿棉帕子替他擦汗，又倒溫水給他喝。

姜楊喝下溫水，順了氣，才道：「我去送伯母帶來的人吧，再向他們賠個禮。」

他剛要起身，姜老太爺卻說不用。方才他還有些舉棋不定，但此刻看到姜楊慌張的模樣，心裡有了決斷。到底是一母同胞的親姊弟，爹娘歿後，姊弟倆比從前親近不少，姜桃不嫁出去，怕是真會剋了姜楊。

姜老太爺對趙氏道：「把人帶過來吧，我瞧瞧是不是真如妳說的這般好。」

趙氏喜上眉梢，連聲道好，抬腳就要出去接人。

「慢著。」姜桃出聲，接著向姜老太爺下跪。「爺爺容我說兩句。」

趙氏煩她從中作梗，又不敢擅自作主，只能站住腳，看向姜老太爺。

姜老太爺嘆息一聲，對姜桃說：「你伯母說來人是和她娘家姪子一道做工的，家裡清苦些，但只要品性不錯，妳嫁過去也不會吃多少苦頭。」

姜桃聽說是大伯母的娘家人，更是不依，傻子也知道趙氏不會替她介紹什麼好對象！

她不徐不疾地道：「阿桃知道自己牽累家裡，還煩勞伯母為我的親事奔走操勞，實在愧疚，但成親的對象，阿桃想自己選。」

「自己選？」

「是。」姜桃裝出一副有些扭捏又有些害羞的小女兒姿態。「當日，爺爺把我送進三霄娘娘廟，我在那裡認識了一位公子，他武藝高強，在野獸攻擊時，救我於危難，便芳心暗許了。常言道滴水之恩都要湧泉相報，更何況是這般救命大恩？」

「那個混帳！」咬牙切齒的怒罵不是來自姜老太爺，而是坐在孫氏旁邊的姜楊，氣得站起身大吼。「我就知道你們有事！」隨即被孫氏拉著坐下了。

姜桃被他瞪得有些心虛，但有了姜楊這反應，她的話更是可信，遂接著道：「可惜當日不過見了匆匆一面，只知道那位公子姓沈，旁的一概不知。如今不曉得恩公身在何方，阿桃實在不想隨意婚配，可也不想牽累家裡，不如爺爺直接把我從家中除名，放我獨自出外討生活吧。」

沒錯，這才是姜桃的打算，亦真亦假地說起恩公，先攪黃這次相看，斷了姜家人想把她胡亂許人的念頭，就算惹得姜老太爺不快，把她趕出去，她也不怕。反正她吃飯的手藝還在，比起胡亂嫁人，她寧願一個人過活。

怕姜老太爺不相信，姜桃暗暗掐了大腿一把，淚眼迷濛、哀哀戚戚地說：「還請爺爺成全阿桃的一片真心……」

她一番衷腸還沒訴完，只見姜楊忽然霍地站起身，惡狠狠盯著門口，神情凶惡得渾似要吃人。

姜桃不禁順著他的目光，轉頭望去——

她看到了站在門口、滿臉震驚的沈時恩！

一個多時辰前，趙大全去找了沈時恩和蕭世南。

這天是約好兩家相看的日子，連蕭世南都沒有躲懶，一大早就巴巴地等著了。

沈時恩比他起得更早，如往常一般先打拳，再擦洗身子，然後將放在角落裡的一對野兔提出來。

蕭世南見了，輕聲嘟囔道：「咱們去相看，只帶一對野兔，是不是太寒磣了？」

其實鄉野間的規矩不如京城那麼繁瑣，相看時，都是送些不貴重的小禮物。這一對野兔肥美鮮活，在隆冬時節已算是難得的好東西，但蕭世南曾是國公府長子，自然瞧不上眼。

這可是他和他表哥去相看啊，太沒有面子了！

沈時恩道：「確實，不過這次相看安排得匆忙，一時間也不知道該尋什麼禮物。」

「二哥裝什麼新手啊？你也不是頭一回訂親呢。」

沈時恩橫他一眼，蕭世南立刻孬了，賠笑道：「是我說錯話，下次不敢了。」

兄弟倆說著話，趙大全便來找他們，且不是空手來的，還帶了幾盒禮物。

「大全哥這是？」

趙大全解釋道：「是我姑姑出銀錢讓我置辦的，說是這次約得急，怕你們不好準備。」

蕭世南驚訝地道：「這家人是多急著嫁女兒，怎麼連禮物都倒貼……」

沈時恩又橫他一眼，蕭世南立刻改口道：「連禮物都幫我們準備好？」

趙大全搔搔後腦勺，其實他也有些納悶，姜家是耕讀人家，最重視禮數，女方替男方備禮，確實有些失了身分。但他姑姑應該不會騙他，可能另有隱情吧。

趙大全想得沒錯，姜老太爺連有人上門相看都不知情，如何會做這樣的事？不過是趙氏和周氏怕今日相看不成，又要拖下去，想著早一日把姜桃嫁出去是一日，才一改吝嗇本性，肉痛地合出了不少錢，讓趙大全去置辦禮品，勢必要把姜桃的親事訂下來。

幾人也不耽擱，說話間的工夫，就下山了。

採石場離槐樹村有一段路程，他們到時，姜桃姊弟已經出門了。

一見到面，趙氏和周氏便把沈時恩和蕭世南從頭打量到腳，臉上露出懷疑的神色。這就是趙大全說的那對苦役兄弟？雖然穿著打扮確實窮苦，但不論樣貌還是氣度，怎麼看也不像啊！

她們見識短淺，瞧過最不同凡響的人物，就是姜桃她爹。可跟眼前這兩人一比，姜桃她爹那讀書人的清雅風度，竟全然不夠看了。

不過趙氏知道自家姪子老實憨厚，肯定不會騙人，隨即想，相貌出眾更好，小姑娘都喜歡俊俏兒郎，這不是事半功倍嘛！

趙氏和周氏樂呵呵地領著人進門，讓他們先在院子中稍等，便去找姜老太爺。孰料，姜老太爺根本沒讓人進堂屋，只讓趙氏傳話，讓他們去旁的屋子候著。

沈時恩和蕭世南都不是沒有眼色的人，當下便覺得今天的事情不對勁。

沒多久，姜老太爺的怒罵聲便從堂屋裡傳過來。

沈時恩還沒說什麼，趙大全就尷尬得連手都不知道往哪兒擺了，完全沒想到今天這場相看全是他姑姑的自作主張，連姜老太爺都被蒙在鼓裡。

沈時恩見趙大全的臉漲得通紅，曉得他不知情，倒也沒有怪他。

可蕭世南忍不下這口氣，捏著拳頭恨道：「大全哥，這就是你說的好人家、好親事?!」

趙大全支吾著，不知道怎麼解釋，急得汗都冒出來。

「算了，無妨。」沈時恩安撫地拍拍自家表弟的肩膀。「他應該是不知情的。」

蕭世南仍不解氣，煩躁地在屋子裡直轉圈。他自己倒是沒什麼，但他表哥可是曾經叱吒京城的天之驕子、人中龍鳳！當年未出事時，多少大家貴女對他青睞有加，何曾受過這種折辱？真是龍游淺水遭蝦戲！

聽著姜老太爺的斥責一聲聲傳來，沈時恩便起身道：「我去說一聲吧，若是這家的長輩無意結親，不好強人所難，今日之事權當沒有發生過。」

「二哥，你不許去。」蕭世南道：「哪裡該由你去說這樣的話？是這家的媳婦誆騙我們，他們治家不嚴，鬧出這樣的尷尬，該向我們道歉才是，豈能這麼簡單就算了？」

雖然沈時恩也有些不悅，但面上不顯。他經年蟄伏，心性沈穩許多，且他本來也無意結親，今日不過是陪著蕭世南過來，現下早些明白狀況也好。這家人家風不正，若結了親家，怕他這個胸無城府的表弟處理不來這些雞零狗碎的爭執。

於是，沈時恩讓趙大全看好蕭世南，別讓他亂跑，自己去了堂屋。

然而，剛走到院中，沈時恩就聽到一道清麗婉轉、還有些耳熟的女聲……

再定睛瞧去，那個纖細娉婷的背影，不就是他在破廟裡遇見的少女?!

還不待沈時恩反應，少女帶著嬌羞，開始訴起衷腸，從破廟說到野獸，最後尋不著他了，話裡的哀戚更是讓人動容……

聽到少女請姜老太爺成全她的一片真心時，沈時恩霎時間頭腦一片空白，說是如遭雷擊也不為過，連該做什麼反應都不知道了。

姜桃的眼淚還含在眼眶裡，與沈時恩四目相對時，淚水就滴了下來。

與此同時，姜楊像小豹子似的向沈時恩衝過去。

沈時恩沒反應過來，一下子被姜楊的小身板撞得後退好幾步。

另一邊，蕭世南也掙脫趙大全的箝制跑來，看到自家表哥被人撞了，捋起袖子罵道：

「好一家子潑皮，誆了我們，竟還敢對我們動手?!」說著也衝上前。

這下姜桃和沈時恩不敢發愣了，各自去拉自己的弟弟，一個怕弟弟被傷，一個怕弟弟傷了人。

姜楊和蕭世南都在氣頭上，像小野獸似的，渾身蠻勁都使出來。

沈時恩還好，一身武藝不是花架子，踉蹌兩步便穩住身形。

可憐姜桃瘦弱無力，剛拉住姜楊，被他一推，便往旁邊倒去。

沈時恩的身體反應快過他的思緒，立時接住姜桃。

少女的額頭抵在他的胸口，鼻尖縈繞著一股像花香又似旁的香味。他的手攬著她纖細柔軟的腰肢，即便隔著襖裙，都能在手掌下感受到優美起伏的曲線。

沈時恩的氣息不由亂了幾分，而姜桃更是連思緒都停止運轉，呆若木雞。

正在姜桃猶豫著要不要乘機裝暈時，姜老太爺摔了手邊的茶碗，大喝道：「夠了！都給我住手！」

盛怒之下的姜老太爺還是有些威嚴的，即便姜楊氣惱，也不敢再動了。

蕭世南倒是不怕姜老太爺，看著姜桃，覺得眼熟，目光在姜桃和沈時恩之間不住地來回打轉。

他的思緒跳脫，方才的怒氣全然不見，只剩下一個念頭——

看來今天沒他的事，媳婦兒是他表哥的了！

姜桃回神，立刻從沈時恩懷裡掙脫出來，縮著肩膀低下頭，恨不能找個洞把自己埋了。

她怎麼就這麼倒楣呢？平生幾乎不扯謊，難得扯個大謊，正演得真情實意、情真意切，卻被當事人撞見，實在太尷尬。
「到底怎麼回事？」姜老太爺先看向兩個兒媳婦。
趙氏和周氏雖然謀劃了今天這場相看，但她們也懵啊，剛才姜桃不是在說她的心上人嗎？姜楊怎麼就忽然和她們帶來的人打起來？
「阿楊，你說！」
姜楊這才黑著臉，咬牙切齒道：「這個人，就是方才阿姊說的『恩公』！」
堂屋裡陡然安靜下來，落針可聞。
「那還真巧，真真是老天安排的一樁良緣！」周氏嘴皮子索利些，雖覺得難以置信，仍沒忘記今日要把姜桃的親事訂下的事。
周氏說著，又去拉一臉迷茫的趙氏，一時間也想不到說什麼，趙氏只得重複道：「天賜良緣，天賜良緣哪！」
妯娌兩個唱和起來，比唱戲的還熱鬧，姜桃尷尬得都快絞爛衣襬了。
姜楊的臉更黑了，姜老太爺到底是見多了風浪的大家長，臉色緩和得比旁人都快。
「你們都下去，我和這位沈公子單獨聊聊。」
姜桃動了動嘴唇，想解釋，卻不知從何開口，正為難著，姜楊便氣哼哼地把她拖走了。
趙氏和周氏竊笑著，把趙大全和蕭世南也請出去。

出了堂屋，妯娌兩個立刻嘴角上揚，剛要笑出來，便聽見趙大全憨厚的笑聲。

「我說姑姑怎麼敢擅自作主替姜家妹妹說親，原來是為了成人之美！看老太爺方才的模樣，顯然不知道姑姑的安排，想來那錢是姑姑貼補的私房。姪兒還誤會姑姑是沒規矩的人，真真是該死！」

趙氏和周氏立刻笑不出來了，先不說趙大全的話罵到了她們頭上，只說那錢的事——對啊，那姓沈的本來就是姜桃的心上人，只要雙方一見面，這門親事不就水到渠成，她們費那個錢做什麼？嫌銀子放口袋裡燙手嗎?!別說忙前忙後，算來算去，貼補銀錢，還挨了姜老太爺一通怒斥。

她們是在瞎忙活什麼啊?!

趙氏和周氏齊齊捂著胸口，突然覺得呼吸都不順暢了。

另一邊，姜楊正黑著臉痛斥姜桃。

「我就知道你們之間有貓膩！上回在破廟裡，那姓沈的眼神就不對勁，跟嘴饞的貓兒見了魚似的！妳說說他有什麼好？值得妳豁出去名聲，在全家人面前表露心跡。要是爹娘還在……」說到去世的爹娘，姜楊頓了頓，才接著道：「反正這樁親事，我不答應！」

姜桃有心想跟他解釋，但姜楊正在氣頭上，而且聽他話裡的意思，好像一直對她和沈時恩的關係心存疑慮，現在說出實話，他也不會相信了。

「我和妳說話呢，妳能不能應個聲?!」

姜桃見他氣得臉一會兒紅、一會兒白，忙道：「好阿楊別生氣，咱們有事慢慢商量。」

「商量？妳在爺爺面前說那番話之前，和我商量了嗎?!」

姜桃又被吼得縮了脖子，心想事急從權，在路上想好對策，回來就那麼做了，根本沒有工夫和他商量啊。而且她更沒想到的是，大伯母帶來相看的人，正好就是那位對她有恩的沈公子。

現在倒好，局面越發混亂了。

「其實那位沈公子，也沒有你說的那麼差吧。眼下是窮困潦倒些，但他有本事，心地又好，長得俊朗，就算爺爺真把我許配給他，我也不吃虧。」

不過，當然前提得是人家沈公子願意。

唯恐把姜楊氣出個好歹來，姜桃說話的聲音越來越小。

孰料，她不說還好，一說姜楊更生氣了。「我說妳是怎麼看人的？不過在廟裡認識一日，豈能把人的本性都看出來？這哪裡是看清人家的品性，妳就是看他長得好，妳……」

我就是饞人家的身子，我下流！被訓得灰頭土臉的姜桃在心裡默默補充。

不過玩笑歸玩笑，她雖覺得沈時恩的身材和模樣都好得不像話，卻不是因為這些外在條件就說他好。

的確，她和沈時恩的相處時日很短，但那會兒情況特殊，兩人歷經過生死、後頭又共處一室過了一夜，這種遇事的情況，可比平日的相處更能看清一個人。

真能嫁給他，肯定比被姜家隨便配人好！

不過，方才恩公也一副吃驚到忘了反應的模樣，不知她那番話對他來說是驚喜，還是驚嚇？可別把人驚出個好歹來。

姜桃兀自這麼想著，卻奇怪姜楊怎麼沒繼續罵下去。

她小心翼翼地抬起頭，發現姜楊的臉白到一絲血色也沒有，連唇色都泛白，捂著胸口，一副站不穩、喘不上氣的模樣。

「阿楊！」

姜桃連忙扶他上炕躺好，跑去找姜老太爺請大夫了。

第十一章

姜楊訓姊的時候，姜老太爺正和沈時恩單獨說話。

姜老太爺問沈時恩的姓名和家世背景，這些都記在採石場的苦役名冊裡，沈時恩便照著沈二的身分如實相告。

起先姜老太爺聽趙氏那囫圇的說法，以為沈時恩和趙大全一樣，是採石場的幫工，沒想到居然是在那裡服役的苦役！

他暗自又把兩個愚蠢的兒媳婦罵了一通，再仔細觀察沈時恩的樣貌和談吐、氣度，好在這些還真是挑不出半點錯處。

怎麼說呢？他也想早點把姜桃嫁出去，又不滿意沈時恩的苦役身分。但自家孫女對這人付出了真心，非君不嫁，恰巧他又是來相看的人，好像真是天賜命定的婚事一般。

姜老太爺沈默地想著心事，沈時恩也不多話，眼觀鼻、鼻觀心地坐在一旁。

別看他方才和姜老太爺對答如流，其實腦子裡還是跟漿糊似的。

破廟一別後，沈時恩並沒有忘了姜桃，不然不會光憑聲音和背影，一眼就認出她。

在他看來，姜桃善良貌美，樂觀豁達，絕對討人喜歡，也值得人喜愛。早在破廟的時候，他便萌生過要保護她的念頭，但隨即想到自己的境況，一閃而過的綺念就被掐滅了。

孰料，他斷了自己的念想，姜桃卻對他芳心暗許，甚至為了他，不惜在長輩面前表明心跡，寧願被趕出家門，也要等著他。

他何德何能?哪裡值得這麼好的姑娘如此待他?!

兩人正相對靜坐著，姜桃著急慌張地奔過來，連聲道姜楊看著不太好，讓姜老太爺快去請大夫。

姜老太爺連忙站起身，沈時恩跟在其後，待在院子裡的趙氏、周氏和蕭世南聽見動靜，也趕過去看姜楊。

姜楊已經被姜桃扶上炕躺著，剛才只是喘不上氣，現在卻是緊閉雙眼，暈過去了。

「老大和老二媳婦快去尋你們男人，叫他去城裡請大夫。」

這日姜正、姜直同村裡的男人一道去山裡燒炭，一時間，趙氏和周氏還真不知道去哪裡尋他們。

姜家正亂著，沈時恩站出來道：「不如我去吧。」

姜老太爺沒跟他客氣，說了姜楊常看的醫館。

沈時恩少進城，對城裡的醫館不熟悉，讓趙大全和他一起去。

趙大全跟他出門，道：「我一個人去就行了，姜家看著有些亂，你留在這兒……」話音未落，雙腳一輕，已經被沈時恩單手提著扛上肩頭。

眼前的景象被調轉過來，周圍的房舍樹木飛快倒退，趙大全早曉得沈時恩武藝不凡，卻沒想到他強到這種地步，扛著他這麼個人高馬大的傢伙，跟扛米袋似的輕鬆。

沈時恩足尖輕點，如同一隻靈巧的燕子般，穿梭在田間小路。坐牛車都要兩、三刻鐘的路程，硬是被他壓到一刻多鐘。

進了城，兩人沒怎麼費功夫就請到大夫，這時候沈時恩就認得路了，揹起老大夫，先行趕回姜家。

可憐老大夫連馬車都少坐，被他揹著趕到姜家時，只覺得腸胃翻湧，一片眼花。

姜家人也沒想到沈時恩回來得這樣快，但眼下不是糾結這種細節的時候，姜老太爺立刻讓老大夫替姜楊診脈。

半晌後，老大夫道：「這兩年小哥兒調養得不錯，底子已經好很多。如今脈象平穩，不似有事，瞧著像是累著了，心情又激動些。等他睡醒，便沒什麼大礙了。」

聽到這話，姜桃才放心地呼出一口氣。還好弟弟沒怎麼樣，聽大夫的話，應該是他急著抄書還錢累著了，再加上今天的激動，才不舒服的。

其他姜家人並不知道姜楊抄書的事，只想著他上學沒有受累，怎麼反而在家裡放年假時累倒？這也太詭異了！

尤其是姜老太爺，不知怎的，突然想起歿了的小兒子，臉色變得慘白，渾身的威嚴氣度消失不見。

周氏見狀，又乘機悄悄去拉趙氏的袖子。

「唉，我可憐的楊哥兒，家裡正給你姊姊說親，你怎麼就平白無故暈過去了？」趙氏假裝抹淚。

周氏也跟著假哭。「怎麼又正好是阿桃說親的時候，阿桃的爹娘就是在替她相看的回程路上出事的。楊哥兒，你千萬不能有事，你要有個三長兩短，你爺爺奶奶可怎麼辦啊?!」

妯娌倆倒是有默契得很，想到銀錢已經白白折進去、拿不回來了，可得趁早訂下姜桃的親事，安穩過個好年。

老大夫目瞪口呆地坐在炕沿上，已然被這妯娌倆一聲高過一聲的哭叫弄懵。他都說了，姜楊只是累著，連藥都不用開，睡一覺起來就好了，這兩個婦人怎麼回事？聽不懂人話？

但不得不說，趙氏和周氏雖然算不上聰明人，但揣摩姜老太爺和孫氏的心思，可是一猜即中。

在她們的哭叫聲中，孫氏的眼淚跟斷了線的珠子似的直流，姜老太爺長長嘆了口氣，看向沈時恩。

「天色還早，你立刻去請媒人，我們直接寫庚帖和婚書，把你和阿桃的親事訂下來。」

姜老太爺平地驚雷般的一句話，把姜桃再次炸懵。

趙氏和周氏太過高興，假哭聲戛然而止，要笑不笑、要哭不哭的，看著很是滑稽。

「大全，快派人去請媒婆，就請咱們村口的錢孀子來！」趙氏怕沈時恩不認得路，催促著趙大全幫忙。

周氏已經往門邊竄去，說要去找姜正和姜直，全家一起見證這大事才好。

姜老太爺又說，今日這事匆忙，估計沈家兄弟沒帶銀錢出來，讓孫氏去屋裡取銀子。

孫氏看著面色發白、雙眼緊閉的寶貝孫子，毫不猶豫地去拿錢了。

一家子有條不紊地忙起來，姜桃也回過神，覺得還是先把事情解釋清楚。她確實覺得這恩公是很不錯的成婚人選，但人家沒點頭啊，這種事不好強求的。

「慢著！」搶先一步說話的不是姜桃，而是沈時恩。

姜家人站住腳，齊齊看向沈時恩。

沈時恩只道：「我有話想和姜姑娘說。」

姜桃心想來了來了，果然恩公是不願意的。但他為人實在不錯，想來不忍心讓她在人前丟臉，才想單獨拒絕她，果然是她親自認證過的好人。

但不知怎的，姜桃的心尖像被掐了一把似的，也不疼，就是泛著酸麻，叫人不舒服。

都是要訂親的人了，姜老太爺自然應允他們單獨相處。

沈時恩便打起布簾子，率先出屋。

姜桃垂著腦袋，小媳婦似的蔫蔫地跟在後頭。

姜桃在心裡告訴自己，今天的事本是她闖出來的禍，恩公是無辜的，一會兒即便他惱了，說了不好聽的話，也不能回嘴，得記著他的好！

兩人走到院子裡的角落，沈時恩才開口道：「今天的事太過突然，讓人措手不及……」

姜桃盯著腳尖，忙不迭點頭。確實，她到現在也懵著呢。

「我本無意說親，今天不是自己來相看，而是陪著我弟弟小南來的。」

啊，原來恩公竟連說親的意思都沒有？這還是怪她，怪她。

「但事已至此……」沈時恩頓了頓。

事已至此，爛攤子就由我來承擔吧。姜桃默默握拳。

「有一件事不能瞞妳。我曾在京城訂過親，不知道妳介不介意？」

好的好的。姜桃仍舊腦內思緒紛飛，到了這會兒，還是一句話都沒說，但聽著聽著就覺得不對勁了，恩公怎麼又扯到這些，她哪來的資格介意啊？終於抬起頭，呆呆地看著他。

沈時恩也有些緊張地等著她的反應，見她只望著他不說話，便著急地解釋道：「我和那位姑娘僅有過一面之緣，連她的閨名都不知曉。雖然談不上有感情，但我對她心中有愧。」

提到舊事，想起那只打過一個照面的未婚妻，更想到從前京城的那些事，沈時恩有些難受地閉上眼，開始說起訂親的始末。

沈氏族人，自問一生俯仰無愧天地，家裡被扣上的謀逆罪名更是無稽之談，唯獨對不起的，就是他的未婚妻。

說親時，他不過十八、九歲，混跡軍營，卻冷不防被長姊沈皇后一道鳳令捉回京城，非要給他訂下親事。

他本是不願意的，說兄長還未成親呢，哪裡就急著替他成家了。

沈皇后就說，正是因為兄長早些年也說不急不急，一直耽誤到二十出頭，好人家的姑娘都被別人說走了。他身為家裡的么子，可不能再重蹈覆轍。

沈時恩腹誹著，兄長那樣的樣貌品性，哪裡會說不上親？不過是年紀大了，主意也大，敢不聽長姊的話了。哪裡像他，因為母親生他時歿了，是由長姊帶大的，才不敢違逆長姊的意思。

沒幾天，沈皇后就幫他安排了一次相看。

那回不像這次的光明正大，而是藉著他們姨母——也就是英國公夫人的名義，在湖邊畫舫上辦了一場春日宴，他則和長姊搭上另一條輕舟，隔得遠遠地看。

沈時恩還記得，那天春光大好，太陽暖融融地照著人，連岸邊的積雪都薄了幾分。

他躺在甲板上曬太陽，遠遠看著打扮得花枝招展、儀態端方的貴女們，覺得無趣至極。

沈皇后看他懶懶的，氣得拿扇子敲他的腦袋。

他正配合地哎哎叫痛，沈皇后卻忽然停手，眼睛發亮地看著岸邊。

「噯，那不是蘇大家嗎？」

沈時恩哪裡認得什麼蘇大家，但沈皇后身邊的丫鬟卻是認得的，跟著歡快地叫起來。

「娘娘好眼力，確實是蘇大家！」

沈皇后立刻命人把船划向岸邊。

小船靠岸後，沈時恩才看清他長姊所說的蘇大家——一個樣貌普通的自梳婦人，身邊有個梳雙丫髻的小丫鬟，後頭還立著一個俏生生的、裹著厚重銀鼠皮披風的少女。

少女的模樣，看著也像精心打扮過的，身著桃花雲霧煙羅衫，頭戴八寶攢珠飛燕釵，嫩如春蔥的手裡捧著鎏金百花掐絲琺瑯的手爐。而比她的打扮更惹眼的，是她白到近乎透明的膚色，站在雪地上，被陽光一照，恍惚不似這世間人一般。

「蘇大家，真是妳！我仰慕妳許久了！」

沈皇后見到仰慕之人，難得地連儀態都不顧了，自己提著裙襬下船過去。

忽然來了一堆人，蘇大家和丫鬟嚇一跳，連連後退了好幾步。倒是她們身後那少女，半點沒有嚇著，還好奇地探出半張臉來看熱鬧。

她的目光正好和沈時恩對上，竟也不躲，還向他笑了笑。

著實膽大，沈時恩不禁彎了彎唇。

接著，沈皇后拉著蘇大家說話，沈時恩就在旁邊候著。

忽然起了風，他聽到丫鬟跟少女的爭執聲。

丫鬟口氣不善地埋怨道：「都怪姑娘磨蹭，咱們連國公夫人的畫舫都沒登上。」

少女不疾不徐道：「臨出門前，母親拉著我說話，怎麼倒成了我的不是？再說了，登不上就登不上吧，我本是乘機出來玩罷了，我都不覺得可惜，妳急什麼呢？」

丫鬟被她說得還不了嘴，那少女卻也沒贏，說完話便是一長串的咳嗽，咳得彷彿整個人都要背過氣去。

沈時恩聽到動靜，轉過臉，卻見那少女蹲在地上，一手撫著胸口、一手還很有興致地捏雪團兒玩。

她好像真的不在乎沒有趕上筵席，也不在乎丫鬟沒規矩地對她說話，連自己身上的病痛都不以為意，笑得雙眼彎彎，唇角上揚，快活得像隻林間小鹿。

同她這鮮活的模樣一比，畫舫上端著儀態的貴女，竟像活在畫上一般，沒了生氣。

沒多久，沈皇后說完話，向蘇大家告辭。

沈時恩跟著她重回小船，眼角餘光卻不由自主望向那個少女。

少女正拉著蘇大家的衣袖撒嬌。「好師傅，難得出來一趟，左右畫舫離岸，趕不上春日宴了，您帶我去別處玩吧。我想上醉香樓吃醬肘子，聽說書，還想去梨園聽戲、吃茶點。」

蘇大家慈愛又無奈地道：「姑娘不好這麼鬧的，妳身子羸弱，哪裡能去那些地方？」

「求求您了，好師傅。」少女嗓音軟糯，扭股兒糖似的黏上蘇大家。

沈時恩看得好笑，不知怎的，想起長姊養的那隻小獅子狗撒嬌討喜的模樣。

沈皇后發現他的不對勁，問他看什麼呢，順著他的目光瞧見岸邊那一幕，跟著笑起來。

「著實是個有趣的姑娘。不過我瞧著臉生，她也不認得我，不知道是哪家的？」

旁邊的丫鬟道：「奴婢瞧著，像是寧北侯府的大姑娘，故去的侯夫人所出。這些年聽說她的身子很不好，被現在的侯夫人拘在家裡養病，不輕易出門，難怪娘娘不認得。」

沈皇后譏諷地笑了笑。「真是因為養病，還是那繼室容不得元配所出的兒女呢？」

雖然沈時恩不懂宅門裡的陰私，但聽方才那少女和丫鬟的話，道：「應該是那繼室容不得她吧，不然也不會在開宴之前故意拉著她說話。」

沈皇后在岸上時，光顧著跟蘇大家說話，倒是沒聽到那一段，問怎麼回事，沈時恩便把聽到的說了一遍。

沈皇后看不得世間不平，當即吩咐人去查寧北侯府的事，且很快反應過來，笑著問：「我家時恩從來不關心旁人的事，怎麼今日對那姑娘隨口一句話上了心？可是看上人家了？」

沈時恩摸摸鼻子，也不知道怎麼回答。

接著，沈皇后逼著他在畫舫上的貴女中選一個，要是他的親事不訂下來，別想回軍營了，老實在京城待著，什麼時候選中人，什麼時候再走。

沈時恩沒辦法，道：「就岸邊那個姑娘吧。」

他還不懂男女之情，只是覺得那姑娘身世可憐，人又活潑，跟她在一起，應當不會難以相處吧？

沈時恩挑著能說的地方說完了，並未多提沈皇后與自己，還有那位姑娘的身分。

兩人沈默許久，姜桃吶吶地問：「後來呢？你們怎麼退親的？」

「她死了，因我而死……」

沈時恩挑了人選之後，沈皇后派人去查那少女的為人品性，知道她除了身子羸弱些外，並沒有其他不足，便開始著手為他們安排親事。為了替姜桃做臉，沈皇后還特地讓人把她的繡品送到太后面前。

太后見了，果然心喜，說這繡品倒有幾分蘇大家的風範。

沈皇后便說，這繡品的主人正是蘇大家的徒弟，是寧北侯府家的大姑娘。

太后也是人精，聞弦音而知雅意，笑道：「哀家雖然沒見過那姑娘，但從前倒是見過她母親，確實嫻靜知禮，想來她的女兒不會差到哪裡去。而且都說字如其人，依哀家看，繡品也如其人，看著是個耿直豁達的好姑娘。這樣吧，哀家讓人送些賞賜過去，讓她有機會入宮謝賞，到時候咱們好好同她說話。」

沈皇后應下來，回去告訴沈時恩，事情已經成了一半，等著太后的懿旨賜婚吧。

沈時恩聽了，沒放在心上，樂得被解禁，帶著表弟和大外甥到處玩。

過沒幾天，他卻見沈皇后氣哼哼地在殿裡摔了茶盞，遂問怎麼回事？

沈皇后怒道：「寧北侯府那繼室真是目中無人，太后的人前腳剛去，後腳她就敢隨便給她家大姑娘說親。起初我還蒙在鼓裡呢，讓人要了大姑娘的庚帖後，就不見動靜，派人問她家大姑娘怎麼不進宮謝賞，那蠢婦竟說她家大姑娘身子不好，又已經說親，不好拋頭露面，若是進宮謝恩、陪著娘娘們說話，她家二姑娘也可以，又說她家二姑娘多麼可人，日後也定能成賢妻良母。

「我越聽越不對，讓人仔細一對，發現寧北侯府送的庚帖居然不是大姑娘的，而是那繼室親生的二姑娘的。如今京城裡傳遍了，說我屬意她家二姑娘當弟媳婦，真真氣煞我也！」

沈皇后慣是講究儀態，那次實在氣壞了，罵了好一長串還不解恨，又對沈時恩道：「不急，這門親事既是你看中的，便跑不了，阿姊定幫你把媳婦弄回來！」

沈時恩卻沈默了，有些猶豫。前一夜，承德帝連下十二道金令，把他的父親和兄長從戰場上急召回京。即便是他這個不諳朝堂之事的人，都隱隱覺得事情不對勁。

他告訴沈皇后，不然算了吧，眼下亦不是訂親的好時候，先確保那姑娘不再受繼母欺負就好。反正她的繡品得了太后賞識，讓太后再替她指一門好親事，她一樣可以過得很好，不必非得嫁他。

沈皇后卻突然平靜下來，長長地嘆息。

「時恩，有些事情，阿姊本是不願意和你說的。你要知道，你外甥大了，皇上……年紀也大了。你聽阿姊的話，安心在京城成家，才能安了皇上的心……」

沈時恩這才知道，原來他的親事竟不只是他自己的私事，而是事關沈氏一門的安危。

於是，他默許了，那只見了一面的姜家姑娘，很快就成了他的未婚妻子。

但親事訂下沒多久，他的父兄回到京城，承德帝降旨，給他們安上謀逆的大罪，奪走沈家滿門的榮耀。

沈時恩被關進死牢，再沒見過家人，直到半年後，才被蕭世南的父親英國公救出來。

「時恩，你走吧，走到我為你安排的地方當個普通人，這樣你父親和兄姊在地下，才能合眼。」

當時，他只覺得胸口劇痛、神魂俱亂，連怎麼呼吸都快忘了。

離開京城之前，他拜託英國公照看寧北侯府的大姑娘，說她本是無辜，因為他隨意的一句話才被牽扯其中。如今，他在名義上已經死了，那門親事自然作罷。

英國公躊躇半晌，才告訴他，早在事發時，那姑娘就被家人送進城外庵堂，沒多久庵堂起了一場詭異的大火，那姑娘屍首無存，去世了。

離開京城後，沈時恩一直在想，沈家功高震主，風頭太盛，惹得帝王猜忌，事出有因。可那少女做錯了什麼呢？她或許連訂親的對象是誰都不知道，就糊裡糊塗地丟了性命。

若他當初沒有注意到她、和長姊提起她，雖然她在繼母手底下過得艱辛，卻不用死；若是她繼母替她訂了別的親事時，他沒堅持選她，她也不用死的……

第十二章

姜桃聽完沈時恩的話，頓時覺得自己莽撞了，原以為是對方看她恩公惹上罪責才退親，沒想到會是這樣令人傷懷的結局。

「對不起，我、我不知道會是這樣。」

沈時恩搖搖頭，示意無妨。

姜桃自覺說錯話，氣勢更弱了，輕聲道：「所以公子是想告訴我，你放不下那位姑娘，所以……」才不想說親。

今天的事是巧合，她早料到會被拒絕，但真得知這樣的結果，胸口還是發悶，好像有巨石壓著她一般，壓得她呼吸不順、喉頭發堵。

「我確實放不下，只因我心中有愧。若是他日有機會回到京城，我想為她立下牌位，修葺墳塋。」

寧北侯府待長女不好，肯定不會為她辦身後事。他不知道怎麼補償，只想著為她立牌位、修墳塚，總好過讓她做孤魂野鬼。

姜桃理解地點點頭。她在庵堂裡當過一段時間的遊魂，那種無根飄蕩的生活確實很不好受。她的恩公重情重義，如此做實在情理之中。

「我不奢求妳能接受這件事，若真不介懷，我們訂了親，我保證從今往後只把妳一人放在心上。」

欸欸欸欸欸?!

姜桃耳邊似有驚雷炸響，讓她雙頰通紅，心臟彷彿停頓了半晌之後，才開始飛快地、劇烈地跳動。今日的數重變故帶來的驚訝，皆不及沈時恩這句話給她的十分之一，覺得腦袋暈乎乎的，連該做什麼反應都忘了。

沈時恩也不錯眼地看著她，焦急地等待她的回答。

又過了半晌，趙氏和周氏在屋裡待不住了，出來催促道：「阿桃，你們說完話沒有？再拖要到晌午了。」

姜桃回神，忙道：「說完了說完了。」

「那我們就去請媒婆了。」說著話，趙氏和周氏急匆匆地出門了。

她這是……答應了？沈時恩的心也跟著狂跳不已，只是不同於姜桃的面紅耳赤，他看起來還算鎮定。

兩人站在原地，失了言語，直到瞧見姜桃在城裡遇到的錢氏，才恢復過來。

錢氏一進門，就笑道：「剛剛我在城裡遇到阿桃，跟她說有人來提親了，看阿桃的反應還不相信呢。沒想到才這麼一會兒工夫，你們家便準備訂親了。」

趙氏和周氏笑而不語，催促著錢氏幫兩人寫婚書。

錢氏做慣了媒人，筆墨和紅紙等東西帶得齊全。不過寫婚書之前，還是循例向一對新人要庚帖。

姜桃的庚帖是原身爹娘在故去之前準備好的，是現成的。

今天沈時恩陪著蕭世南來相看，自然沒有帶庚帖，只得現寫。

錢氏問他的生辰八字，沈時恩記在採石場名冊上的生辰和他原本的生辰不一樣，雖不能宣之於口，但不想在這上頭弄假。幸好婚書只有姜家長輩能看，不會外傳，他乾脆接了筆，自己來寫。

姜老太爺在旁邊看著他寫字，見字跡遒勁有力，矯若驚龍，竟是難得的一筆好字，對他的印象不由更好了幾分。

不久，兩份庚帖被放在一起，錢氏又問他們可要找人合婚？

合婚，也就是合八字。錢氏不認識沈時恩，不知道他的八字好不好，但是姜桃的批命，卻是人盡皆知的。她這麼問，是怕這面生的後生被姜家人瞞住，回頭結了惡親，壞了她作媒的招牌。

姜老太爺道：「不用合婚，直接寫婚書即可。」

錢氏笑著沒有言語，轉臉看向沈時恩。

沈時恩便道：「全聽老太爺安排。」

這就沒有什麼疑慮了，錢氏為兩人寫下婚書，先空下嫁娶日期，留給他們商議，才帶著一個頗為厚實的紅包，喜孜孜地回去了。

說來也巧，婚書寫完，姜家一家子熱熱鬧鬧地聚在堂屋裡說話，把睡了好一會兒的姜楊吵醒了。

「姜桃！」得知他昏睡的工夫，自家姊姊就和人訂親之後，姜楊發出了一聲幾欲掀掉屋頂的怒吼。

姜老太爺和孫氏聽著，總算放心不少，這聲音渾厚響亮，中氣多足啊，姜楊的身子肯定是沒事了。

連趙氏和周氏這對拿姜楊當藉口的妯娌都不禁犯起嘀咕，怎麼這樣巧呢，他姊姊前腳訂親，姜楊後腳就醒了，還活蹦亂跳的，別是姜桃那命格真就這麼邪門吧？不行不行，光訂親還不成哪，也得趕緊決定成親的日子！

姜楊掙扎著要下地，卻被孫氏按住，說什麼都非得讓他躺在那裡休息。

姜家堂屋裡，姜老太爺吩咐兩個媳婦去準備，要留沈時恩他們在家裡用午飯。

沈時恩卻說不用，說他先回去準備聘禮，等下聘當天，再來吃這頓飯。

農家的規矩雖然不如大戶人家多，不講究三書六禮，但也有下聘的順序。姜老太爺本不想辦這些，一來是這親事是他主張急著訂的，規矩壞在自己家，不好強求別人還按著規矩來；二來沈時恩是苦役，想來也拿不出什麼像樣的聘禮。

出門。

但沈時恩既然這麼說了，姜老太爺沒有回絕的道理，笑著應下，讓姜桃把沈時恩等人送

自沈時恩和她單獨說了那些話以後，姜桃就沒敢抬起正眼瞧他，臉頰上的紅暈也沒有消下去過。

沈時恩還算鎮定，但跟在他旁邊的蕭世南發現自家表哥剛走出姜家大門時，居然是同手同腳的。

兩人一前一後地走著，雖然什麼都沒說，但就是有種黏糊勁兒，讓人在旁見了，覺得渾身不對勁，彷彿出現在他們身邊是多餘的一般。

唯有趙大全樂呵呵地站在他們中間，一會兒對沈時恩道：「沈兄弟好福氣，姜家妹妹這般的好姑娘，往後肯定能成為你的賢內助。」一會兒又對姜桃說：「姜家妹妹也是否極泰來，福澤深厚。我這沈兄弟可是頂有本事的。我就等著喝你們的喜酒了。」

他自顧自地說個不停，沈時恩和姜桃卻有些魂不守舍，還得有一搭、沒一搭地回應著他的話。

蕭世南實在看不下去，把趙大全拖走了。

終於只剩下他們兩個，姜桃這才敢忐忑地開口道：「今天，真是多謝沈公子了。」

話出口，姜桃就有些後悔，這說的是什麼話啊？說得好像沈時恩是因為情勢所逼，才跟

她訂親。雖然情勢肯定是一部分原因，但她覺得恩公肯定對她有好感，可這話好像一下子就抹滅了這分好感。

沈時恩聽了，也輕笑起來，壓低了聲音道：「不用謝，咱們禮尚往來。」說的自然是姜桃在長輩面前表白在先的事。

他刻意壓低的聲音低沈醇厚，如情人在耳畔呢喃一般，話裡卻藏著明顯的笑意。

姜桃沒想到他還有這般促狹的一面，抬起頭，震驚地看著他。

少女臉頰酡紅，眼裡滿是驚訝，傻乎乎地泛著一股可愛勁兒。尤其兩人已經訂親，她已經是他未過門的妻子，這幾分的可愛在沈時恩眼裡便是幾十分、幾百分的可愛。

沈時恩的笑意漸濃，想伸手輕撫她的髮頂，又覺得身旁有人，於禮不合，伸出去的手又收回來，聲音輕快地道：「走了，過幾日再來。」

不知怎的，見他收回手，姜桃心裡還有些微不可覺的失落。

其實她不想讓沈時恩就這麼走了，總覺得還有一肚子的話要和他說，但千言萬語到了嘴邊，又不知道從何說起。

她欲言又止，似是有話要說，沈時恩便很有耐心地等著，直到姜桃身後響起一道清脆的童音——

「姊姊，妳站在門口做什麼？」姜霖手裡拿著根小木棍，木棍上是一塊銅錢大小的麥芽糖，腳步歡快地跑到姜桃身邊，踮起腳，要把手裡的糖餵給她。「姊姊快吃糖，好甜。」

姜桃搖搖頭說不吃。還吃什麼糖呢？她心裡都甜得要泛出蜜來了。

姜桃一個上午沒看見姜霖，忙問他去哪裡了，姜霖說二伯母給了他兩個銅錢，讓他和姜傑去小集上玩了。

小集就是附近幾個村子聚在一起賣東西的地方，平時不算熱鬧，但年關將近，需要置辦的東西多了，也熱鬧起來，還吸引一些賣捏麵人、賣糖畫的手藝人來擺攤。

姜桃一聽就明白了，是周氏故意把孩子們都支開，怕他們壞事。

姊弟倆正說著話，和姜霖差不多年紀的姜傑也回來了，不過和姜霖只得了一小塊麥芽糖不同，姜傑一手一個孫悟空的捏麵人，另一手還拿著一個生肖糖畫，衣裳兜裡鼓鼓囊囊，一看就是買了不少好東西，玩得很是盡興。

姜桃見狀，方才因為訂親而丟掉的神智完全歸位了，她還有弟弟要照顧呢，眼前的頭等大事依舊是賺下銀錢，改善姊弟三人的生活。

因為有孩子在場，沈時恩和姜桃不方便再說什麼，只對彼此笑了笑，就此道別。

看著未來夫君那不緊不慢、氣定神閒的背影，姜桃再次在心中暗暗唾棄自己，遇事還是不夠淡定。

她拉起姜霖胖乎乎的小手往回走，冷不防地聽見蕭世南的驚呼——

「二哥看路！你前面有樹！哎喲，怎麼這樣不小心，讓我看看你撞得厲不厲害？」

姜桃再轉臉一瞧，沈時恩正捂著額頭站在樹前，似乎感覺到她在看他，足尖輕點，眨眼間閃身到樹後，沒了身影，只留蕭世南在原地目瞪口呆。

原來不只她一人慌了手腳，亂了方寸。

姜桃笑得眉眼彎彎，連帶著跟姜霖說話的口氣都比往常更加溫和。「阿霖想不想要捏麵人和糖畫？等會兒姊姊帶你去買好不好？今天姊姊去城裡賣東西，賺了好多錢。」

聽到捏麵人和糖畫，姜霖的眼睛唰地亮了，不過還是乖巧地道：「阿霖有糖吃就很好了，麵人、糖畫什麼的，我、我也不是很喜歡。姊姊把銀錢攢著，給自己買新衣裳穿。」

真是個乖巧可人疼的小傢伙，姜桃覺得自己的心軟得快化了。

姜霖又問，剛才在門口跟她說話的大哥哥是誰？

姜桃一邊想著該怎麼介紹，一邊牽著姜霖進屋了。

兩人一進去，迎面就看見大馬金刀坐在屋子正中央、臉黑得堪比鍋底的姜楊。

「阿楊怎麼起來了？」姜桃訕訕笑著，有些討好地幫他倒了碗水。

姜楊並不喝，不過倒沒再同她發脾氣，畢竟他冷靜下來，也想明白了，親事還是得由長輩作主，他姊姊僅能接受，就算真的不願意，也不會改變被長輩許人的結果。雖是許給一個來路不明的苦役，但她喜歡，總好過其他陌生人。

所以，姜楊只是語氣淡淡地問：「婚期訂在何時？」

姜桃忙說還沒訂呢，今日哪裡商量得完，怎麼也得等過幾日下聘時再商量。

而且，她不急著嫁。姜老太爺跟孫氏很看重姜楊，但姜楊到底還是個十二、三歲的半大孩子，下頭還有個不懂事的姜霖，她若早早嫁出去了，不知道兩個弟弟要在伯母們手下吃什麼苦頭。

姜楊聽了，臉色這才和緩了些。「爹娘剛走，咱們熱孝在身，確實不宜急著嫁娶。且再等等吧。」

等他三年以後下場科考，掙得功名傍身，即便姜桃真的嫁給那個苦役，有他照拂著，日子也不會難過。

孰料，他們姊弟不急，趙氏和周氏卻還不知足，又盤算起來了。

兩人的想法很直白，訂親之後，姜桃便算是別家人了，惡命不會剋到自家人頭上。

但解決這遭還不夠，還有更實際的問題——姜桃一日不出嫁，就一日要在家吃飯穿衣，那可都是銀錢！

三房的大人已經歿了，家裡掙錢的就他們兩房，即便公婆不向他們多要錢，那還不是羊毛出在羊身上？多花一分老人的體己錢，那以後他們分家可就少了一分，之前已經傻乎乎白貼了銀錢，絕不能再做這種賠本的買賣！

周氏又想攛掇趙氏去說，偏偏趙氏這次學聰明了，說什麼都不肯張嘴。

於是，這天姜家人一起用晚飯的時候，周氏在飯桌上有意無意地說自己翻看了黃曆，年後就有好幾個不錯的日子。

這話剛開了個頭，姜老太爺就板起臉，摔了碗筷，直接開口罵回去，說她這是猴急什麼？今日才訂親，難不成過兩天就把姜桃嫁了？老三兩口子屍骨未寒，姜桃熱孝在身，這時候訂親已是於禮不合，要是再急匆匆地辦喜事，讓外人瞧了像什麼樣子？還要不要名聲了？

周氏被罵得不敢說話，在飯桌底下偷偷拉姜直的衣襬。

姜直慣是聽自家婆娘的話，此時看姜老太爺氣得吹鬍子瞪眼，也不敢胡亂幫腔。

趙氏就更別說了，因為擅自讓娘家姪子帶人來相看這件事，挨了姜老太爺好一通訓，此時巴不得能隱身，不敢再胡亂開口。

飯桌上的風波，姜桃並不知道，她正把自己關在房間裡繡桌屏。

兩天工夫實在緊迫，加上今日已經過了大半，她才剛想好繡什麼，更是不敢耽誤了。

她剛開始下針，姜楊氣哼哼地打起簾子進來，後頭跟著小尾巴姜霖。

姜桃問是誰惹著他了？

姜楊口氣不善地道：「還能是誰？」他是個知禮的人，不想親口說長輩的不是，便沒有接著往下說。

姜桃只好問姜霖，姜霖撓了撓後腦勺，努力回憶道：「好像是剛才吃晚飯的時候，二伯母說什麼看黃曆、挑日子的，被爺爺罵了。大哥聽了不開心，沒吃兩口就說飽了。」

姜桃抿了抿唇，道：「你同她們計較什麼？氣壞了身子，豈不是正中她們的下懷？爺爺自有決斷，必不會再這麼任她們擺弄。」

今天姜老太爺雖順著兩個兒媳婦的意思幫姜桃訂親，卻依然覺得兒媳婦自作主張的行為拂了他的顏面，不會再聽她們說話了。

這麼想著，姜楊的面色才好看一些。

他們正說著話，姜霖不知道從哪裡摸出了幾個白煮蛋，很寶貝地依次分到每個人手裡。這是姜桃今天買回來的，所以不用問過孫氏，可以自家吃到飽。

姜桃被分到兩個，姜楊只分到一個，沒好氣地說：「剛剛才用過晚飯，你怎麼又要吃東西？吃得這樣多，晚上不好消化，肚子疼可別哭鼻子！」

姜霖扠著小肥腰，說他哪裡吃得多了？從前爹娘在的時候，他也是每天嘴巴不停，爹娘還說能吃是福呢！

姜楊還嘴，說就是他太貪吃了，把家裡的銀錢都吃完，所以現在爹娘不在了，他們姊姊就得忙著掙錢，忙得連晚飯都沒工夫出去吃，說不定又要生病。

他先是提到爹娘，又提到姜桃不去吃晚飯，是因為家裡沒錢了，姜霖那小霸王似的氣焰頓時低了下去，有些無措地挨到姜桃身邊。

「姊姊，哥哥說的是不是真的啊？」然後不等姜桃回答，他便放下手裡的兩個雞蛋。「那我不吃了。是不是我以後少吃點，姊姊就不用這麼辛苦了？阿霖不想姊姊也和爹娘一樣，去很遠的地方，不回來了……」

姜霖到底才四歲大，說著說著就紅了眼睛。

姜桃無奈，只能擱下手裡的活計，把姜霖拉到自己膝前，再瞪已經心虛得不敢看她的姜楊一眼，溫聲安慰姜霖。

「你哥哥心情不好，隨口說的。就幾個雞蛋，不值什麼，咱們阿霖想吃就吃。爹娘說得沒錯，能吃是福，你看看你最近都瘦了，等姊姊忙完，這兩天掙到更多銀錢，帶你去鎮上吃好吃的，好不好？」

姜霖把腦袋搖得像博浪鼓一樣，還是堅持，說有雞蛋吃就很好了，銀錢留著給姜桃做新衣裳。

姜桃愛憐地摸摸他的小腦袋，放他去跟雪團兒玩耍了。

等姜霖出去，姜桃才有些生氣地對姜楊說：「我知道你的心是好的，所以你怎麼跟我說話，都不會生氣，因為我知道你沒有惡意。但阿霖不同，他年紀小，還不懂事，只會聽別人說話的表面意思。你也說爹娘歿了，現在咱們三個相依為命，我想讓你們都好好的，結果你這當哥哥的不友愛手足，難不成想把弟弟往外推？」

這是姜桃第一次，也是唯一一次這麼認真地說姜楊。

其實姜楊看到姜霖要哭不哭的樣子，也後悔自己說錯了話，可他就是這樣子，遇上旁人還好，但面對自家姊弟就說不出好話，腦子裡想到什麼就說什麼。

他沈默地站起身，走到門邊，說以後不會這樣了。

臨離開之前，他叮囑姜桃早些休息，雖然這十兩的活計報酬豐厚，但熬壞了身子，還是不值得。

姜桃見狀，知道他把話聽進去了，應聲好，讓他也早點歇息，不要看書看得太晚。

有了這段插曲，姊弟倆才忘記了家裡其他的煩心事。

第十三章

此時二房屋裡，周氏也正念叨著姜直。

周氏埋怨道：「方才爹那麼說我，你就不知道幫著我說說話？孩子們都在旁邊，讓我的面子往哪裡放？」

早些時候，雖然姜老太爺也教訓趙氏一通，但那會兒屋裡只有他們幾個，倒不算太過丟臉。哪裡像她，不過隱晦地提了黃曆，姜老太爺便當著小輩們的面，狠狠罵她一頓，半點面子都沒有了。

周氏越想越氣，瞪著姜直的眼睛裡，差點冒出火星來。

姜直皺起眉頭。「爹在家裡素來說一不二，今天妳們不打招呼就把人帶回家裡，連我這不知情的，聽了都有些生氣，更別說爹了。

「再者，阿桃確實可憐，如今她訂了親，就算是別家人，往後她的批命真的應驗，也應驗不到咱們家頭上。妳當伯母的，怎麼就容不下她在家裡多待一陣子？」

周氏聽了這話，便知道姜直又開始心軟，像那次送姜桃上山一樣，先把柴刀留給姜桃不說，到家後更是心虛得吃不香、睡不好，要不是她攔著，姜直甚至還想去跟姜老太爺說情，把姜桃接回來。

周氏越想越氣，伸手去擰姜直的胳膊。

姜直不耐煩地拂開她的手，夫妻倆眼看就要鬧起來，屋裡的布簾一動，一個身形纖細、細眉長眼的少女進來，正是周氏的親閨女姜柳。

今日趙氏和周氏行事時，提前做好安排，將姜霖和姜傑兩個小的趕去外面小集玩，又把姜柳送回她外祖家做客。

見到親閨女，周氏的面色和緩了些，問她怎麼這會兒回來了，沒在外祖家住一晚？

姜柳氣哼哼地一屁股坐到炕上，埋怨道：「我說不想去外祖家，娘非讓我去。今天我巴巴地去了，卻沒來由讓人說了一整日，光聽舅母和表姊的酸話。」

姜柳已有十三、四歲，和過去的姜桃一樣，也是家裡嬌生慣養的姑娘，哪裡受得了這些氣，所以連晚飯都沒吃，自己趕夜路回來。

周氏聽了，便問她們說她什麼了。

姜柳道：「能說什麼呢？還不是說他們姜家出了個剋死雙親的喪門星，年關前竟還好意思到處走，也不怕把霉運帶到別家？」

周氏聽了，也跟著生氣，但到底是自己娘家，不好說什麼，只得勸閨女。「妳舅母她們是頭髮長、見識短。不過也不能怪她們，到底還是怪妳堂姊那個掃把星。不過現在好了，她今天訂親，不再是咱們家的人，以後剋不著咱們了。」

姜柳捏著帕子，依然有氣。「怎麼叫剋不著呢？這麼個大活人，吃住還在咱們家，看著就晦氣！娘說年後幫我相看人家呢，有她在家裡，誰敢上門觸霉頭？難不成相看的時候，還得要我跑去別人家？那還說什麼親？我當一輩子老姑娘算了！」

「我的小祖宗，妳說什麼氣話呢？妳堂姊那樣都有人要，妳這如花似玉的好姑娘，豈能沒人求娶？」

姜柳不聽勸，氣得掉眼淚，嗚嗚哭了起來。

方才周氏被姜老太爺訓了一頓，自家男人又不肯幫她，已經歇了逼婚的心思。這會兒看到閨女委屈成這樣，又坐不住了，一邊下炕穿鞋、一邊道：「我去跟妳大伯母商量商量，我就不信，我們兩個還壓不住那個掃把星！」

姜直張了張嘴，想攔她，但看到閨女受了天大委屈的模樣，年後自家女兒說親也確實是頭等大事，遂把到嘴邊的話嚥回肚子裡。

周氏急匆匆出了門，去大房找趙氏。

孰料，趙氏根本不見她，連門都沒開，只隔著窗戶說天色已晚，她累了躺下，有什麼事明天再說也一樣。

冬日的天色本就暗得早，這會兒不過剛暗下來，哪裡是要睡覺的時辰了，顯然是推託之詞，周氏在屋外氣得直跺腳。

趙氏扒著窗縫，瞧見周氏吃癟，樂得竊笑不已。

今天帶人來相看，本是周氏出的主意，連採石場的人選都是周氏暗示的。可周氏倒好，在姜老太爺面前，連屁都不敢放一個，好像她才是這事的始作俑者，挨了姜老太爺不留情面的教訓。吃晚飯前竟還想攛掇她當槍使，好在她聰明，這次沒強出頭。周氏總想利用她，活該吃癟！

此時大房屋裡，不只趙氏和姜正，大房唯一的兒子姜柏也在。

姜柏是姜家長孫，比姜桃還大幾個月，打小跟著姜桃他爹讀書，但天賦比不過身體底子不好的姜楊。他參加過兩次縣試，都沒考上，現在還是個白身。

但趙氏肯定不會覺得親兒子不如人，只恨姜桃他爹不好好教，不然憑她兒子的聰明才智，怎麼可能連個小小的童生都考不上？更可惡的是，姜桃他爹還將親兒子送到舉人開的學堂念書。

跟著秀才念書，能和跟著舉人比嗎？

雖然姜楊的束脩是三房自己出的，他們大房出不起。但同樣是姓姜的哥兒，三房又那麼會賺錢，幫他們柏哥兒出些束脩又怎麼了？等他們柏哥兒有了功名，肯定會把那點銀錢還給他們的嘛。

更可恨的是，三房只顧護著自家閨女，不把她的惡命放在心上，夫妻倆被剋死就算了，一大家子竟被帶壞了名聲，自家兒子還因為這原因沒了老師，在考童生的關頭得另覓良師，實在害人不淺！

這些正是趙氏人不聰明又膽小，卻敢跟著周氏三番兩次算計姜桃的原因。

姜柏看他娘笑得開懷，道：「往常我勸娘少同二嬸在一起，她那人一肚子壞水，今日是讓娘當出頭鳥，往後不知要怎麼害您。」

換成別家，當小輩的這麼說長輩，就算不挨頓棍棒，至少也得受一通教訓。但大房不同，姜柏是大房唯一的兒子，又是個讀書人，已然成了趙氏和姜正的主心骨。

趙氏非但不怪兒子這麼說話，還附和道：「你說的娘都明白，現在只是我和你二嬸得對付那個掃把星罷了。等這件事結束，你看我還理不理她！」

姜柏摸著下巴想。今日他在自己屋裡閉門讀書，對家裡發生的事很清楚。他也急著讓姜桃嫁人，等過了年，姜楊去城裡讀書，他就能進三房的書房拿書了。

他不知道死去的叔叔家裡有多少銀錢，但一屋子的藏書已夠他眼紅。過去他跟著小叔讀書時，小叔也讓他借，可既是借的就得還，得抓緊工夫看完不說，看的時候還得小心翼翼，唯恐損壞，哪裡比得上是自己的，想什麼時候看就什麼時候看，想怎麼看便怎麼看？

半晌後，姜柏開口道：「姜桃的婚期未定，我心裡記掛著這件事，怕是近日看書都不能專心。」

趙氏聽自家兒子看不進書，立刻急得跟什麼似的。「你想這些事幹什麼？自然有我和你二嬸忙活。而且今天在飯桌上，你二嬸不過提了句黃曆，就被你爺爺罵得狗血淋頭，我也不敢再去說，想來是急不得的。」

姜柏到底是讀了幾年書的人，已然有了自己的計劃，遂不急不慢地在趙氏耳邊道：「明著去說，自然不行，而且娘惹了爺爺不快，理應先按捺住，等過幾日那苦役來下聘時，娘再這般做……」

姜桃還不知道，其他兩房見她有了親事還不夠，正急著幫她訂婚期呢。

現在她眼裡什麼都沒有，只有繡桌屏的活計。

年掌櫃得的那架桌屏，是松鶴延年賀壽圖，那時她是為了籌錢做善事才繡的，根本沒想過要湊個成雙成對，一架桌屏便繡滿老松和雙鶴。要是繡得少，另一架再補些對稱的圖案，就簡單很多。

現在總不能再繡個一模一樣的，她也怕繡得太像之前的作品，會惹來禍端。

要模仿得像，最好又有些細微差別，讓老行家看了覺得似是而非，不敢說是仿品，確實是個挺難的活計。

所以，姜桃想圖案時，才會花那麼多工夫。

後來，她想通了，沒必要拘泥於繁複圖案，最重要的是湊個吉利，決定繡觀音像。觀音端坐蓮臺，飄在老松上，兩架桌屏湊成上下一對，比起對稱的圖案更有意境。

而且，過去的她雖然什麼都繡過，卻唯獨沒有繡過佛像——如她師傅說的，心境有礙，繡出來的東西容易流於匠氣，表現不出神明的超脫淡然。

現在她覺得自己的心境發生變化，倒是敢於嘗試了。

一天一夜之後，姜桃的觀音像終於完成，效果竟比她預想的還好。

觀音法相莊嚴，神情慈悲，不知道是不是因為她曾在庵堂裡待得太久，繡出來的觀音竟如廟宇內的神像般，予人憐愛眾生的感覺，叫人看著就想捧上誠心供奉。

她繡完後，覺得累極，和衣睡了兩個時辰，才起來收尾。

因為剩下的時間還算充裕，老松這樣的圖案，她爛熟於胸，做活時又開始胡思亂想。

恩公說，過兩天就會來送聘禮。

雖然所謂兩天只是個大概的時間，但想來肯定會在年前送到的。

晚些時候，姜楊來送吃食，見她沒繡幾針便抬頭朝門口看，蹙眉道：「家裡沒來人，真來了，我會進來跟妳說。與其這麼分心盼著，不如先專心把活計做完。等妳休息好，就是守在門口等，我也不說妳了。」

姜桃被他說得不好意思，說她哪裡就盼著了，是一直低頭累著，抬頭看看外頭的風景，放鬆眼睛罷了。

姜楊哪裡信她的鬼話，但見她累得面色發白，眼底下更是一片濃重青影，遂沒有戳穿她，走到身後，幫她輕捶肩膀。

「早知道這活計這般累人，就不讓妳接來做。前些日子生的病剛好，這兩日只睡那麼一會兒怎麼行？往後不要操勞了，我說過，賺錢的事我來想辦法就是。」

這話雖然嘮叨，語氣也不善，姜桃聽了卻很受用。就像她知道姜楊為她借了銀子，又辛苦抄書還錢會難受一樣，姜楊這是實打實地心疼她。

姜桃動動有些僵硬的脖子，發出一聲舒服的喟嘆，說知道了，等手裡的桌屏繡完，往後便能輕鬆些，再不會這麼不顧身體了。

兩人正說著話，姜霖帶著雪團兒，像陣風似的颳進來了。

他苦哈哈地嘛起小嘴告狀。「姊姊，我攔不住雪團兒，牠非要找妳。我都和牠說了，妳有事要忙，沒工夫理牠，牠就是不聽。」

雖然雪團兒和姜霖這新認識的夥伴要好，但最依賴的還是姜桃。這兩日姜桃忙著做活，怕牠在屋裡鬧騰，便讓姜霖帶著牠在外面玩耍。

可玩歸玩，雪團兒幾天沒見到姜桃了，說什麼都要進來尋她。

姜霖在門口阻止雪團兒，卻被牠撲個滿懷，結結實實地往後摔倒，屁股著地，不敢攔了，只得把牠帶進來。

雪團兒進了屋，直奔姜桃而去，姜桃忙把針線收起，抱著牠一通揉。

來了姜家之後，這小傢伙沒吃過幾頓好的，姜霖吃雞蛋的時候，會剝蛋黃分給牠吃，其餘時候，還是吃些豆飯、餅子等等不怎麼好的東西。但就算這麼養著，肯定也比在山裡挨餓受凍的強。

不過幾天工夫，雪團兒就大了一圈，皮毛越發柔軟，油光水滑地，摸著比緞子還順手。

親熱一陣後，姜桃覺得自己可能是用眼過度，開始眼花了，居然瞧見雪團兒的白色皮毛上，隱隱有些黑色紋路。

而且，雪團兒的長相似乎也有了變化——腦殼更大更圓，牙齒和爪子越發尖利。尤其是爪子，雖然牠跟她相處時，很小心地收起來，但偶爾露出的爪尖，依舊尖銳得讓人心驚。

姜桃疑惑著，到底是自己眼花得厲害，還是雪團兒這幾天確實發生了極大改變？正要再細看，兩個弟弟又開始拌嘴了。

姜霖噘著嘴，老大不高興地對姜楊說：「你這人真壞，讓我不要來打擾姊姊，自己卻偷偷來。」

因為前天說話傷了姜霖，姜楊便好聲同他解釋道：「我只是來看看她，替她捏捏肩，並沒有打擾她。」

姜霖不服輸，幾步上前，想把他擠開。「我來這兒，也不會打擾姊姊啊。不就是捏肩膀，難道我不會嗎？從前我也經常幫娘捏，娘還誇我捏得好呢！」

可姜楊也不肯讓。「你站著還不到姊姊的肩膀高，小手更是沒力氣，能捏出什麼花樣來？從前娘只是哄你高興罷了。」

眼看兩人又槓上，姜桃無奈，放開雪團兒，又把兩個弟弟往門外推，讓他們該幹什麼就幹什麼去。再這麼吵下去，她才是徹徹底底地被打擾。

姜霖嚷嚷著讓姜楊先走，姜楊被他嚷得心裡的愧疚全沒了，非要和他一起走。

姜桃一個頭兩個大，偏偏手上的活計停不得，實在抽不出工夫來治他們，乾脆吩咐雪團兒，快把兩人趕走。

她本是隨口說說，沒指望雪團兒那麼有靈性，可雪團兒還真像聽懂了般，兩隻前腿直立而起，在姜楊和姜霖的後背上拍了下，雖然沒伸爪子，力道仍是很大，兩人踉蹌一步，然後被牠半推半拱著弄出屋子。

屋裡瞬間清靜下來，姜桃終於能繼續忙活了。

又是一夜過去，翌日清晨，天剛亮的時候，姜桃手裡的桌屏已經完全繡好。她揉揉痠痛的脖子，起身吹滅油燈，立刻動身出發。

開門時，她才發現雪團兒縮成毛茸茸的一團睡在門邊，竟是守了她一夜，難怪兩個不省心的弟弟沒再來尋她。

姜桃讓牠進屋去睡，自己出了門。

此時天色尚早，但因村裡人起得早，年關前又是到處採買年貨的時候，去城裡的人倒也不少。

姜桃搭了牛車，一路搖晃著，差點就睡著了。

她到芙蓉繡莊時，天色已經大亮。

繡莊剛剛開門，年掌櫃正一邊清算帳目、一邊指揮夥計灑掃。

瞧見姜桃，年掌櫃既吃驚又高興，忙從櫃檯後迎出來。「姜姑娘來得好早，真是個守時的人。」上回姜桃將繡線押在店裡時，他便問了她的姓氏。

姜桃抿唇，淡笑道：「和您約好今日要把繡品送來，早些總比晚些好。」說罷，把繡好的東西遞上去。

年掌櫃趕緊先拿帕子擦淨雙手，才接過來細看。

這一看可不得了，他動了幾下嘴唇，愣是沒說出一句話。

上回姜桃送來的帕子已經繡得很好，但那些圖案到底普通，亦是最常見的針法，就像讓滿腹經綸的舉子去考童生，自然能答得很好，可考題太淺顯，縱然本事再大，也發揮不出十分之一。

眼下這桌屏不同，完全沒有半點藏拙，使盡了本事。

那棵老松，樹幹紋理清晰、松針根根分明自不必說，最難得的是觀音像仙氣飄飄，不染凡塵。

年掌櫃鑑賞眼光獨到，卻不會說溢美之詞，只覺得此刻這般捧著觀音像，是褻瀆了神靈，連忙把繡品放下。

「好本事，真是好本事啊！」年掌櫃一邊誇讚、一邊忙不迭多瞧幾眼，讓夥計趕緊把繡品裱進架子裡，又從櫃檯裡取出銀錠，交到姜桃手中。

姜桃接過沈甸甸的銀子，正準備告辭，卻眼前一黑，差點栽倒，幸虧扶住櫃檯，才站穩了腳。

年掌櫃嚇一跳，忙讓夥計搬張椅子讓她坐下，又親自沏熱茶來，問要不要送她去醫館。

姜桃喝下熱茶，舒服了不少，忙說不用，解釋道：「想來是我這兩日睡得太少，今天又沒吃早飯就出門，倒是麻煩您了。」

年掌櫃說不必客氣，又試探著問：「姜姑娘說睡得太少，難道這兩次送來的繡品，都是出自妳之手？」

姜桃本就是要和芙蓉繡莊長期合作，便承認了。

年掌櫃一聽，對她越發恭敬，同她攀談起來，問她師從何人，學了多久？

姜桃依舊拿出應對姜家人的說詞，說自己從前並不會這些，因前些日子生了重病，去廟裡祈福，偶然在夢中所學。回家嘗試一番，還真就學會了。

這樣的說詞，或許旁人就信了，但年掌櫃見多識廣，並不相信，以為她有不能為外人道的家學淵源，便沒有多探究了。

第十四章

兩人正說著話，店裡的夥計突然停下手，齊齊整整地站到門口作揖，喊：「少東家！」

他們的聲音剛落，一個身著寶藍色素面湖杭夾袍、外罩狐裘大氅的少年走進店內。

少年名喚楚鶴榮，約莫十六、七歲，生得白淨清秀，卻是手搖摺扇，轉著拇指上的玉扳指，一副紈袴子弟作派，進來後，便頤指氣使地催促年掌櫃。

「我這便要啟程出發了，讓你尋的另一架桌屏呢？可找人做好了？」

年掌櫃恭敬地喚聲少東家，說已經尋到了，夥計正在裝裱，馬上能弄好。

楚鶴榮不悅地嗯了聲，目光落在姜桃身上，問年掌櫃。「年掌櫃，這是誰？為何坐在店裡？看穿著不像買得起我家東西的人，是你家親戚？」

年掌櫃歉然地對姜桃笑笑，跟楚鶴榮解釋，這是來送桌屏的繡娘。

他不說還好，一說楚鶴榮就跟炸毛貓似的，唰的收起摺扇，氣道：「我讓你尋人繡另一架桌屏，不是讓你隨便找人糊弄我！這丫頭看著比我還小兩歲，能有什麼本事繡出蘇大師愛徒那樣的繡品？一點小事都辦不好，難怪你這些年只能拘在這小城繡坊裡當掌櫃！」

年掌櫃想出聲解釋，但楚鶴榮連珠炮似的數落他一通，他根本插不上話。

姜桃見狀，起身告辭，謝過年掌櫃的茶，看也不看楚鶴榮，揣著銀子，置辦年貨去了。

楚鶴榮瞧她就那麼施施然走了，臉上露出震驚之色，顯然沒想到自己會被人這麼明晃晃地無視，更生氣地對年掌櫃道：「你說她是什麼人啊？一個替我家幹活的，竟敢不理我這少東家?!以後她再送繡品來，你不許收了！」

年掌櫃諾諾稱是，明白這只是氣話，不用放在心上。

楚家富甲天下，名下產業不計其數。楚鶴榮是楚家受寵的么子，在他過十五歲生辰時，當家作主的楚老太太便將芙蓉繡莊送給他。

別看楚鶴榮脾氣火爆，像炸藥似的一點就著，其實心腸不壞，不然也不會每次來查帳，明知這鋪子不賺錢，都只是嘴上罵罵，從未辭退夥計或乾脆換掉年掌櫃，也沒削減過大家的月錢。

而且，年掌櫃挺心虛的。說起來，楚鶴榮弄丟年禮、需要臨時找其他東西湊數的事，他得負一點責任。

前些日子，楚鶴榮費了好大功夫，從關外弄來一頭雪虎。雪虎世間罕見，能通人性，普通白虎根本不能相提並論。更難得的是，那還是頭懷孕的母雪虎。

楚鶴榮帶著雪虎，馬不停蹄地從關外趕回，途經這裡休整，順便查帳。

當時，楚鶴榮心情大好，告訴年掌櫃，母雪虎雖然可貴，但最寶貴的，還是牠肚子裡的小老虎。

傳聞雪虎幼時個頭嬌小，毛白勝雪，如貓兒般討喜，長大些才會出現花紋，從小貓的模樣變成老虎，威風凜凜，睥睨山林。如此可貴的異獸，定能討得他祖母的喜歡，免得府裡其他兄弟老笑話他不擅經營，一事無成，芙蓉繡坊偌大一個招牌，到他手裡，便開始連年沒有盈餘。

年掌櫃見他高興，陪著他多喝了兩壺酒。

沒想到，當夜母雪虎發動生產了，下頭的人喊醒年掌櫃，卻喊不醒醉酒的楚鶴榮。

年掌櫃不敢讓人用冷水潑他，只能指揮下頭的人幫忙接生。

可自古只有替人接生的，誰給老虎接過生？又有誰敢啊?!

年掌櫃和下頭的人急得亂成一團，而母雪虎居然伺機撞開籠子，趁著夜色往外奔去。

因有宵禁，路上並無行人，沒發生傷人的慘案。可年掌櫃帶人追去時，發現母雪虎竟如貓兒爬樹那般，輕而易舉爬上小城城牆，就此遁去蹤影。

他們沒辦法爬過城牆，只得空手而回，等天亮再做其他打算。

第二天一早，楚鶴榮酒醒，聽說自己的年禮丟了，立刻帶人出城去追。

追查一天一夜，他們才在山上找到因絕食已久而形銷骨立、剛生產完的母雪虎。母雪虎太虛弱，運回來沒兩天便斷了氣，小雪虎則是再也不見蹤影。

楚鶴榮沒了辦法，只得重新準備年禮，才有了年掌櫃請姜桃做桌屏這件事。

等桌屏裝裱好了，楚鶴榮也沒多瞧，吩咐小廝收起來，便趕往京城。

回程至少要九天，這趟肯定趕不上除夕了。但沒辦法，他弄丟年禮，怎麼敢回府呢？

他在這小城裡找了一堆禮物來湊數，要年掌櫃準備的桌屏只是其中一樣。雖然知道年掌櫃找了個小姑娘來繡，楚鶴榮倒也沒有真的在意。

而且，蘇大家是他家老太太的至交好友，數年前痛失愛徒後，就住在他們府裡。年掌櫃找再厲害的繡娘，都不可能瞞過蘇大家的眼睛，他不過是湊個好意頭的雙數罷了。

年掌櫃前腳送走楚鶴榮，後腳又迎到一位貴客——縣令夫人黃氏，帶著丫鬟來買東西。

年掌櫃連忙上前招呼，問她今日想買什麼？

黃氏說，要買條和她的衣裙相襯的帕子。

年掌櫃聽了，便取出姜桃送來的繡帕。方才楚鶴榮說話冒犯了姜桃，他想著，若能把她的帕子賣給官家太太，也算是替她攢些名聲，以後收她的繡品時，好幫忙提提價。

不過，年掌櫃知道黃氏不懂繡技，喜歡的素來是料子上乘、花團錦簇的東西，說得直白些，就是要顯得氣派闊綽，越富貴越好。姜桃的帕子繡工雖好，但用料普通，許是入不了她的眼。

年掌櫃也沒抱希望，沒想到黃氏卻是喜歡，說這套帕子素淨耐看，很不錯。連價錢都沒問，選了紅梅傲雪圖案的放在身上，其餘的讓年掌櫃包起來。

年掌櫃心裡納悶，面上卻沒顯露出來，收下銀子，恭敬地送黃氏出去。

黃氏出了繡莊，坐上自家馬車，招呼著車夫趕車。

馬車上還有個十六、七歲的少年，正是縣令家的長子秦子玉。

此時秦子玉正懶洋洋地抱著雙手，靠在引枕上假寐，聽到動靜，不悅地嘟囔道：「娘還說今天去衛先生家拜訪的事很重要呢，怎麼快到了卻要買帕子，還非得親自去？」

黃氏無奈道：「衛夫人最是講究禮數，上回說我穿著太過富貴扎眼，他們小門小戶招待不起我這樣的官太太，連盞茶都沒讓我吃，便要丫鬟送客。今日我特地換上素淨衣裳，再配普通帕子，這麼做是為了誰？還不是為了你！」

衛家當家的衛老太爺是先帝時的兩榜進士，官拜內閣。之後衛老太爺退下來，其獨子衛常謙也很有本事，高中榜眼，入翰林院。

數月前，衛老太爺病重，衛常謙至純至孝，上奏辭官，說想帶著老父回故鄉過最後一段日子，落葉歸根。

承德帝念他一片純孝之心，便允許他們歸鄉。

如今衛家雖成了白身，但衛老太爺在朝堂上門生眾多，在這小城裡，依舊是個人物。

秦縣令下了很多工夫，才和衛家攀上關係，想讓自家長子拜入衛常謙門下。

然而，上次黃氏帶著秦子玉去拜訪時，卻因打扮讓衛夫人不喜，直接被「請」出門。

這回，黃氏在穿著上可是下了一番工夫，既要顯得內斂沈穩，又不能跌了自己的身分。

秦子玉聽她嘮叨，不耐煩地道：「要我說，上回只是衛夫人給娘的下馬威罷了。若衛先生不收我，還能收誰？」

黃氏說：「你可不許這麼自大。先前你不是說學堂裡有個很聰明的農家子，深得你們先生歡心嗎？衛老太爺就是寒門出身的，衛家不會嫌棄學生的門第，到時候你這官家少爺，別被農家子比下去了。」

「娘說的是姜楊啊。」秦子玉不以為意地嗤笑一聲。「他家那爛攤子，姊姊還是剋死雙親的掃把星。就算衛先生真不在乎這些，那小子身上戴孝呢，三年後才能下場。

「衛家收學生，不可能是為了做善事，終歸還是要培植勢力，替自家晚輩鋪路。三年後，等姜楊從縣試開始考，不知道要多少年才能熬成秀才、舉人，除非他真是天縱奇才，來個連三元、六元，想也知道不可能。衛家沒那麼傻，會去扶持這樣的人。」

「總之，你得好好把握這次機會，這可是我和你爹豁出去面子、裡子為你爭取來的。」

黃氏並不覺得隨便一個農家子能比得過自家兒子，況且衛家收學生的事，平頭百姓連消息都還收不到，她不過是想提醒兒子，讓他謹慎些罷了。

母子倆說著話，馬車到了衛家老宅。

衛家的宅子是普通的兩進小院，還沒有半個縣令府邸大，但衛家上下，無論是布置擺設，還是下人的行為舉止，都透出一股雅致的書卷氣。

黃氏帶著秦子玉，在下人的引領下，到了後院。

衛夫人已經備好茶點，招呼他們坐下說話。

因為有過前車之鑑，黃氏頗為拘謹，唯恐惹衛夫人不快，坐下後，不敢主動開口說話。

衛夫人端著茶盞，也在想怎麼和黃氏攀談。

上回她不留情面地把黃氏請出去，但黃氏到底是縣令夫人，現在衛家蟄伏，強龍不壓地頭蛇，衛常謙私下叮囑她，下回還是要給黃氏留些面子，兩家不能交惡。

可衛夫人亦是書香門第出身，和出自富商的黃氏實在無話可說，難不成問她最近讀了哪些書，做了什麼女紅？

對了，女紅！

衛夫人上下打量黃氏，笑道：「今日夫人打扮得素淨，手上這條帕子，配得更是相得益彰。」

黃氏聽了，立刻將帕子放到桌上。「上回聽了衛夫人的話，我也覺得從前的打扮招搖了些，便換下來。」

衛夫人同她寒暄，心裡還是不太熱絡，想起之前的尷尬來。

上回黃氏穿金戴銀的招搖模樣，不似七品縣令夫人，倒比京城勛貴家的太太還闊綽，看著便覺得刺眼。

結果，黃氏以為衛夫人多看了兩眼，是喜歡上那些首飾，非要摘下手腕上拇指粗的金鐲子送給衛夫人。衛夫人說不要，黃氏還當她是不好意思，非要把金手鐲往她手上套，才把她惹怒了，一氣之下送客。

今天，黃氏不會又要巴巴地將這帕子送給她吧？

還好，黃氏只是讓衛夫人看，沒說要送。倒不是她改了想法，而是知道這帕子的價錢，如何送得出手？沒得提出來讓人笑話。

見黃氏沒提，衛夫人的面色和緩了些，這才瞧起桌上的帕子。

帕子的用料普通，不說官宦人家，連普通人家都用得起，可繡的圖案很是別致，傲雪紅梅頗有風骨，枝頭喜鵲纖毫畢現，栩栩如生。繡工好，意境更是難得，讓人見之心喜，忘了這繡樣不過是用了最普通的針法。

「繡得真是不錯。」衛夫人真心實意地誇讚，又問黃氏。「這是秦夫人在外頭買的，還是自家繡娘繡的？」

黃氏莽撞，卻是不蠢，立刻順竿子往上爬，道：「是我相熟的繡娘繡的，雖不是我自家請的人，但因為相熟，要兩件繡品也不是難事。」

衛夫人便點頭。「初初回鄉，處處不便。若有機會，倒想尋這繡娘替我家做些東西。」

黃氏道：「這有何不可，下回就把人捎來。」

有了這件事，衛夫人能跟黃氏說上話了，兩人談談自己喜歡的繡樣，年前家裡要做的準備，竟說了快兩刻鐘。

片刻後，衛夫人說今天衛常謙許是又不回家用午飯了，請黃氏先帶著秦子玉回去。

黃氏肚子裡雖沒有二兩墨水，卻知道讀書人清高，沒指望幾趟便能把兒子送到衛常謙跟前，便就此告辭。

出了衛家老宅，秦子玉不悅地嘟囔道：「這衛家真是油鹽不進，上回屁股還沒坐熱，便把我們趕出來。這次娘倒是和衛夫人說上話了，卻光扯後宅的小事，我要等到什麼時候，才能拜師啊？」

黃氏道：「你別急，這次不是比上次順利多了？下回娘帶上那繡娘，討得衛夫人歡心，你拜師的事情，不就有了眉目？」

黃氏說完，吩咐馬車直驅芙蓉繡莊，向年掌櫃打聽繡帕子的繡娘。

年掌櫃也犯了難，這帕子是他收的沒錯，但姜桃看著面生，不是城裡人，也不知道她家住何方。

眼看黃氏要急，年掌櫃又說，姜桃在他這裡買了料子和繡線，上元節前，還要再來送繡品的。

黃氏這才平復心情，叮囑年掌櫃到時候千萬派人遞信給她，她有事囑託那繡娘，不拘對方要多少銀錢，都得先把人安撫住。

年掌櫃連聲應是，親自送黃氏出繡莊。

等人走了，年掌櫃心裡犯起了嘀咕。姜桃說她的繡技是仙人所授，起先他不信，但縣官夫人一反常態地買下她的帕子不說，還一副如獲至寶的模樣，特地來見她。這太玄了，讓他覺得，或許是自己托大，對方真就是神明眷顧的貴人呢。

這些事，貴人姜桃還不知情。

她揣著十兩銀子出了芙蓉繡莊，就去置辦年貨了。

首先，要幫兩個弟弟各做一身保暖的新衣。她會刺繡，卻沒做過量身裁衣的活計，便去成衣鋪子買。

接著是吃食。守孝的日子，他們吃不得大葷，她倒是無所謂，但兩個弟弟的身體底子不如常人，其中一個才四歲大，幾年不吃葷腥，肯定是熬不住的。

所以，她買了兩根不帶肉的大骨頭，想著熬湯給他們喝，多少補一點。當然，雞蛋也不能少，得再買一籃子。

雪團兒也正是長身體的時候，雖不能讓小傢伙頓頓食肉，但多少也得吃些。買雞蛋時，姜桃買了一筐小雞，想著養大些，也能給雪團兒打打牙祭。

其後是姜楊要用的筆墨，姜霖愛吃的飴糖、糕點之類，姊弟三人日常要吃的米麵等等。

姜桃越買越多，最後雇了個挑夫幫她挑東西。

東西看著多，但縣城裡的東西價錢低廉，太貴的，姜桃也沒捨得買。她想買給姜楊的補藥，並不便宜，只能等下次再來買。

加上挑夫的工錢，姜桃總共只花了二兩半。

剩下七兩半，二兩讓姜楊去還欠款，五兩攢著當束脩，其餘的孝敬給姜老太爺和孫氏。

她可以放幾天假，然後繼續繡東西去賣，再掙個五兩，便能輕鬆些了。上回在繡莊裡買的料子、繡線就花了二兩，算是下了重本，賣個七兩總不是難事。

姜桃一邊思考著、一邊和挑夫搭上了回去的牛車。

抵達槐樹村時，不過辰時。

姜桃剛走到村口，就見到候著的姜楊。

姜桃笑起來，待走近了，發現他臉頰凍得通紅，不知在這裡等了多久，便止住笑，蹙起眉頭。

「前兩天你才暈倒，怎麼這大冷天的在外頭等我？萬一凍病了可怎麼辦？」

姜楊嘴硬道：「誰在外頭等妳？我是看書累了，出來透透氣，正好遇見妳罷了。」

姜桃懶得同他掰扯，拉著他回家。

和之前姜楊從山上拿回他給姜桃買的東西、還有跟姜桃第一次賣完繡品買東西一樣，兩人很默契地沒走姜家正門，從後門進去，把東西放好。

姜桃同挑夫道謝，再把人送出門。

正準備回屋時，她看到一個高䠷的男子身影在自家廂房門口鬼鬼祟祟的。

她往前走兩步，男子便轉過來，是大房的姜柏。

姜桃喊了一聲大堂兄，姜柏猛然被她這麼喊，臉上浮現出一絲不自然的神色，道：「阿桃起得真早。」

姜桃很少和姜柏打交道，但原身的記憶裡，卻是不怎麼喜歡這個大堂兄。

姜柏跟著原身的爹念書，念了好些年仍沒考上功名，但卻養出自命清高的性子，每回回家都不同堂兄弟姊妹說話，就算說上幾句，也很是不耐煩。而且，他對原身的爹不是很恭敬，隱隱透出一股「我考不上功名不是我沒本事，而是你不會教學生」的怨念。

所以，姜桃也沒給他什麼好臉色，淡淡地說：「大堂兄起得也早，不知道大堂兄在這兒做什麼？」

三房共三間屋子，最大間是原身爹娘帶著姜霖起居的主屋，另一間是姜桃住的廂房，還有這間上了鎖的、原身她爹的書房。

姜柏說沒做什麼，看書看累了，到這裡散散步。

這說詞，方才姜桃已經聽了姜楊說過，此時當然更不可能相信。她也不接話，只狐疑地上下打量姜柏。

從前姜柏只覺得這堂妹空長了個好臉蛋，說是秀才家的閨女，其實沒長腦子，和村裡的蠢村姑沒什麼區別。可不知怎的，今日被她這探究深沈的目光打量，竟不自在起來。

想著拿書不急在這一時，姜柏遂沒多待，說自己走夠了，回去看書，便快步離開。

等姜柏走後，姜桃在他方才站著的地方，撿到了一個小紙包。

她打開紙包，發現裡頭是一些白色的粉末，放在鼻子前聞了聞，隱隱有豆子的腥氣。

活在現代時，姜桃看過很多書，尤其愛看各種醫藥相關的，此時心裡已經猜到了些大概，但不敢確定。

她把紙包包好，出了姜家，去村口尋那個挑夫。

挑夫正在村口等牛車，姜桃託他把粉末送到城裡的藥鋪，問問裡頭是什麼東西。

挑夫連聲應好，不肯再收她的銀錢，說他家就在隔壁村，反正還要進城，從藥鋪回來時捎個話，也不費事。

姜桃同他道謝，便回去了。

第十五章

三房正屋裡，姜楊和姜霖正在拆姜桃買的東西。

姜霖看見姜桃買給他的新棉襖和小零嘴，樂得在屋裡直蹦躂，見姜桃回來，立刻炮彈似的撲過去，抱住她的腰，說姊姊最好了，像仙女一樣，又好看、又有本事，還會疼人，他最喜歡姊姊了！

姜桃聽了，很是受用，讓他把小雞關好，別全被雪團兒吃了。

姜霖咯咯笑著，去跟小雞玩了。

比起激動的小胖子，姜楊的反應顯得平靜很多。

他把姜桃買的筆墨和新衣歸攏在一處，蹙著眉頭問，這趟又花了多少？

姜桃以為他要說她亂花錢，便解釋沒有多少，共花了二兩半，還剩下七兩半，夠付他來年的一部分束脩，等過完年再賣完一批繡品，便能攢夠他的束脩和生活開銷了。

孰料姜楊聽了，眉頭沒有舒展，反而顯得更不高興，站起身道：「誰讓妳給我攢束脩了？爺爺奶奶都說了，往後爹娘不在，他們會幫我出的。」

姜桃不明白他為什麼生氣。「爺爺奶奶雖那麼說，但他們的銀錢是留著養老的，而且爺爺奶奶的進項除了田地裡有限的收入，就是其他兩房交到公中的。真由他們出了，其他兩房不知要怎麼想，鬧得家宅不寧，惹人心煩。我是你姊姊，我替你出了，他們就沒話說，你也能安心讀書，不用矮他們一頭。」

姜楊聽了，不悅地撇著嘴角，打起布簾離開了。

姜桃丈二金剛摸不著頭腦，姜霖捧著小籃子，湊到她身邊。「姊姊別管那個彆扭精。」

「又沒規矩了是不是？」姜桃伸手去捏姜霖的胖臉。

姜霖這才改口道：「哥哥本來就彆扭嘛，剛才我們拆東西時，他還挺高興的，但也不知道為什麼拆著拆著，他的臉就越拉越長，嘟囔著什麼『那樣辛苦地賺錢，什麼東西都不給自己買』就黑了臉。我也不知道他是什麼意思，反正那股彆扭勁兒讓人煩得很。」

姜桃這才明白過來，原來姜楊是惱她光記著給他們買東西，卻沒把銀錢花到自己身上，難怪她說了後頭的計劃，他的臉色越難看。

「你哥哥是心疼我呢。」姜桃嘆息了聲，又和姜霖解釋一番。

姜霖聽完，恍然道：「啊，原來是這樣。」接著繼續小聲嘀咕說：「那他有話不能直接說嗎？那臉拉的，像姊姊欠他的銀錢不還。果然是個彆扭精……哎哎，姊姊別捏了，我不講了。」

姜桃鬆開手，放他去玩，她則去姜楊屋裡找人。

姜楊已經拿起了書，見她進來，也沒給個好臉色。

姜桃乾脆岔開話頭，說剛剛在廂房門口撞見姜柏，瞧他的樣子頗為鬼祟，不知道在搞什麼鬼。

姜楊對她遇事知道來跟他商量的態度很受用，臉上的陰雲盡數散去，哼道：「大堂兄覬覦我們的家當，不是一日兩日。而且不止他，二房的姜傑開年亦要讀書，八成也在妄想。」

姜桃愣住，問是什麼家當？三房有啥家當值得人妄想？是爹娘幫她存在鋪子裡的那些架子床、桌椅櫃子之類不好變賣的嫁妝，還是匣子裡的幾十文錢？

姜楊像看傻子似的看著她，從衣服裡拿出一把貼身存放的鑰匙，帶她去了廂房。

看到廂房裡整面牆的書架上滿滿當當全是書的時候，姜桃驚得微微張開嘴。

她知道這時候的書很昂貴，一本普通的書就要幾文錢，抵得上在城裡做工的人的月錢。且這廂房裡的書架上，還有好些是裝幀精緻、一看就價格不菲的。

這樣多的書，少說值幾百兩，甚至上千兩！

她總算明白，為什麼原身她爹早早考上秀才，當了這麼些年的教書先生，家裡的擺設看著也不像是貪圖享受的，卻沒有儲蓄，原來是把錢花在這上頭了。

但也不怪她想不到，平常書房上鎖，在原身記憶裡，只有她爹可以自由出入。原身也像個沒長大的孩子似的，從來不關心這些。

「鑰匙是爹走了以後，爺爺給我的。我見妳一直沒問起，以為妳是怕觸景傷情，怎麼妳看起來像不知道似的？」

姜桃赧然地說之前確實不知道，往常也不關心這些。

如今，姜桃對姜柏那反常的行為更謹慎，說剛剛在書房門口撿到姜柏落下的紙包，已經託挑夫送到藥鋪去查，眼下先等結果，再做決斷。

一會兒後，挑夫捎來消息，那包粉末不是毒藥，而是摻了巴豆的瀉藥。

瀉藥這種東西，常人吃下並不會如何，至多連著幾天多跑兩趟茅廁，身上虛軟些，只要多喝水，也不會鬧出什麼大事來。

但若下藥對象換成身子虛弱的，例如大病初癒的姜桃，抑或姜楊這樣先天底子不如常人的，就算不死也得脫層皮。

得知這個消息後，鑑於自己最近是其他兩房的眼中釘，姜桃立即反應道：「難不成是要對我下藥？總不可能留給大房吃的。」

話一出口，她就覺得不對。其他兩房怕了她的「惡命」，想早點把她嫁出去，若是她又生病，那也別指著出嫁了。若她運道差些，直接病死在家裡，對姜家的名聲更是不好。

姜楊沈吟。「不對，應該是要下給我的。」

這更合乎情理，首先是他一直反對姜桃早出嫁，再來爺爺奶奶寶貝他，生怕他再出點紕漏。姜楊有什麼不對，兩個老人不會想到他是被人下藥，只會以為是姜桃剋親，不用旁人多說，自會儘早把姜桃送出門。

若想得更深些，若是姜楊病死，姜桃也出嫁了，大房僅剩還不懂事的姜霖，三房的家當自然會由姜老太爺接手。其他兩房的人，只有姜柏讀過書，想也知道，這些書多半會落到他手上。

「好精明的算計。」

姊弟倆的面色難看起來，但他們知道，僅憑著一包瀉藥和他們的猜想，沒有其他證據，根本不能指證。而且，姜桃撿到紙包時，只有她自己在場，只要姜柏咬死不認，誰也奈何不了他。雖然姜老太爺和孫氏最疼愛的是姜楊，但對姜柏這個長孫還是很看重，肯定把他排在姜桃前頭。

「得想個法子……」姜桃說著，感覺一陣目眩，疲憊地捏了捏眉心，才接著道：「兩房都不消停，得想法子和他們撇清干係。之前我忙著刺繡，騰不出手跟他們計較。從前我不清楚咱們還有這麼多藏書，但只有千日做賊，沒有千日防賊的，我們不能只是挨打。」

姜楊看她這樣，蹙眉道：「妳別管了，先回去睡覺。妳這臉色白得嚇人。」

過去兩天，姜桃只睡了兩個多時辰，白天從城裡回來後，休息了一下，但因為心裡記掛著紙包的事，睡不安穩。如今天色發暗，便有些撐不住了。

姜桃不敢拿自己的身體開玩笑，又叮囑姜楊小心些，大房接觸過的吃食千萬不能碰，若是餓了，便讓孫氏幫他開小灶。

姜楊說他都省得，又不是幾歲大的孩子。

這話倒是給姜桃提了醒。姜楊固然是姜柏的首要敵人，但若對方心狠些，也對四歲大的姜霖下藥，豈不是能把三房的男丁全滅了，再沒有後顧之憂。

於是，姜桃又去找姜霖叮嚀一番，回房後覺得眼皮重得像山，這才歇下，一夜無夢。

第二天早上醒來，外頭已經天光大亮，姜家的院子比往常更熱鬧，依稀傳來鼎沸的人聲和姜霖歡樂的尖叫。

姜桃起身穿衣，隔著屋子喊姜霖，問他外頭出了什麼事？

姜霖聽到她的聲音，衝進屋裡，小胖臉上滿是紅暈，語無倫次地道：「姊姊，豬豬豬！好大的豬！」

姜桃被他這興奮激動的模樣逗樂了，說一大早不許罵人，出了什麼事，好好說。

姜霖這才深深呼吸幾下，同她解釋道：「前兩天，和姊姊在門口說話的大哥哥來了，帶來好大一隻豬，村裡好多人都來看熱鬧！」

聽說沈時恩來了，姜桃趕緊梳頭洗漱，準備出去瞧瞧。

算算日子，他確實該來下聘了，只是沒想到聘禮竟然是頭豬？她沒有嫌棄的意思，只是覺得有些奇怪。年節前，豬的價錢可不便宜，捎帶過來也麻煩，直接買好攜帶的禮物，不是更方便些？

梳洗完，姜桃牽著姜霖的手出了屋。

姜家比任何時候都熱鬧，屋簷下、院子裡站滿了人，全興奮得很，沒比姜霖冷靜多少。

等姜桃撥開人群往裡頭瞧時，也不淡定了。

姜霖說得沒錯，真是好大一隻豬！

那是隻腹小腳長、褐色鬃毛，至少有四、五百斤的成年野豬！

難怪姜家的小院子擠得快裝不下人了，這樣大的野豬，一看就是活在深山老林裡，先不說要怎樣的本事才能擒住牠，很多人一輩子連見都沒見過。

姜正和姜直兩個莊稼漢，正幫著沈時恩處理這「聘禮」，但合力拿扁擔挑了半天，那被捆住四隻蹄子的野豬還是不動分毫，扁擔倒是先不堪重任，從中間斷開。

村民們笑出聲來，很熱心地幫著動手，這才把野豬抬到院子的角落裡。

這時候，沈時恩也看到人群中跟著笑的姜桃，快步過來，歉然道：「實在抱歉，我身無長物，只能去山上打獵。又答應妳這兩日過來，便沒抬到城裡去賣，直接把野豬帶來了。」

姜桃笑著搖頭說不礙事。

她怎麼會怪他呢？她又不是只看重金銀的人，不然也不會知道他是苦役還動了心。而且這樣大的野豬，即使知道他武藝高強，也得冒著生命危險，肯定獵得十分辛苦。光是這分心意，就夠讓人動容了。

見沈時恩額頭帶汗，姜桃拿了帕子，要幫他擦。

沈時恩卻退後半步，躲開她的手。「我身上髒臭，別沾上妳。」

姜桃抿唇笑了，說哪裡就沾上了，上前半步，堅持要幫他拭汗。

兩人正一個躲，一個跟的，立刻惹來村民們的調笑。

有漢子起鬨道：「新郎官快別躲，沒來由地讓我們新娘子著急！」

「就是，新郎官為了媳婦拚了命，讓新娘子擦個汗怎麼了?!」

鄉間民風淳樸，他們的調笑並不帶半點惡意，可姜桃還是紅了臉，軟綿綿地瞪沈時恩一眼，怪他非要躲，讓人看笑話了。

她把帕子往他手裡一塞，飛快地躲到姜家人身後去。

沈時恩臉上也泛出一絲紅暈，將帕子仔細疊好，放進懷裡，再對著村民拱手討饒。

替他們作媒的錢氏也在看熱鬧的人群當中，立刻笑著幫忙解圍。「姜家姑娘面皮薄，你們可不許這麼欺負人。」

其他村民忙道：「不敢不敢，姜家這孫女婿連這麼大的野豬都能打來，我們哪敢造次？」

眾人說笑時，姜老太爺也帶著笑意開口了，說今兒是自家孫女婿來下聘，大家既然來了，一起吃個飯吧。

村民們自然應好，倒也不等著白吃白喝，各自回家去拿食材碗筷，抬桌椅板凳，一時間，姜家更熱鬧了。

趙氏和周氏的臉色古怪起來，拉著孫氏去旁邊說話。

趙氏道，今天來的少說有幾十人，這頓飯得花掉多少銀錢？

周氏也說，若是吃些平常的就算了，但看姜老太爺的意思，要熱鬧大辦，肯定得上幾個大菜，家裡根本沒準備這些，可怎麼辦？

曉得妯娌倆是心疼銀錢，孫氏不悅地蹙眉。「孫女婿打的野豬，送到城裡去賣，少說也能賣個一、二百兩，現下擺宴算得什麼？總不能讓人瞧完熱鬧，我們關上門來吃飯，還要不要面子了？」

趙氏和周氏畏懼婆母，不敢再頂嘴，只是不約而同在心裡腹誹，那野豬確實能賣上不少銀錢，但是銀錢多，也不等於要便宜旁人啊？那沈二著實不懂事，直接抓去賣了，送銀錢來多好！

姜老太爺是個愛面子的人，自從姜桃父母去世後，第一次心情大好，也不管兩個兒媳婦嘀嘀咕咕的，吩咐起來。

「老婆子去取銀錢，讓老大買隻豬，叫屠夫殺好再帶回家。老二去打酒，要賣酒的幫忙送來。老大媳婦和老二媳婦也別乾站著，鄉親們從自家送了吃食來，趕緊拿去灶房料理。」

姜老太爺發話，趙氏和周氏不敢再吭聲，認命地捋起袖子，下廚去了。

姜桃已經回屋，聽到姜老太爺的話，笑得更是歡暢。

她真是太高興了！

兩個伯母忙前忙後，挨了姜老太爺一通罵、巴巴替她找的親事，是她自己本就屬意的，卻倒貼銀錢給恩公買見面禮。如今恩公來下聘，兩人又成了苦力，燒那麼多人的飯菜，做完這頓午飯，大概會累得連手都抬不起來。

若非出了姜柏預備下藥的事，姜桃挺想看看兩個伯母還能上演怎樣偷雞不著蝕把米的好笑戲碼。

她兀自笑著，姜楊推門進來了。

「他來下聘，妳就那麼高興？」姜楊沒沈著臉，只是語氣怎麼聽都涼涼的，怪嚇人的。姜桃有種早戀被家長抓包的錯覺，止住笑。「你沒聽爺爺剛剛說的？兩個伯母大概連肺都要氣炸了。」

姜楊道：「今日人多口雜，怕正是下手的好機會。」

姜桃也正色點頭。「確實。不過因為人額外多，大房不敢貿然下手。不然飯菜那樣多，他們也不知會下到誰的碗裡。」

「我了解姜柏，他自命不凡，連他親娘也看不上。今天事情有變，他應該會不放心大伯母，親自出手。」

姜桃點頭，又道：「這樣精采的戲碼，咱們兩個主角總不好錯過，出去盯著吧。」

兩人不再耽擱，去找姜老太爺和孫氏，幫著他們招呼鄉親了。

姜家灶房裡，趙氏和周氏正在埋頭苦幹，燒火刷鍋、洗菜切菜，忙得分身乏術。

此時，姜柏出現在灶房門口，對著趙氏使眼色。

趙氏藉口出恭，溜了出來。

「娘把之前的藥給我。」

趙氏一聽，嚇得忙伸手去捂他的嘴，姜柏嫌棄地把她滿是菜味的手推開。

「怎麼這會兒提起這件事？咱們不是說好了，讓我悄悄放進那小病秧子的飯菜裡？」

姜柏皺眉。「今天來的人太多了，娘應該不好下手，還是我方便些。到時候鄉親肯定要敬酒，我把藥摻進姜楊的酒裡，更是簡單。」

趙氏支吾著，拿住藥包不肯放。「你是讀書人啊，怎麼能做這種事？那小病秧子身體底子差，若是分散放在飯菜裡，想來吃了最多就拉兩天肚子。要是把藥全放進酒水，一口氣喝了，會不會出大事？」

姜柏不耐煩地說他有分寸，搶了藥包就走。

周氏也從灶房裡出來了，要她別躲懶。

趙氏唯恐被周氏看出破綻，立刻鑽回了灶房。

半個多時辰後，姜家正式開宴。

堂屋裡坐不下，院子和門口都擺滿了桌椅。

趙氏和周氏算是動作麻利，每張桌上都送了兩、三道菜。

姜老太爺喊了沈時恩和姜柏，讓他們挨桌去敬酒。

姜柏是長孫，代表姜家敬酒很正常。現下沈時恩還是未過門的女婿，老太爺喊他跟著，就是對他今日的表現很滿意了。

起初村民們聽聞姜家跟苦役結親之舉，有些不理解，即便姜桃是掃把星，好歹也是秀才的女兒呢。但經過今天的事後，都對沈時恩讚不絕口，這個說他有本事，那個說姜老太爺好眼光，還有半大小子太過崇拜沈時恩，說英雄莫問出處，以後也要成為他這麼厲害的人……總之熱鬧得很，話頭全繞著沈時恩轉。

姜柏這正經長孫倒是無人問津，遂恨恨地看了沈時恩幾眼，又用眼角餘光去看姜楊。

姜楊已經跟著孫氏坐下，孫氏正一個勁兒地給他挾菜，叮囑他多吃些，渾然把他當個幼童照顧。

今日是姜楊的親姊姊訂親，按理說他應該在敬酒的行列裡。可姜老太爺和孫氏卻完全沒叫他，還不是心疼他身子不好，怕他喝多了難受。

姜柏自認也是個弱書生，二月便要準備縣試，他們就不擔心他的身子了？

俗話說，小兒子跟大孫子是老人家的命根子，但在姜家，二老的命根子卻是小兒子和姜楊。他空擔了長孫的虛名，處處都被姜楊壓了一頭。如今姜楊沒了父母，姊姊還是個掃把星，但在二老心裡的地位，還不是把他比到了泥裡！

姜柏越想越氣，趁著人多，拎著酒罈去了角落。

他那成事不足、敗事有餘的娘，還擔心這藥下在酒裡會惹出麻煩，依他看，一包藥下去要了姜楊的命才好！

他是姜家長孫，闔家的關懷和那一屋子的藏書，本就該是他的！

此時，姜桃正坐在孫氏身邊，陪著錢氏等女客說話，眼角餘光自始至終沒有離開姜柏。見姜柏開始鬼鬼祟祟，姜桃就起身，說要去出恭。

半晌後，她回到桌旁，蹙著眉頭，一副有心事卻說不出來的愁苦模樣。

錢氏見她這樣，笑著打趣道：「今兒個可是阿桃的好日子，不許皺眉頭的。可是出了什麼事？」

姜桃支吾著不肯說，可面上愁容越發明顯。

孫氏見了，不高興了，放下筷子同她小聲道：「這麼多客人在呢，妳拉個臉給誰看？還嫌不夠晦氣？」

姜桃低聲回道：「奶奶，不是我要這樣，是我剛才看到……」說著又抿住了唇，一副不知道從何說起的模樣。

「有話就說！」

姜桃這才忐忑地開口道：「方才我經過前頭，看到大堂兄拿著酒罈子躲在角落裡。我也沒看得真切，但好像看到他在酒裡下了什麼東西。」

孫氏斥道：「別胡說，妳大堂兄是讀書人，能在酒裡下東西？妳把他當成什麼人了？」

姜桃被斥責得縮了縮脖子，一副受到驚嚇的害怕模樣。

姜楊見狀，拉了下孫氏的袖子。「今天是好日子，奶奶別罵姊姊。她這幾日休息得不好，看花了眼也是正常。」

孫氏不悅地哼聲。「疑神疑鬼的，竟懷疑到自家兄長身上。等筵席吃完，我再來收拾妳！」到底還是給了姜楊面子，沒再接著說姜桃。

姜桃蔫蔫地垂下眼，見又有旁人來和孫氏說話，孫氏沒空再管她，遂抬眸去看姜楊。

姜楊挑眉回應她，兩人有默契又狡黠地笑了笑。

於是，姜桃裝作挨了教訓、沒心情吃飯的模樣，說想回屋裡歇一會兒。

孫氏瞥她一眼，怕她的苦臉被客人瞧了去，就允了。

第十六章

姜桃下了飯桌後，收起頽色，挨著牆根去找姜霖。

姜霖正跟夥伴玩得不亦樂乎，威風凜凜地扠著腰。「……沒錯，今天來的就是我姊夫，親姊夫，厲害吧？以後我也會同他學本事，也這麼厲害。」

在小夥伴的崇拜目光下，姜霖激動得恨不得當下就給他們表演拳腳。

姜桃看著好笑，遠遠地朝他招手。

姜霖雖然享受小夥伴的羨慕嫉妒，但還是把姊姊放在心上，立刻到她跟前來。

姜桃不同他兜圈子，壓低聲音道：「阿霖，姊姊拜託你一件事。」

姜霖正是豪情萬丈的時候，拍著胸脯。「沒問題，上刀山、下油鍋，任憑姊姊吩咐。」

他們正說著話，冷不防身旁插進一個醇厚的男聲——

「什麼事？我能幫得上忙嗎？」

姜桃轉眼看，原來不知什麼時候，沈時恩已經到了跟前。

他看著喝了不少酒，神色倒還清明，但身上帶著些酒氣，臉色微微發紅，眼睛亮得嚇人。平時他看她的眼神是清亮的，但此時飲了酒，目光變得比平時灼熱、滾燙許多，像要把她融化一般。

姜桃不敢迎視他，聲音起了一絲慌亂。「你怎麼過來了？」
沈時恩道喝得有些多了，怕不勝酒力，來散散。
這當然不是真話，他陪著姜老太爺在院內敬酒，眼角餘光卻關注著堂屋裡的姜桃。雖然因為隔著距離，加上吵嚷，他聽不清堂屋裡的說話聲，但仍注意到孫氏拉下臉說她的動靜。
見她懨懨地下了桌，他便尋了個藉口過來瞧她。
本是怕她受委屈，想問問發生了什麼事，眼下看她神色無異，沈時恩便放心了些，問她要辦什麼事？
姜桃想讓姜霖去把姜柏下藥的酒換掉。但姜霖再機靈聰明，也不過是孩子，辦事肯定不如沈時恩牢靠。
所以，姜桃讓姜霖去玩，有沈時恩幫忙就好。
姜霖人小鬼大，捂著嘴咯咯直笑，說姊姊和姊夫說悄悄話，他不打擾了。惹得姜桃又紅了臉，作勢要去捏他的臉蛋。
等小傢伙壞笑著跑開了，姜桃才同沈時恩道：「我大堂兄看著不對勁，你尋個機會，把他手裡的酒罈子換了。」
姜柏在酒裡下藥，只是她的猜想，並沒有證據，所以姜桃說完便止住話頭，凝眉沈思，想著要怎麼跟沈時恩解釋其中的來龍去脈。
可她的話音剛落，沈時恩就應了聲好。

姜桃沒想到他回答得這樣果決，吶吶地問：「你還沒問我為什麼呢。」

沈時恩輕輕笑了笑。「不用問為什麼，妳讓我做什麼都好。」

姜桃一聽，心跳快得宛如小鹿亂撞，慌亂地垂下眼睛，聲音輕得如蚊鳴。「那……那就拜託你了。」

沈時恩低低地嗯了聲，轉身走幾步又停下，道：「妳進屋歇著吧，臉怎麼比我這喝了酒的還紅？」

促狹玩味的笑意落在耳旁，姜桃耳根子都要燒起來了，偏那惹事的無事人般快步離開了，惹得她只能恨恨地跺跺腳。

更可恨的是，她腳上竟也沒有半分力氣，軟綿綿的力道，不似惱了，反倒像是撒嬌。

沈時恩前腳剛和姜桃分開，後腳就看到跟過來的蕭世南。

蕭世南臉頰通紅，滿臉幽怨地看著他。「二哥，你是不是不管我了？」一說話便噴出濃重酒氣，他素來不會喝酒，這模樣一看就是喝多，開始醉了。

沈時恩伸手探探他的額頭。「怎麼好端端的喝這麼多酒？」

蕭世南繼續幽幽地說：「你跟著姜家老太爺到處敬酒，大全哥和其他幾個幫我們一道抬野豬來的兄弟尋不著你，自然使勁灌我了。剛看你往這邊來，我還當是你想起我，結果是來找姜家姑娘的。」

沈時恩輕咳一聲，有些尷尬地摸了摸鼻子。

「二哥怎麼會不管你，你瞎想什麼。只是今天在別人家，客隨主便。你先回桌上去，我一會兒就過去找你。」

蕭世南喔了聲，看著沈時恩又回姜老太爺那邊，心裡挺不是滋味的。

他和表哥相依為命三年，雖然表哥的親事算是他推波助瀾結下的，但現在看著表哥好像眼裡沒了他似的，心裡就酸酸的。也不是難受，就像小時候他娘又給他添了弟弟，心思都放弟弟身上時的酸澀感。

「小南，你怎麼溜到這裡來了？」趙大全笑呵呵地來抓人。「兄弟們還沒喝夠呢。」

蕭世南有些沮喪地應了聲，同他一道往回走。

趙大全看他蔫蔫的，不太對勁，問他怎麼了？

蕭世南不知道怎麼說，支吾半晌道：「我覺得我二哥可能娶了媳婦，就不管我了……」

趙大全沒想到他會說這個，哈哈大笑著勾上他的肩頭。「你怎麼這樣想？這幾年你哥待你如何，我可是都看在眼裡。你剛來那會兒多瘦弱啊，挑兩塊石頭便能把肩膀磨破，你哥知道了，第二天一大早去打獵，我記得也是獵野豬，抬來給監工，把你的活兒攬到他身上。」

他不提還好，一提蕭世南更蔫了。

沈時恩確實為他獵過野豬，但就是普通的野豬，一百來斤吧。憑沈時恩的武藝，半個時辰就馴服小野豬。今天他送來姜家的野豬不同，簡直是那頭小野豬的豬祖宗。

原來沈時恩在姜家寫完婚書後，就向採石場告了假，走了不知道多遠，費了一天一夜工夫才打來的。

而且他還聽說，為了讓野豬不至於血肉模糊得難看，沈時恩愣是沒用任何武器，硬是靠體力纏鬥，把那野豬給累得暈死過去，才綑了牠，回採石場找人一道抬過來。

這差距啊……

「好了，今天是你哥的好日子，可不許這麼垂頭喪氣的。你哥成了家，理應把媳婦放在第一位，但俗話說長兄如父，長嫂如母，往後多個嫂子疼你，不好嗎？」

蕭世南酒勁上來了，覺得更加頭暈，暈乎乎地想，未來，嫂子真能對他好嗎……

沈時恩回到姜老太爺身邊後，姜柏正幫著姜老太爺敬酒。

但不管他跟誰喝酒，手上的酒罈子始終不離手，也不從裡面倒酒。

若非姜桃提了，或許連他都不會發現姜柏的不對勁。

沈時恩不動聲色地重新加入敬酒行列，等姜柏放下酒罈子向人敬酒時，他一個側身擋住姜柏的目光，眨眼間將自己手邊的酒罈跟他的換過來。

調換完，沈時恩向姜老太爺告罪，說自己實在有些不勝酒力，想再去散散。

姜老太爺今天倍有面子，沈時恩也確實喝了不少，到現在還能這般清醒，已經十分難得，就允他先離開了。

沈時恩提著酒罈出去，等確定沒人注意他了，才走到姜桃屋子的窗外，將那罈酒從窗戶遞給她。

姜桃拿到了酒罈，先是有些發愁，她不確定姜柏有沒有下藥。萬一他沒下在這裡，今天的籌謀很有可能就要泡湯。

不過等她仔細去聞的時候，就知道自己沒猜錯了。這時候的酒沒有經過蒸餾，純度不高，酒味不算濃重。而酒味之下，她又聞到了那股豆腥氣。

這樣讓人無法忽視的味道，姜柏是在裡頭下了多少瀉藥？

不久後，姜老太爺和姜柏敬完一圈，回到主桌上。

姜柏已經喝得有些醉了，吐著酒氣對姜楊道：「阿楊，今天是你姊姊的好日子，不能只讓我這當堂兄的喝。你這親弟弟也該喝點酒，沾沾喜氣。」

姜楊理都沒理，說他不想喝。

開玩笑，今天他在桌上吃的菜都是確認別人先動過，沒有異樣才吃的，還喝他的酒？

換作平時，姜柏可能還要裝模作樣地扯些大道理出來，但今日他帶著醉意，腦子沒那麼清醒，說不出那些，只上前拉著姜楊的手，非要他喝。

姜老太爺和孫氏皺了眉，但顧忌到場合，沒有訓斥他，只喊來姜正，要他把兒子帶走，又說姜楊身子骨弱，且正在服孝，不喝就不喝吧。

但姜柏拉著姜楊不肯撒手，大著舌頭說：「孝期怎麼了？服孝是不能大魚大肉，可喝點喜慶日子的米酒值什麼？」

這麼說是沒錯，可也不是他強逼姜楊喝酒的理由。

姜老太爺已經緊緊皺起眉頭，如此無狀，若非有客人在場，肯定要發作了。

姜楊穩坐如老松，一隻手被姜柏抓著，就用另一隻手拿筷子繼續吃菜。

接著姜桃來了，站得遠遠地對姜楊打個眼色，又晃了晃自己手裡的酒罈。

姜楊這才放下筷子，說：「既然是大堂兄非要我喝，那就喝吧。」

姜柏只想哄著姜楊喝酒，聞言當然說好，說他這罈子裡只剩下兩碗的量，怕不夠喝，再去拿其他的。

孫氏看他眼睛發直，連走路都踉蹌，讓他們兄弟坐著，她去拿酒。

孫氏出了堂屋，就看到提著酒罈站在門邊、一臉糾結的姜桃。

「妳不是去休息嗎，怎麼又出來轉悠？既然手上有酒，正好給我。」

姜桃連忙焦急阻攔。「奶奶，這酒有問題，不能喝！」

孫氏看她這樣要說不說的樣子就煩，一把搶過酒罈。「這酒是妳二伯剛讓人送來的，能有什麼問題？」

姜桃說真不能喝，這酒是之前姜柏放在手邊的，方才他喝醉，拿錯了別的闖進堂屋。

孫氏聯想之前姜桃說隱隱看到姜柏在酒裡下東西的話，更是氣不打一處來。

「青天白日的，妳別再說這等渾話。妳跟我進來看著妳大堂兄喝了這酒，要是他沒有半點事，看我回頭怎麼收拾妳！」

姜桃期期艾艾地應了聲，滿臉忐忑地跟著孫氏進了堂屋。

姜楊看姜桃手上空了，而孫氏手裡多了罈酒，還有什麼不明白的？

他嘴角翹了翹，看著老太太給姜柏倒了酒，提起酒碗和姜柏碰了碰。

姜柏呼吸急促，眼神發熱，看著姜楊飲盡之後，臉上立刻浮現狂喜之色，也跟著把自己手裡的喝了。

兩人對飲兩小碗，方才停下。

而後，姜正看姜柏神色不太對勁，說先扶他去屋裡休息。

姜柏自然不肯，他籌劃這麼久，等的就是現在，他要看著姜楊在人前出醜，看著他丟盡顏面，然後再扯出姜桃的批命，逼著姜老太爺訂下她的婚期。

只是，他等啊等的，姜楊竟沒有半點異樣。

然後，他發現自己不對勁了，腹內傳來陣陣抽痛不說，還痛得越來越強烈。

姜柏再也無法忍受那疼痛，捂著肚子衝出堂屋，直奔茅房而去。

「唉，柏哥兒這是怎麼了？」老太太也被他這模樣嚇到了。

姜楊面色不變，道：「想來是冷酒吃多了，腸胃不舒服。」

老太太信了，點點頭，又叮囑他。「那你快喝點熱茶暖暖腸胃，別跟著鬧肚子。」

姜楊慢條斯理地開始喝茶，一盞茶還沒喝完，姜柏已在堂屋和茅廁之間來回五、六趟。

加上他本就吃多了酒，跑完五、六趟之後，面色就白得嚇人，最後兩腳一軟，直接在桌邊暈過去。

他暈得十分突然，還帶倒桌上的酒罈、菜盤，唏哩嘩啦落了一地。

那動靜驚到了外頭的賓客，紛紛進屋來問發生了什麼事。

鄉親們都是熱心腸，見姜柏好端端地突然暈倒，紛紛說要幫忙，這個說去請大夫，那個要幫忙把姜柏抬進屋裡。

一時間，人多嘴雜，變得有些吵嚷。

突然間，一道尖銳的女聲在院子裡響起——

「我可憐的楊哥兒啊，怎麼好端端地就暈過去了！老天爺，祢怎麼這樣狠心，他姊姊都說了親，不過還沒出嫁而已，為什麼還不肯放過我們家！」

趙氏扯著嗓子，呼天搶地地從灶房裡衝出來。

這當然是她和姜柏早計劃好的，等姜楊吃了藥不舒服，她就過來把事情的緣由推到姜桃的惡命上，所以演得十分賣力，邊哭邊撥開人群擠進堂屋。

終於擠到人前，趙氏第一眼先看到抄著雙手、坐在桌旁的姜楊。

她傻了，哭喊頓在嘴邊，再去瞧躺在地上、人事不知的……

欸，怎麼成了她的柏哥兒?!

「我的兒啊，怎麼是你?!你別嚇娘啊！」趙氏反應過來後的哭喊，便是情真意切了，眼淚直接落下來。

姜老太爺黑著臉，喝斥道：「柏哥兒不過是多吃了冷酒鬧肚子，妳鬼吼鬼叫什麼?!」

趙氏被嚇得打了個激靈，再不敢出聲，死死咬住嘴唇嗚咽著。

姜老太爺讓姜正和姜直把姜柏抬回屋，又對眾人拱手致歉。「我家孫子貪杯，讓鄉親們看笑話了。大家繼續吃著喝著，別放在心上。」

聽說只是喝多了，鄉親們這才放下心，笑著打趣幾句，回到各自的桌上。

等人散了，孫氏捂著心口擔憂道：「柏哥兒好好地怎麼說暈就暈了？」又心有餘悸地轉頭看姜楊，問他有沒有不舒服？

姜楊自然搖頭說沒有。

過了午時，大家吃得差不多了，幫著收拾桌椅碗筷，就此散去。

沈時恩和蕭世南自然最後走，不過蕭世南已經醉得睡著，沈時恩就麻煩趙大全先把他帶回去。

姜桃對沈時恩使個眼色，又怕他不明白，可還不等她細想，沈時恩已經心領神會，十分妥貼地開口詢問。

「姜柏兄弟的臉色瞧著很差，好似不是簡單醉酒，還是仔細些才好。上回我去城裡請過大夫，還認得路。趁著天色還早，不如我再去把大夫請來。」

他眼神坦蕩，神色關切，看著還真是一副情真意切的擔心模樣。

姜桃在旁邊聽著，忍不住嘴角上揚，掐自己一把，才勉強忍住。

姜老太爺沈著臉，擺擺手說不用麻煩，又讓周氏去把大房兩口子喊過來。

姜柏被扶回屋裡之後，沒多久就醒了，又跑了兩回茅廁，此時臉比宣紙還白，卻還是掙扎著下地，和他爹娘一道來堂屋。

這時，沈時恩告訴姜老太爺，不然他先回去吧。

這是姜家的家事，他還是未來的孫女婿，現下還同姜家沒干係，自然要迴避。但他特地提了，姜老太爺反倒不好讓他走，不然好像自家真有什麼見不得人的事一般。

沈時恩本也沒準備走，他怕姜桃對付不了這些詭譎。姜老太爺做做樣子攔了下，他就站在那兒沒動了。

「老大媳婦，妳說說，今天怎麼回事?!」沒了賓客在場，姜老太爺沒給他們留面子，氣得吹鬍子瞪眼睛，開始拍桌。

趙氏嫁過來這麼些年，第一次看到老太爺發這樣大的脾氣，立刻嚇得縮起脖子，不過她還是記得方才兒子怎麼教她的，戰戰兢兢地裝傻。

「爹，您問的是啥啊？我怎麼不明白？」

姜老太爺怒道：「妳在灶房聽說有人暈倒，過來看看也屬正常。可暈的明明是柏哥兒，妳為什麼直喊楊哥兒的名字？好似早知道會出事一般，只是沒想到出事的會是柏哥兒吧！」

趙氏已經被一連串的變故弄懵了，雖還記得兒子怎麼教的，卻是面色煞白，哆嗦著嘴唇，囁嚅半晌沒能再說出一句話，只差把心虛兩個字寫到臉上了。

姜柏實在看不下去了，怨懟地瞪他娘一眼，才有氣無力地開口道：「爺爺息怒，想來是娘在灶房裡聽說咱家有人出事，加上阿楊素日裡身子就差，她一時糊塗，便以為暈倒的是阿楊了。」

姜柏到底是個讀書人，說起話來有些條理，還真把姜老太爺的怒氣勸下去些。

這時候，輪到姜桃上場了，她滿臉愧色地站出來道：「爺爺別怪大伯母了，今日的事全是我的錯。」

姜老太爺問：「妳做了什麼？」

姜桃咬著嘴唇，怯怯道：「我、我……總之爺爺別問了，全是我的錯。」

這樣子一看就是有難言之隱，姜老太爺當然要接著問。孫氏見狀，想起了之前的事，恍然大悟。

「老頭子，剛才吃飯的時候，阿桃說看到柏哥兒在酒裡下東西，我罵了她一頓。後來柏哥兒來勸酒，我去拿酒，正好看到阿桃拿著酒罈子，說是柏哥兒喝糊塗了，弄混了一直拿著的酒罈子。她還攔著，讓我別給柏哥兒喝，我沒聽，罵她疑神疑鬼，酒怎麼可能有問題……」

孫氏跟了姜老太爺一輩子，一直以夫為天，從不會說一句假話。

這話從她嘴裡說出來，前後一聯繫，姜老太爺就完全想通了，越發怒不可遏，指著姜柏破口大罵。

「好個狼心狗肺的東西！你小叔在世時，把你當成半個兒子看待，帶在身邊悉心教導。如今他去世不到兩個月，你就想對楊哥兒下藥？他身子那麼弱，你這是要他的命！這等下三濫的招數，你都敢使，書都讀到狗肚子裡去了嗎?!」

姜柏也被孫氏的話驚到了，愣在原地，喃喃地道：「不可能，不可能……」

他在酒裡放藥時，特地尋了角落背著人做，根本不可能有人注意到。而那酒罈子，他更是沒離手，最多是敬酒時放在眼皮子底下，怎麼可能弄混，還正好落到姜桃手裡？

「畜生！真是畜生！」姜老太爺暴跳如雷，顧不上沈時恩還在場，抄起手邊的長凳，就要往姜柏身上砸。

姜柏自詡能言善辯，若是平時突逢變故，還能狡辯一二，但現下他半醉不醉，加上腹內絞痛，渾身難受，那點詭辯之才就發揮不出來了。

就在他逼著自己飛快想說詞時，趙氏已經飛身撲過去攔住姜老太爺，哭嚷道：「爹，我求求您，我給您跪下。現下柏哥兒身子不好，這長凳砸下去會打死他的！這是我們大房唯一的兒子，姜家的長孫，您可不能下死手啊！」

姜老太爺被她攔下，揮手讓姜正把他媳婦拖開。

這下，趙氏什麼也顧不上了，哭叫著說：「不關柏哥兒的事，都是我的錯，都是我想的法子，是我容不下姜桃他們姊弟，也是我下瀉藥的！爹要打就打我吧，別打柏哥兒！」

她雖然一心護著兒子，但言語之間，已是徹底承認了。

還在想對策的姜柏急火攻心，白眼一翻，直接暈死過去。

趙氏看他這樣，嚇壞了，膝行著過去，抱住他嚎啕大哭。

姜老太爺只覺得耳朵都要被她哭聾了，嫌惡地讓姜正把他們母子都帶回屋裡去。

第十七章

二房的周氏自始至終沒敢開口，怎麼都沒想到，素來只會聽她拿主意的趙氏，這次居然會這麼大膽，竟敢給姜楊下藥?!

真是不要命了，姜楊可是姜老太爺和孫氏的寶貝，要是真害到姜楊頭上，給他們十條命也不夠賠！

不過，到底是相處了好些年的妯娌，周氏聽著趙氏剖心般的淒厲哭喊，還是不忍心，小聲勸道：「爹，柏哥兒看起來很不好，不然還是先幫他請個大夫來吧。」

姜老太爺沒好氣地說：「請什麼請，老大媳婦不說是瀉藥嗎？柏哥兒真吃壞了，那也是他咎由自取！老二媳婦，妳也別多話，別以為我不知道往常數妳歪主意多，妳急著相幫，難道今天的事，妳也有分兒？」

周氏唯恐自己被牽扯進去，哪裡還敢接話，趕緊縮了縮，道姜老太爺說得都對。

姜老太爺深呼吸幾下，壓住怒火，找回理智，對著沈時恩致歉。

「是我治家無方。今天本是你和阿桃的好日子，全被他們攪和，讓你看笑話了。」

沈時恩對姜家其他人並沒有什麼好感，畢竟他很早就知道姜桃被家人遺棄在山上荒廟的事，所以對這鬧劇並不意外。

因事關姜桃，他還是配合地痛心道：「老太爺不必自責，想來孀子和姜柏兄弟是一時糊塗，才會做出那樣的事，不是您的錯，不然闔家這麼多孩子，怎麼就出了他們房這樣不好的呢？是他們自己的錯。」

姜老太爺本來還擔心沈時恩瞧了這熱鬧，會對姜家家風搖頭，沒想到沈時恩還反過來勸他，老懷堪慰地道：「你是個好的，是個好的。」

他說著，又沈吟半晌，道：「不然，趁著今天，把你和阿桃的婚期訂下來吧。」

突如其來的一句話，讓還在看戲的姜桃和姜楊姊弟愣住了，連沈時恩都沒想到會這樣，一時間不知道如何作答。

姜老太爺並不是氣糊塗了，才說出這樣的話。

相反地，他思緒清晰，否則不會光看趙氏反常之舉，便猜出今天的事和她脫不了干係。此時他冷靜下來，想通了緣由。大房母子那麼做，怕是看不得姜桃留在家裡，才生出這樣多的事端。他雖然恨極他們母子，但姜柏到底是姜家長孫，不可能因為他未得逞的陰謀，就真的不顧他死活。

往後一家子還要相處，這回是大房出手，下回說不定就是二房了。真到那時候，姜家就家不成家了。而且，他更不敢拿最疼愛的孫子冒險，這回是躲過了，可下回呢？小兒子已經去世，姜楊要是也走了，他們兩個老的真的不用活了。

反正姜桃已經許給沈時恩，早些還是晚些出嫁，不是什麼大問題。

「爺爺！」姜楊急忙出聲要勸，被姜老太爺一個手勢打住。

姜老太爺對沈時恩說：「阿桃雖然在孝期，但我們這兒的習俗，長輩離世後，要麼三年後嫁娶，要麼百日內成婚。阿桃的爹娘不在了，祖父祖母還在，我說的話，便是她爹娘聽了，也只有遵從的分兒。要是你願意，現在就把婚期訂了。」

姜桃的父母去世快兩個月，這豈不是要他們在一個月內成婚?!

百日之期近在眼前，姜老太爺的話說完，姜家人都吃驚不已。

姜楊就不用說了，呆愣之後是生氣，若非孫氏攔著，說不定就要出言頂撞。

沈時恩也有些意外，隨即恢復鎮定，但眼中一閃而逝的愕然，卻是瞞不過人的。

說起來，唯有姜桃最平靜，對姜老太爺這決定並不意外。意外的是，沒想到姜老太爺的反應這麼快，能在出事之後立刻洞察大房下藥的動機，從而決定把她弄出去。

沈時恩不是不想提早娶姜桃，只是這事突然，他並不想獨自決斷，便看向姜桃，問她的意思。

姜老太爺見狀，便道：「你不用管她，女子婚事，本是全憑長輩作主。」

沈時恩聽了，有些不高興，卻只是抿了抿唇，沒有表露出更多。

「爺爺，我不答應！」姜楊顧不上姜老太爺讓不讓他說話了，急急地開口道：「姊姊不過才訂親，年紀也不算大，等三年出嫁又如何？這三年我定努力讀書，三年後考取功名，光宗耀祖，那時候再讓姊姊風光發嫁……」

姜老太爺黑著臉，擺了擺手，讓他不用說下去，又吩咐孫氏把姜楊帶下去。

姜楊自然不肯，孫氏拉著他直勸，說他爺爺今天已經發了好大的脾氣，這會兒就不要忤逆他了。姜老太爺的年紀也大了，再給他添堵，身子要受不住的。

姜楊是爺爺奶奶帶大的，對他們的感情比其他人深厚許多，聞言越發糾結，但腳下還是沒動，憂心忡忡地看向姜桃。

姜桃對他使個安撫的眼神，表示自己有分寸。

想到自家姊姊今時不同往日，姜楊才放心些，一步三回頭地跟孫氏離開了堂屋。

等他離開，沈時恩還是沒有接姜老太爺的話，望向姜桃問：「妳怎麼看？」

姜桃幾乎沒有猶豫，道：「要是你不反對，我便全聽爺爺吩咐。」

「好，好！」姜老太爺讚賞。「阿桃是個識大體的。」

姜桃很坦蕩地受了這誇獎，又聽姜老太爺問沈時恩的意思。

「如此，就全憑老太爺安排。」沈時恩道：「只是時間匆忙，恐到時候委屈了阿桃。」

姜老太爺擺擺手。「阿桃的嫁妝，她父母在世時就備好了，到時候我會再從公中貼一份給她。婚禮就在我家辦，其餘的，你不用操心。」

說定後，姜老太爺讓姜桃他們也下去，他要和沈時恩談婚禮的細節了。

姜桃出了堂屋，便看到守在院子裡的姜楊。

姜楊上來問她結果怎麼樣，姜桃安撫地拍拍他的手背，讓他跟著她進屋。

兩人回了三房的正屋，姜楊把門帶上，著急地開了口。「結果到底如何？爺爺讓妳開口沒有？對妳生氣沒有？」

姜桃不急不慢地說：「爺爺讓我說話，也沒惱我。」

姜楊這才呼出一口氣，屁股剛沾上凳子，卻聽姜桃接著道：「已經都說好了，就在百日內成婚。到時候婚禮在咱們家辦，不過爺爺不讓我聽細節……」

「什麼?!」姜楊一臉愕然，一躍而起。「妳竟然答應了?!早知如此，我就不該離開。我這就去跟爺爺說，這麼倉促，我絕對不答應！」

看他要急，姜桃忙拉著他坐下。「你先別激動，我慢慢和你說。這事兒是爺爺決定好的，便是我說不願意，又有什麼用呢？前頭你已經開過口，爺爺只讓你下去，你再去，只是徒勞無功罷了。」

這倒不是假話，姜老太爺素來有主見，他決定的事，十頭牛都拉不回，別說姜桃和姜楊這樣的孫輩，就算姜桃他爹還在世，都不能左右姜老太爺的決斷。

「那妳也不能就那麼答應，往後、往後可怎麼辦……」姜楊頹然坐下，眼眶都紅了。

姜桃安慰他。「什麼怎麼辦？自然是會過得更好。兩個伯母容不下我，也不是一天兩天了，想也知道不可能再容我三年。而且現下他們還只是知道咱家有一屋子藏書，不知道我做刺繡能掙銀錢，咱們能瞞住一趟兩趟，卻瞞不住一年兩年。財帛動人心，說不定下次就是使別的昏招。同住一個屋簷下，防不勝防，我也煩透了。」

姜楊知道她說得很對，很有道理，只是想到一個月後就要同她分開，心裡還是止不住地難受。

但他不想在姜桃面前哭，撇過頭，擦了下眼睛，才繼續道：「妳說的我都明白。往後，妳好好的。家裡有我，我會照看好阿霖，肯定不會讓他受苦。」

姜桃打斷他。「這話奇怪，什麼讓我好好的，說得我要同你們分開似的。」

姜楊愣住，吶吶地反問：「妳不是要出嫁？」

姜桃點頭。「出嫁也不是要和你們分開。我想了下，沈二哥在採石場那邊，肯定沒有單獨的住所，等成了家，我們就在城裡買個小宅子。開了年你去學堂，阿霖也要開蒙，住在城裡也方便。」

聽姜桃說並沒想著和弟弟們分開，姜楊便沒有對她改口喊「沈二哥」的事，有太激動的反應。

他不由彎了彎唇角，而後又想到實際情況，止住了笑問：「這都是妳自己想的吧？先不說城裡的宅子要花多少銀錢，只說我和弟弟同妳一起住，爺爺奶奶肯定不會答應的。」

「銀錢的事，你不用操心。還有一個月才是婚期，我最多再辛苦些，多接些活計來做。至於爺爺奶奶會不會答應咱們搬出去，得先把家分了再說。」

「分家?!」姜楊驚得又站起身。「爺奶更不會答應，兩個伯父和伯母也肯定不願意。」

「噓！」姜桃對他比了個噤聲的手勢。「若是你我去提，他們當然不會答應。所以我們得這樣……」笑咪咪地對他招手，在他耳邊輕聲說起自己的計劃。

半晌之後，姜楊蹙著眉問她。「這辦法是妳方才想出來的？」

姜桃心道哪能呢，早在姜家人把她送到破廟自生自滅的時候，她就想著日後要和這家人劃清界線，僅代替原身照顧幼弟罷了。

只是那時候她不知道還有姜楊這麼個冷面孔、熱肚腸的弟弟在，以為少不得得多費些功夫。後頭知道姜楊也是好的，她才有了明確的計劃。但她不能確定姜楊會不會幫自己，畢竟姜楊確實很在乎她這姊姊，但他同姜老太爺和孫氏的關係也算親厚，就一直沒和他說。

如今他以為她要拋下他們，難受得眼淚都出來了，姜桃這才敢把自己的計劃告訴他。畢竟有了他的幫忙，後頭的事才能事半功倍地進行下去。

但這肯定不是臨時想的，所以姜桃沒有正面回答他，只接著同他解釋道：「分了家我才有理由能帶著你們單獨過，不用再擔心其他兩房算計我們的家當和性命。且只是分家罷了，也不是斷了血脈親緣，你休沐的時候，照樣可以回槐樹村探望爺爺奶奶。」

不過，她是不會再回來的。

姜楊又沈吟片刻，才下了決定。「分家就分家，我聽妳的。」

姜桃笑得眉眼彎彎，恨不得抱著姜楊的腦門親上一口。但想到這小子肯定要不好意思，就只是握著他的手捏了捏。
但即使這樣，姜楊還是彆彆扭扭地把她的手扒拉開，耳根微微泛起了紅。
姊弟倆說完話沒多久，姜老太爺又把大家喊到堂屋，說他已經和沈時恩談好，也和孫氏翻過黃曆，婚期訂在一個月後。
方才趙氏還哭得跟什麼似的，但姜柏回屋便醒了，她就不擔心了，現下聽了這事，又笑了起來，拉著周氏，一起向姜桃還有沈時恩道喜。
姜老太爺看她這蠢樣子就煩，說完後，便把他們全打發走了。
姜桃親自送沈時恩出門，因各自想著事情，不知不覺就走到姜家大門外頭。
「房子的事情……」兩人突然異口同聲地開口。
姜桃忍不住彎了彎唇。「你先說吧。」
沈時恩也跟著笑了笑。「房子的事情，妳不用操心。白山那邊人多口雜，不是什麼好地方，我們成婚後就住到城裡去，我會先賃間宅子。」
敢情兩人居然想到了一處，姜桃點頭說好，然後有些不確定地問：「過了年，阿楊要回學堂，阿霖也要開蒙，不知你會不會介懷讓他們和我們住在一處？」
雖然姜桃確定要帶著兩個弟弟，但與沈時恩成婚後便是夫妻，她不能獨斷專行，凡事還是要商量著來。

只是，她不確定沈時恩會不會答應，畢竟說得難聽點，要是放在現代，她這舉動就是帶著拖油瓶。

所以她問完之後，立刻急著解釋道：「爹娘去了，其他兩房對爹娘留下的東西虎視眈眈。他們一個身子弱，一個年紀小，實在讓人不放心。至於銀錢，我會做些刺繡來賺，顧好他們的生活，不會加重你的負擔。而且我不是要照顧他們一輩子，等過幾年他們長大……」

見姜桃神色慌張，語氣急切，沈時恩伸手捋了捋她的後背，安撫道：「妳不要著急，我沒有不答應。」

這麼簡單就答應了？姜桃吶吶，沒有反應過來。

沈時恩說：「我不知道我說這話，妳會不會不高興，但從今日之事來看，妳家大伯母和大堂兄很有問題。聽妳爺爺的話，想來妳二伯母也沒少鬧事。妳爺爺雖然不糊塗，卻也不把妳放在心上。」

姜桃搖搖頭，當然不會。

她怎麼可能不高興呢？再沒有人比她更知道姜家人的冷漠了。只是沒想到，沈時恩不過才來幾趟，就已經都看明白了。

沈時恩不是愛蜚短流長的人，實在為她感到不平和委屈，才直接點破姜家人的性子。

見她臉色無恙，他才接著道：「所以，即使妳不開口，我也想勸妳成婚之後，把阿楊和阿霖帶走。阿楊看著面冷，今日卻是真的為妳著急。阿霖更別說了，天真爛漫，年幼無知。

他們不適合在這個家裡生活。而且妳也知道，我還有個表弟，成婚後，我也不能撇下他。以後他們三個待在一處，互相有個伴也是好的。」

姜桃第一次聽沈時恩和她說這樣多的話，但每句他都說到她的心坎上，為她設想。

今天突然訂下婚期，姜桃面對他還有些尷尬和不自然，但現下聽了他這番話，那些尷尬便完全沒有了。

他果然很好很好，比她預想的還要好。

姜桃忍不住笑起來，眉眼舒展，唇邊泛起梨渦。

沈時恩也跟著她笑，兩人的目光碰在一處，不用說話，卻也覺得舒服。

「咳咳。」姜楊的一聲假咳打破了這氣氛。

沈時恩便移開了目光，說先去準備著，過幾日再來。

姜桃點了點頭，目送他離開。

「別看了，人都走遠了。」姜楊抱著胳膊涼涼地道。

姜桃佯裝不悅地瞪他一眼。「你快回去，忘了咱們後頭的安排了？」

姜楊說沒忘記，抬腳往屋裡走，走了兩步又停下，扔下一句「他不錯」，然後逃也似的離開了。

沒頭沒腦的話，聽得姜桃愣了下，而後才反應過來，他這是在誇沈時恩。

大房這頭，趙氏喜孜孜地回屋，立刻把姜桃一個月後要出嫁的好消息，告訴下不了炕的姜柏。

姜柏正惱他娘一下子把罪責全攬到自家身上，聽了這話，只掀了掀眼皮，說知道了。

趙氏也心虛，巴巴地倒了碗熱水端到炕邊。「兒啊，別怪娘，娘是太過擔心你，唯恐你被你爺爺打傷，才把什麼都認了。但娘不糊塗，只說我自己做的，你爺爺要怪也是怪我。而且姜桃那喪門星眼瞅著就出嫁，雖然中間生了些變故，但咱們的目的也達到了不是？」

這話讓姜柏差點又氣得背過氣去。

他這個娘是什麼樣的人，闔家清楚得很，那是又膽小又笨，做事不帶腦子的，豈能想到給人下藥？姜老太爺又不是糊塗人，還真能聽信她的話，相信是她所為？不過是當時姜桃的未來夫婿在場，姜老太爺怕鬧得太過，讓人看盡笑話，所以先把事情按下而已。

姜老太爺真的不怪他嗎？要是不怪，怎麼到現在都沒幫他請個大夫，也不來看他一眼？怕是已經打心底厭了他。

姜柏深深呼吸幾下，才按捺住把自己親娘罵得狗血淋頭的衝動。

他喝了水躺下，厭煩地讓趙氏出去。

趙氏看他還在生氣，沒得辦法，便讓他先好好休息了。

下午，姜老太爺讓姜正、姜直喊來鄰居，一起抬著野豬去城裡賣。

趙氏也厚著臉皮跟了上去，一來是為了看看這野豬到底值多少銀錢，二來就是去藥鋪給兒子抓藥。

姜桃看她去了，說想一道去。

野豬本是沈時恩送來的聘禮，且今日姜老太爺對她的乖巧很滿意，沒說什麼便答應了。

第十八章

一行人嘿咻嘿咻把野豬抬進了城，立刻就吸引過往行人的注意，甚至不等姜老太爺去找鋪子問價，已經有店家聽到消息，趕緊過來收購。

這樣體型的獵物本就稀罕，加上看著還那麼生猛，買下也不用擔心下一次處理不完，可以先養著，在年節待價而沽，或賣給沿途客商，送到州府甚至更遠的地方。大地方達官貴人、高門大戶多，逢年過節自然要大擺筵席，出的價錢會更令人滿意，想也知道是穩賺不賠！

姜老太爺沒進城賣過野物，本只準備要個一百五十兩銀子，若是一時賣不出去，再便宜些也無妨。

可沒想到，這野豬竟這般搶手，幾家鋪子爭相搶購，最後以二百兩整成交。

姜老太爺很是滿意，還讓姜正、姜直等人幫著抬走。

就這樣，還有人惋惜呢，人群裡的年掌櫃就是一個。

可惜他家少東家已經動身離開，不然若買下這野豬，送回去湊做年禮之一，也很不錯。野豬當然比不得本來準備的雪虎，但肯定不會失禮。

年掌櫃一邊可惜地直搖頭、一邊跟著看熱鬧的人群散了，沒注意到站在旁邊的姜桃。

姜桃等姜老太爺收到銀票，便湊上前去，跟姜老太爺說話。

姜老太爺正高興地數著銀票，倒沒察覺到她反常。

姜桃用眼角餘光看到趙氏的位置，故意轉過身擋住她的目光，和姜老太爺說，自己想置辦些成婚時用的東西。

姜老太爺自然允了，摸出身上的幾錢銀子給她。

姜桃收下之後，便挨到趙氏身邊，假裝不經意地碰她一下。

趙氏抬頭，姜桃便猛地低下眼，一副心虛模樣，快步走開。

趙氏覺得她奇怪，卻也沒作他想，跟姜老太爺說一聲，要去幫姜柏抓藥。

姜老太爺雖然還為今日的事不快，但到底對姜柏這長孫有感情，便沒有多說什麼。

趙氏見他答應了，還順著竿子往上爬，想向他要抓藥的錢，姜老太爺遂又沈了臉。

趙氏不敢再說什麼，趕緊去了藥鋪。

因姜楊身子骨弱，更小的時候經常生病，姜家常請濟世堂的老大夫幫他瞧，所以趙氏這次還是去濟世堂。

可沒想到，趙氏剛到濟世堂門口，卻看見姜桃拿著個紙包，從裡頭出來。

姜桃也看見她，立刻慌亂起來，把紙包塞進衣服裡，連招呼也沒打，悶著頭就跑開了。

趙氏連忙在後頭喊她，可姜桃非但沒停，卻越走越快。

趙氏納悶，倒也沒去追，只在進醫館抓藥時問了聲。

照理說，醫館的人都認識姜家人，知道他們是一家，不會幫著瞞什麼。

但今日卻奇怪得很，抓藥的掌櫃閉口不言，還佯裝不解地問：「什麼前頭抓藥的妳家姑娘？我沒見到妳家的姑娘。」

趙氏急了。「怎麼沒有？我剛進來的時候，還遇上了呢。」

掌櫃權當沒聽見，把藥給她，收了銀錢，完全不答話了。

趙氏拿掌櫃沒轍，越發確定這事有鬼，等回到姜老太爺那邊，便跟姜老太爺說了。

今日姜老太爺被她煩了個透頂，還沒聽完便沈聲道：「濟世堂的掌櫃和大夫與我們家來往多年，怎麼會胡亂騙人？許是妳看花了眼，將旁人認成阿桃了。少在我這兒搬弄是非，還嫌今天鬧得不夠難看?!」

沒來由又挨了頓罵，趙氏不敢再吭聲，只能惡狠狠地瞪向姜桃。

姜桃戰戰兢兢地垂下眼睛，心虛得連頭都不敢抬。

沒多久，一行人回到槐樹村姜家。

姜老太爺也累了，讓大家各自回屋休息。

趙氏回屋之後，越想越覺得不對，想和姜柏商量，無奈姜柏完全不想理她。

她再去和姜正說，姜正抬了一路野豬，累壞了，沒聽兩句就打呼，氣得趙氏狠狠擰他胳膊幾下，他都沒醒過來。

趙氏沒辦法，暗自生了好一會兒悶氣，去幫兒子煎藥了。

進了灶房，趙氏就聞到一股奇特的味道，定睛一瞧，姜桃正在灶上熬東西，發現她進來了，姜桃立刻端起小砂鍋，垂著眼睛快步出了灶房，連發問的機會都沒有給趙氏。

趙氏又蹙起眉，越發覺得不對勁。

那味道經久不散，趙氏聞著聞著就發現不對勁了，這不是人參的味道嗎?!

當年三房媳婦生姜霖時不順當，姜桃他爹就拿出十兩銀子去城裡買了幾片參片。當時趙氏和周氏負責熬湯藥，趁著沒人注意的時候，偷偷各拿了一片，記得這個味道。

再聯想今天姜桃在城裡反常的反應，難不成姜老太爺把賣野豬的銀錢給了她買人參?!

趙氏忙把手裡的藥包一放，跟在姜桃後頭去了姜楊的屋子。

她剛走到窗戶底下，就聽到姜桃壓著嗓子，慶幸道：「幸虧我走得早，不然肯定被大伯母發現爺爺給你買的人參了。」

趙氏一聽就炸了，剛要急吼吼地往屋裡衝，又聽到姜楊笑道：「妳別這麼說。萬一大伯母現在就衝進來呢？」

他說話含糊不清，像嘴裡含著東西似的。

姜桃咯咯笑了下。「就算現在大伯母來了也不怕，反正人參都讓你吃了，只剩下點參湯……好了，參湯也喝完了。」

趙氏聽得嘔啊，嘔得想吐血！

早知道她看見姜桃鬼祟地跑出灶房，就該跟著出來，不該留機會讓他們「毀屍滅跡」！

姜楊和姜桃繼續在屋裡說話。

「姊姊別笑了，萬一真讓大伯母知道，少不得又要鬧得家宅不寧。」

「讓她去鬧唄。反正她也沒有證據，爺爺肯定不會承認的。而且因為今天的事，爺爺已經煩透了大伯母，她若是敢鬧，爺爺正好趁這機會好好收拾她。」

趙氏在窗戶外恨恨地啐了一口，這個喪門星果然不是什麼好東西！還想讓她鬧起來，好讓老爺子有理由收拾她？想得美！她偏偏不鬧！

「唉。」姜楊又在屋裡長長一嘆。「是我身子弱，連累爺爺為我操心，得了些銀錢，就想著為我補身子。也難為姊姊了，得偷偷摸摸地為我這般。往後……」

姜桃接過話。「往後我出嫁了，爺爺奶奶肯定還會照顧你的。」

「姊姊說的我知道，我就是怕伯母他們……」

「你怕啥，只要不分家，爺奶便是家裡的大家長，就算旁人有意見，也只能忍著！你好好地吃其他兩房的供養，我出嫁後，也不擔心什麼了。」

趙氏趕緊捂著胸口快步走了，怕再聽下去會吐血。

回了屋，趙氏也顧不得姜柏還在氣頭上，拉著他，把方才聽到的事情都說了。

姜柏先是不信，說人參這種東西少則十兩、二十兩，若是買上整根，就得一百兩了。爺爺不是那等敗家的，今日才拿了二百兩，午宴買了整隻豬和那些酒，怎麼也得幾十兩，哪可能這會兒急著替姜楊補身子？

趙氏氣哼哼。「你爺爺偏心那小病秧子，也不是一、兩日了，這樣的事，有什麼好意外的？只能說往常我們都被蒙在鼓裡，不知道罷了，是今日讓我正好撞破了。」

姜柏還是覺得事情不會這麼簡單。若姜桃真是那樣蠢，他今日的計劃也不會失敗。而且，他總隱隱覺得今天的事情不簡單，怎麼恰好就讓姜桃看見他下藥，恰好他就弄混了酒罈，還那麼恰好讓她把下了藥的酒送到孫氏手上，給他喝了？

太過巧合，那就是刻意的安排了。

所以，姜柏還是搖頭。「娘少安勿躁，我覺得是姜桃在弄鬼。」

趙氏蹙眉道：「兒啊，你就是愛多想。我親眼看著她背過身去和你爺說話的，當時你爺給了她一些東西，她就開始鬼祟起來。就算前頭都只是我的懷疑，那灶房裡的人參味可是騙不了人。即便是鬚根，也值幾兩銀子，憑那個掃把星能自己出得起這錢？」

這話也沒錯，人參味道騙不了人，若不是姜老太爺給錢，姜柏一時間還真想不出姜桃怎麼買得起人參。

不等他細想，腹痛又席捲而來，姜柏捂著肚子又衝出房間，進了茅廁。

趙氏這才一拍腦袋想起來，她忘記幫他煎藥了，連忙折回灶房去。

此時灶房裡，周氏也正在嗅著味道，翻檢趙氏留下的藥包。

見了趙氏進來，周氏酸酸地道：「今兒個我還怕老太爺真惱了嫂子和柏哥兒，急急地開口求情。沒想到全是我想多了，到底是姜家的長孫，老太爺還是記掛著的，不過是吃了瀉藥罷了，竟還買人參來給他補身子。」

周氏也聞出灶房裡的人參味，卻誤會是趙氏那藥包裡的。再想趙氏慣是小器，肯定不會自己貼錢給姜柏買人參，定是姜老太爺給的。

趙氏本就要找她商量，聽了這酸話也沒生氣，而是解釋道：「聽嫂子這話說的，妳誤會了！」而後又把下午的事都同周氏說了遍。不過這話傳到這裡，已是第二遍，趙氏說得越發肯定，越說越過火，直接說她看著姜老太爺給姜桃銀錢，去藥鋪買人參。

周氏也急了，說姜老太爺爹偏心過頭，難不成家裡只有姜楊是他的孫子，其他孩子就不是了？

趙氏同仇敵愾。「可不是嘛！要不是今日我惹了爹不快，就直接去鬧了。不然妳去和爹說說？」

周氏一聽便冷笑起來，沒接話。她可不傻，不會讓這蠢嫂子當棒槌使。

趙氏知道自己不如這妯娌精明，不再攛掇她，只道：「這可如何是好？今日只是讓我撞破一遭，往後那喪門星嫁出去，可小病秧子卻還要長此以往待在家裡，爹娘的棺材本全都貼補進去不算，難不成還要喝我們兩房的血，吃我們兩房的肉？」
周氏也跟著生氣。「妳和我說有什麼辦法？妳還是長媳呢，在爹娘面前都說不上話，難不成讓我去說？」
因為兩人都帶著火氣，又失去了姜桃這個頭等大敵，不像之前那麼同心同力了，說了幾句便差點吵起來，最後不歡而散。
等妯娌倆氣沖沖地從灶房裡出來，守在外頭的姜桃和姜楊才回了自己的屋子。
姜楊有些擔心。「大伯母眼看是急了，可二伯母素來比她精明，看樣子還未上鉤。」
姜桃說不急，同他解釋道：「她們處的位置不同，心裡所想的也就不同。大伯是長子，大伯母生了長房長孫，她看重的是家產銀錢，因為將來爺爺奶奶沒了，大房照理是能分到最多的。二伯母不同，即使現在咱們爹娘還在，家產上，二房也會分得少些。橫豎都是少，是便宜了你，還是便宜了姜柏，與她來說並沒有差別。」
「那該如何？」
姜桃抿唇笑了笑，正好姜霖這時候帶著雪團兒笑鬧著進了屋。
姜桃對小姜霖呶呶嘴，告訴姜楊，辦法來了。
這天的晚飯，姜家吃得很是隨便。
趙氏和周氏忙活一天，初時還不覺得有什麼，下午歇過一陣，緩過勁來，竟連胳膊都抬不起來了。

姜正和姜直也累壞了，睡到傍晚仍不見醒。姜柏喝過藥下不了床，飯桌上就沒幾個人。

孫氏便隨意熬了點米粥，就著中午剩下的菜，一家子隨便吃了幾口。

趙氏還記掛著人參的事情，一會兒看看姜桃，一會兒看看姜老太爺。

姜桃只作渾然不覺，姜老太爺也懶得理她。

用完晚飯，老太爺打發趙氏去洗碗，周氏留下來收拾桌子。

等姜老太爺和孫氏走了，姜桃也對姜楊使眼色，姊弟倆後腳離開了堂屋。

姜霖人小吃得慢，見爺爺奶奶和兄姊都走了，沒人管他，乾脆調皮地邊吃邊和雪團兒玩，咯咯笑個不停。

二房的姜傑就問他。「你笑什麼？遇到什麼開心事了嗎？」

姜霖神氣活現地挑了挑眉。「是有好事，但不告訴你！姊姊說了，誰都可以說，就是不能告訴你們二房的人！」

起初周氏還沒把他們兩個小孩的對話放在心上，等聽到後頭半句，覺出些不對勁來。什麼事是誰都能說，就是不能跟他們二房說的呢？

她讓自己的兒女回屋去，然後取了塊飴糖來，笑咪咪地問姜霖想不想吃。

小孩子哪有不愛吃糖的，姜霖看到飴糖，眼睛都亮了，老實地點頭說想吃。

周氏誘哄著姜霖，說說到底發生了什麼好事。

姜霖扳著胖胖的手指頭數一二三，周氏等得不耐煩，卻只能繼續哄騙。「你告訴二伯母，下回二伯母給你買糖畫和麵人。」

姜霖數了聲「三」，也不隱瞞了，拿過飴糖，告訴周氏。「其實也不是什麼大事，就是姊姊說我開年過了生辰就是五歲的大孩子，應該要念書了，叫開……開啥？」

「開蒙？」

「對對。」姜霖連連點頭。「反正就是要去念書了。」

聽到不過是這件事，周氏便在心裡自嘲，是她被趙氏說得多心了。過完年，姜霖和姜傑要一起開蒙的事，是姜老太爺早知會過大家的，不是什麼秘密。但這為什麼不能告訴人，還躲躲藏藏的？

周氏依舊覺得有些不對勁，又聽姜霖繼續道：「姊姊說我可以和哥哥在一處學，雖然我不是很想和哥哥在一處，但是姊姊說哥哥的先生很厲害，我好好學，以後也可以很厲害。」

周氏立刻不淡定了。「你姊姊說，讓你和你哥在一處學?!」

眾所周知，姜楊的老師是城裡的舉人，舉人不愁沒學生，所以束脩要得很高，一年就要十兩銀子，逢年過節還要送上節禮。連姜柏這早早念書的，大房都負擔不起，只能讓他跟著他小叔一起學。後來他小叔不在了，姜柏的新老師也只是城裡的另一個秀才而已。

從前三房夫妻還在時，能負擔自家兒子的開銷。可如今三房夫婦不在了，姜霖竟還要拜到舉人門下去?!

「哪來的銀錢讓你交束脩?!」周氏心情差到極點，對著姜霖，也裝不出慈愛的面孔了，聲音不由拔高幾度。「你爺爺給嗎？」

姜霖被她突然變臉嚇到，退後了幾步，小聲道：「不、不是啊，姊姊說她來給。」

周氏信了……她信個鬼！

旁人或許不知道三房有多少現銀，周氏卻是知道的，早在姜老太爺把姜桃送上山之後，姜楊還在城裡的學堂沒回來時，趙氏和周氏便偷偷摸進過三房的正屋，翻了一通，才找到一個裝了幾十文錢的匣子。

當時她還覺得沒勁，同趙氏說早知道三房這麼窮苦，她們還忙前忙後地做什麼？

趙氏嘿嘿笑著沒接話，說蚊子再小也是肉，幾十文錢也是錢，若是想要便拿著。

周氏不是叫花子，幾十文錢，她還是不看在眼裡的，就把錢匣子放回原處。

當時她還覺得不對勁，趙氏比她眼皮子還淺呢，怎麼知道三房沒有銀錢的時候不急？後頭她想過來，趙氏妄想的怕是三房那屋子的書，那才是真正值錢的寶貝！

她又覺得有些好笑，覺得趙氏想得太美了，難不成鬥倒三房，那屋子的書就全是姜柏的囊中物？她家的傑哥兒也要開蒙，以後也是讀書人，肯定是要分一些的。

不過這話不好同趙氏說，免得又要鬧起來。在正式把三房姊弟鬥倒之前，周氏覺得自己還是需要趙氏這個幫手，便只假裝不知道。

眼下聽到姜霖也要去和舉人念書的事，周氏立刻不淡定了。這分書的事，八字還沒一撇呢，姜老太爺這是也要把姜霖培養起來？偏心一個姜楊還不夠，難不成還要特別照顧姜霖？那他們兩房還忙活什麼？鬥完了姜桃、姜楊，再接著鬥姜霖？

她們又不是神仙，事事都能神機妙算，心想事成，今日大房就出了回紕漏，要是再來一回，怕是他們二房也要被二老厭棄。

周氏腦子裡亂糟糟，顧不上管姜霖了，抬腳就往姜老太爺和孫氏的屋裡去。

正巧，姜桃從二老的屋裡出來，兩人打了個照面，姜桃笑得眉眼彎彎，似乎是遇到了什麼很開心的事，可看到周氏，她立刻收起笑，顯得有些心虛地垂下眼睛，喊了聲二伯母，便逃也似的離開。

周氏的臉更黑了幾分，孫氏聽到門口的動靜，把她喊進去。

周氏連忙進去，端起假笑說：「爹，娘，我來問件事情。」

姜老太爺忙活一天，正想好好歇著，沒給她什麼好臉色，硬邦邦地說：「妳問吧。」

周氏繼續賠笑，道：「爹，過了年，我們傑哥兒也大了，是不是該找個好先生教教？」

姜老太爺蹙眉。「這不是早就說好的嗎？年後，霖哥兒和傑哥兒都去城裡念書。妳又特地來問什麼？」

周氏聞言，面上一喜，難不成是她想岔了，老太爺不是偏心姜霖，還是要把她家傑哥兒也送到舉人門下？

可還不等她高興，姜老太爺接著道：「明天柏哥兒要去給黃秀才送年禮，到時候妳讓傑哥兒跟著一道去。」

黃秀才就是姜柏後頭另尋的先生，周氏急著問：「爹的意思是，讓傑哥兒跟黃秀才學？」

姜老太爺不悅地看她一眼。「這不是廢話嗎？老三歿了，城裡數得上號的老師，就是黃秀才了。傑哥兒不跟黃秀才學，還能和誰學？」

周氏被他罵得縮了縮脖子，但還是硬著頭皮，接著道：「方才我怎麼聽霖哥兒說，過完年，他是要請舉人開蒙的？爹，您可不能偏心！」說著，聲音又低了下去。「從前小叔還在，他出銀錢給楊哥兒找更好的先生，我也不說什麼。現下小叔都不在了……」

小兒子的去世一直是姜老太爺心頭的傷，聞言立刻從炕上坐起來，拍著炕桌斥責道：「妳在這兒胡說什麼?!老三是不在了，但我沒死呢！難不成他不在，就不管他兒子了?!」

周氏忙賠笑，說自己說錯話了。「爹別生氣，我不是那個意思，也不該多嘴提小叔。」

姜老太爺氣得直喘粗氣，孫氏趕緊幫他拍背，幫著他順了好一會兒的氣，他才接著道：「妳也別覺得我偏心，老實和妳說，霖哥兒的學費是三房自己出，他們爹在世時，畢竟當了半輩子的教書先生，家裡還有不少銀錢。所以，妳也別盯著這事了，該幹什麼幹什麼去！」

這話，周氏更是不信了，先不說她知道三房的現銀有多少，只說方才姜桃那先是高興不已，後頭見了她就慌張的心虛模樣，要真像姜老太爺說的這樣，她能那樣？

「三房自然有餘，但念書也不是一年兩年的事，少說也要學個十來年，那些錢能支撐那麼久？」

姜老太爺已經煩得不想說話了，躺下後翻了個身，直接背對周氏。

孫氏也怕姜老太爺氣壞身子，開口道：「老二媳婦不用操心這樣多。天也晚了，妳爹累了，妳先回去吧。」

周氏沒了辦法，只能快快地出了屋。

第十九章

等周氏走了，姜老太爺哼道：「這一個兩個都白活那些年歲了，還不如阿桃來得通透、得人疼！」

早在破廟事件之後，姜老太爺便對姜桃心存愧疚，之後她回來，表現得十分平和，不顯怨懟，讓他覺得過去這些年沒白疼這個孫女。

最近姜桃的表現更好了，乖乖地訂親，又乖乖地立下婚期，在周氏進屋之前，姜桃是來和他們說，年後想把姜霖一道送到舉人門下念書，說那是她爹還在世時說過的，算是他一樁心願。

姜老太爺聽是小兒子的心願，自然沒有不答應的，讓姜桃別操心銀錢，包在他身上。

姜桃卻說不用，說爺爺奶奶攢些銀錢也不容易，沒道理年紀大了不享福，還要為銀錢發愁。爹娘在的時候，留下為霖哥兒攢的束脩，能頂一陣子，之後她雖然要嫁人了，但也不會置兩個弟弟於不顧，她做刺繡有進項，由她來想法子好了，至多就是辛苦些。

之前姜桃做完桌屏的活計，私下裡交了一些錢給孫氏，所以姜老太爺和孫氏知道她在夢裡得了仙人傳授技藝的事。只是姜桃說，這仙人之事不能對人細說，二老便沒特地在人前提。

同樣的，二老也把姜桃的辛苦看在眼裡。之前她累壞了，飯都沒怎麼吃，不過兩天便憔悴不少，歇到今天，眼底下仍有一片青影。

姜桃說完以後要幫姜霖交束脩後，又有點怯懦地道：「兩個伯母還不知道我能掙銀錢呢，若是她們知道了……我就怕他們對阿霖不好。」

姜老太爺立刻拍了桌子說她們敢！

不過他也知道姜桃的思慮不是多餘的，今天大房意圖給姜楊下藥的事，還近在眼前呢！連孫氏聽了都於心不忍，道：「阿桃別怕，只要我和妳爺爺在一天，楊哥兒肯定不會再出事。這件事，我們知道了，不會對另兩房提起，讓她們還有旁的想頭。」

姜桃這才笑起來。「那不打擾爺爺奶奶休息，我接著做活去了。」

經此一事，難怪此時姜老太爺說其他兩房還不如姜桃這個孫女得人疼了。

姜老太爺在屋裡拍桌拍得砰砰響，姜桃和姜楊在三房正屋都聽到了。

姜桃一邊做針黹、一邊笑著對姜楊道：「你看，二伯母這不是也急了？」

姜楊正苦著臉嚼參鬚，想到這是他姊姊下了重本買的，儘管舌尖都苦麻了，都沒忍心吐出來。

姜桃見他這樣，就止了笑。「不然，你緩緩再吃吧，反正大伯母已經相信你把人參吞了，剩點鬚根也不礙什麼。」

姜楊說不用，皺著眉，把嚼碎的鬚根嚥下去。

雖然姜霖不懂他們在聊什麼，但還是膩在姜桃身邊，拉著她的衣襬求表揚。「姊姊妳看，阿霖聽不聽明？妳說等二伯母他們問三遍我再說，我可是數到了正好三遍呢！」

「阿霖真棒！」姜桃騰出一隻手，摸摸姜霖柔軟的髮頂。

其實她本不願把姜霖牽扯進來，但沒辦法，周氏最在意的就是小兒子姜傑，唯恐姜老太爺像偏心姜楊般，偏心到姜霖身上。不過，她也是想足了辦法的，並沒有讓姜霖說一句假話，只是要讓周氏誤會他們在說謊而已。

「接著咱們該怎麼辦？」姜楊拿著溫水邊漱口邊問：「兩個伯母都急了，但還是畏懼著爺爺奶奶。只是這樣，她們還不會鬧著要分家。」

姜桃垂下眼沒接話，其實下一個辦法，她也想好了，但仍是要拿姜老太爺和孫氏偏心姜楊來作文章。

今天已經讓兩個伯母誤會二老兩遭，再接著往下，姜楊同二老感情深厚，看到他們接二連三被人誤會，怕他心裡難受。

所以姜桃說不急，反正她還有一個月才出嫁，如今已經在兩個伯母心裡種下苗頭，只等個契機。

可姜桃也沒想到，她沒有再急著籌謀，分家的契機卻來得如此之快！

之前姜桃拿姜老太爺和孫氏偏心姜楊作了文章，還真不算是她冤枉了二老。

因為，第二天孫氏就特地來了三房正屋，拿了一百兩銀票給姜楊。

姜楊不肯收，孫氏還勸他。「這本是賣你姊姊的聘禮得來的，之前擺宴花了幾十兩，而後你姊姊在咱們家出嫁，肯定還要些花費，就先按下一百兩。等回頭算清了，若是還有盈餘，也是要給你的。」

姜楊道：「那您給姊姊吧，這該是她的。」

那會兒姜桃正在做針線，聞言抬起了頭。

孫氏對姜桃笑了笑，依然道：「你爹娘去了，現在三房由你當家。你幫你姊姊收著，也是一樣的。」

姜楊轉眼去看姜桃，見姜桃對他點點頭，才收下來。

等孫氏走了，姜楊把銀票放到姜桃旁邊的桌上，說是要給她，怕她不高興，又沈吟著開口道：「爺爺奶奶不是不把妳放在心上，就是想著……想著先放我這裡而已。我不會拿妳的銀錢的。」

姜桃笑著說沒事，心道難怪其他兩房對姜楊有這麼大的敵意，姜老太爺與孫氏對他真的偏心太過。也幸虧她不是原來的姜桃，不然看著爺爺奶奶把賣聘禮的錢全給姜楊，怕是要吃味。之前她藉口向姜老太爺說要置辦成婚時的東西，他才不過給了幾錢銀子呢。

「你先收著。」姜桃說：「正好年後全是用錢的地方，這樣你和阿霖的束脩都有著落了，咱們也有地方住。」
姜桃不知城裡的一間小宅子要多少錢，所以沒立刻說要買房，依舊還在做著針線。
姜楊聽了就道：「前兩天妳才累著，今天臉色也不好看。既然已經有了銀錢，妳也休息一會兒。」
姜桃搖了搖頭。「賣野豬的錢，說到底還是沈二哥給咱們的。往後我們在一處過活，我不想占他的便宜，現下多做些，往後你們也有底氣，不用覺得矮人一頭。」
方才姜楊還好好的，現在聽了這話，又不高興了，氣呼呼道：「阿霖也就算了，他年紀小。再幾個月，我就十三了，妳不要老把我看成孩子，就算給人抄書、給人寫信，我還能掙不到自己一口吃的？妳能不能替自己著想一下，事事為我們考慮，妳自己呢？」
姜桃不想同他吵架，放下針線，心平氣和地說：「不是我看低了你，就像你心疼我做針線辛苦一樣，你去給人抄書寫信，荒廢學業，難道我就不心疼？」
「誰心疼妳了！」姜楊急著爭辯。「我……我就是怕妳累病了，我照顧自己還成，再多照顧妳和阿霖，那肯定是不行的。」
姜桃對他這刻到骨子裡的彆扭已經習以為常，繼續道：「我也不是全然不顧自己，我沒你想的偉大。但是事有輕重緩急，你們要花錢的地方在眼前，自然是先緊著你們。後頭掙的錢，就是為了改善生活，我還能虧待自己？」
姜楊見勸不住她，只能嘆息一聲，起身出去了。

姜楊出去後，跟姜老太爺說了聲，想進城給先生送年禮。

他的年禮，姜老太爺早準備好了，因為來年還要把姜霖送去，便另外多拿了些家裡備著過年用的茶葉、酒水，讓姜楊一起帶過去。

孫氏送他出門，拉著他咬耳朵。「方才你姊姊在，奶奶才說讓你先收著的，其實這一百兩就是給你的，你趁著這次進城，替自己買點吃的、喝的，還有什麼平日裡喜歡的筆墨紙硯，奶奶也不懂，反正你喜歡的都買。還有你這身子骨弱，今天你大堂哥和大伯母不是個東西，居然要害你，想來你也受驚了，記著去藥鋪一趟，買點補藥。」

提到事關姜楊身體的大事，孫氏說著就鄭重起來。「之前你娘生你弟弟的時候，含了幾片參片，就挺過來了，那人參肯定是好東西，正好現在買點備在家裡。不過那東西好像挺貴，一百兩怕是不夠，不然奶奶再給你一點錢吧。」

姜楊忙說不用。「現下我好好的，吃什麼人參啊？奶奶別操心了，我自己有數的。」

孫氏這才沒接著嘮叨，目送他離開。

祖孫倆卻不知道，因為這兩天的事，趙氏和周氏已經警覺起來，生怕二老再私下做些別的動作。

妯娌倆看孫氏牽著姜楊出屋，遂放了手裡的活計，伸長耳朵聽著。

雖然她們沒敢上前仔細聽，但也依稀聽到了「百兩」、「人參」之類的字眼。

兩人的臉都垮了，趙氏酸得整個人都不舒服了。「那種寶貝的東西，這小病秧子吃了一支，竟還不夠！我上回拿的參片，放了四、五年，到現在還沒捨得入口呢！」

周氏只想著姜楊手裡的雙份年禮，愣愣地出神。這年禮是她看著姜楊從姜老太爺屋裡拿出來的，果然如她所想，姜霖拜到舉人名下，全是姜老太爺一手安排的！

「跟妳說話呢，怎麼不吭聲？」趙氏拉她一把。「妳素來有主意，咱們真就看著爹娘明裡暗裡貼補？他們有再多老本，這麼經年累月下去，咱們後頭能得到什麼？」

周氏同樣也恨姜老太爺的偏心，也想替自家兒子找個好老師。可是一年十兩，她真的拿不出來啊！

其實，倒不是他們掙得少了，畢竟家裡的田地本就不少。後來姜桃他爹賺得多，還給家裡添了些嚼用。分田的時候，他也沒要，便宜了其他兩房。

田地的產出不算，姜正和姜直都有力氣，也肯吃苦，農閒時亦做些上山燒炭、打些小野味去賣的活計。一年算下來，兩房一年到頭也有十幾兩的進項。

但他們還得往公中交出大半，剩下的不夠讓他們送自家孩子去交那一年十兩的束脩。

趙氏埋怨周氏像個鋸嘴葫蘆不吭聲，自顧自地道：「難不成真要像那喪門星說的，不分家，就只能等著任他們吃我們的肉、喝我們的血？」

分家！

這下子提醒了周氏，開口道：「嫂子說得不錯，我們不能坐以待斃。趁著現下爹娘還沒貼補過頭，有些剩餘，咱們把家分了！」

趙氏嚇一跳。「妳瘋了吧！爹娘還在分什麼家？他們不會答應的！」

周氏涼涼地道：「不是妳提分家的嗎？現在又翻臉不認了？總之我想分家，嫂子若想跟我在一處，咱們就還和從前那樣合作。」

趙氏裝鵪鶉沒吭聲。她當然想分家，分開了就不用管三房的死活了，但她也知道，自家兒子想著三房那一屋子書呢。現在姜老太爺還氣著姜柏，這時分家，一本書也不會給他的！

於是，妯娌倆又鬧了個不歡而散。

趙氏心裡糾結，和姜正說不上話，就去找姜柏，想問問他的意思。

姜柏剛從姜老太爺的屋裡出來，正拉著臉看書。

趙氏看他面色蒼白極了，心疼得不得了，沒說分家的想法，先問他怎麼又不高興了？

姜柏不肯說，無奈趙氏追問，一會兒問他還拉不拉肚子，一會兒問是不是姜老太爺又罵他了？

姜柏被吵得不耐煩，摔了書。「娘還好意思問？要不是妳昨天什麼都認了，爺爺怎麼會這般惱我？我說二月就是縣試，想去小叔的書房裡看書，爺爺便把我罵了個狗血淋頭。」

姜柏越說越氣，眼前發花，差點又栽倒。

他今天本想在姜老太爺面前表現一番，將功補過。因為姜老太爺素來喜歡勤勉上進之人，他就想表現表現，好讓姜老太爺息怒。

沒想到，老太爺聽了他的話，直接氣笑了。

「書房的鑰匙，我已經給了楊哥兒，憑你這樣書讀到狗肚子裡的人，也配碰你小叔的書？你別整日裡酸楊哥兒是舉人的學生，你小叔從前的先生也是個老秀才，但他在你這個年紀的時候，早就考上童生。既然沒那個命，便歇了心思，只當個好人吧！」

俗話說打人不打臉，罵人不揭短。姜老太爺這番話，可打了姜柏的臉，又揭了他的短。

姜柏聽了，氣血上湧，竟頂撞了姜老太爺。「我是沒有小叔那麼有本事，但我這次也是做足了功夫，肯定能考上童生！阿楊是聰明，又是舉人的學生，但那有什麼用呢？他身上戴孝，科考可不像他姊姊的婚事那樣，能讓爺爺作主，必然得再等三年。爺爺指望三年後的他從童生考起，怎麼不指望我呢？」

姜老太爺氣得抬起手邊的茶碗砸向他。

姜柏說完就後悔了，顧不上道歉，狼狽地跑走了。

趙氏見姜柏氣得坐都坐不穩，趕緊扶著他躺下休息，再不敢說別的事煩他。

下午，姜楊從城裡回來，手裡還提著不少東西。

他沒給自己買，而是幫姜桃買了些成婚時會用到的用品。雖然爺爺奶奶說這些由他們來準備，但以他們對姜桃的感情，想來不會準備什麼好的。

姜桃的婚事本就倉促，又是一輩子一次的大事，她能不在意，他卻是很在意的。所以他想著，先從那一百兩挪一點出來用，等過完年，他抄書也好，寫信也好，總能補上。且也沒有多花，只花了十來兩，買了大紅的嫁衣料子，還有其他瑣碎的東西。

趙氏和周氏正盯著他的一舉一動，他前腳剛進家門，她們就跟狗聞到肉味似的，酸酸笑著湊上來。

「楊哥兒好大手筆，怎麼進城一趟，買了這麼些東西？讓我們看看都買了什麼？」

若是平時，姜楊自己的東西，給兩個伯母看了就看了，但是今天這些是給姜桃的，有些還是很私密的東西，便躲開她們的手。

「沒什麼，只是姊姊成婚時要用的東西罷了。」

趙氏和周氏哪裡相信啊，說什麼都要親自翻檢。

他們正拉扯著，屋裡的姜柏聽到動靜，也出來了，拉著臉跟姜楊說：「爺爺說書房的鑰匙在你這裡，我想進去看看書，你把鑰匙給我。」

沒錯，姜柏到現在還不死心，想著姜老太爺更惱他了，道歉討好大概都沒用了，還是得年後考上童生，才能讓姜老太爺另眼相看，所以直接來和姜楊討鑰匙。

姜楊見著他，更是沒好臉色，硬邦邦地說：「鑰匙在我這裡沒錯，可我不想給你。你看自己的書就是了。」

「你敢這麼和我說話？我怎麼說也是你的兄長！」姜柏把方才在姜老太爺那裡受的氣發出來，伸手就要去搜姜楊的身上找鑰匙。

可憐姜楊一下子被三個人拉扯著，也不知誰用力過大，推他一把，竟把他推倒了。

趙氏驚呼一聲，再看姜楊倒下之後便閉上眼，嚇得不知道如何是好。

「青天白日的吵嚷什麼?!」姜老太爺不悅地從屋裡走出來。

孫氏跟在他後頭，本想勸勸姜老太爺的火氣，沒想到就看到倒在地上的姜楊。

「我可憐的楊哥兒啊！」

孫氏驚叫，撥開趙氏他們，拉起姜楊靠坐在自己懷裡，輕輕拍他的臉，急道：「楊哥兒別嚇奶奶啊！你睜眼看看奶奶！」

姜楊依舊閉著眼沒反應，姜老太太立刻哭喊起來，要他們快去請大夫！

姜桃也出來了，看到這景象亦是心驚，上去探姜楊的脈。雖然她不會診脈，但姜楊的脈搏平和有力，猜想應該沒什麼大事，安心了些。

她放下姜楊的手時，感覺他偷偷勾了下她的手掌，才知道這小子是假裝的。

直到大家七手八腳地把姜楊抬進屋裡，孫氏讓姜正趕緊去城裡請大夫，姜楊才睜開眼。

「奶奶別擔心，我沒事呢。就是方才不知道被誰推了一把，栽下去的時候，眼前黑了下，現在已經好了。」

孫氏急得眼淚都出來了，看他臉色還好，總算放心些，便指著趙氏和周氏罵。「妳們的心腸比毒蛇還毒，我和妳們的爹還在呢，就敢這麼對楊哥兒，想要他的命是不是？」

周氏趕緊道：「娘，我們也不是故意的，只是想看看他給阿桃買了什麼東西。是柏哥兒要和他討書房鑰匙，才推了他的。」

趙氏立刻回嘴。「妳別胡說，咱們一起拉扯的，妳憑什麼怪到柏哥兒頭上？他是個清清白白的讀書人，怎麼會推自己弟弟？妳說他推的，有什麼證據，我還說是妳推的呢！」

兩人正爭論著，二房的姜傑插嘴道：「妳不許誣賴我娘，我當時在院子裡玩，我看到了，就是大堂兄推的！」

趙氏臉紅脖子粗地啐他一口。「你這不學好的東西，大人說話，有你插嘴的分兒嗎？整日裡就愛聽壁腳，學大人說話，難怪你爺爺喜歡姜霖比你多！」

姜傑被罵得哇哇大哭起來，再被扎一次心的周氏一邊哄兒子、一邊毫不示弱地回應。「我家傑哥兒怎麼了？那是他聰明伶俐乖巧，才會聽什麼都記得住！總好過你家柏哥兒，還讀書人，還考功名呢，對著家裡兄弟都能做出下藥的事，捅出去怕是連科考的資格都沒有！」

趙氏氣得衝上去，就要撕周氏的嘴，周氏放了姜傑，便去扯她的頭髮。

這下鬧得雞飛狗跳，孩子的哭聲、婦人的罵聲、尖叫聲，各種吵嚷的聲音，讓姜老太爺額頭青筋狂跳。

「夠了！」他大喝一聲。「既然妳們恨毒了彼此，今日就把家分了！往後各過各的去！」

「老頭子！」孫氏沒想到他突然說這些。「你瘋了?!」

姜老太爺揉著眉心沒說話，只喊了愣愣站在一旁的姜直去請里正。

孫氏見狀，又對兩個兒媳婦道：「妳們慣是能言善道，還不勸勸妳們的爹？」

趙氏和周氏放開對方，都沒吭聲，心道分家才好，這樣他們才能有好日子過呢！

第二十章

年關前，家家戶戶忙著置辦年貨，不會在此時鬧事。

里正正在家裡閒著，冷不防聽說姜家要分家，到了姜家，還想勸姜老太爺。

「俗話說，父母在不分家，你和嫂子俱是身體康健，眼看要過年了，怎麼現在突然要分家呢？」

姜老太爺搖頭。「沒什麼，就是分家而已。」

里正又去問其他人。「你們也沒意見？」

其他人更別提了，連最不甘心分家的姜柏都沒吭聲。

因為在里正到來之前，姜柏已經跟姜老太爺說了好長一段勸他的話。

要是以前，姜柏這長孫的話在姜老太爺面前挺管用的，但這兩天，姜柏先是夥同他娘，意圖給姜楊下藥，接著還想搶書房的鑰匙，一把推倒姜楊，已然讓姜老太爺寒心。

姜老太爺根本不理會他，沈著臉警告道：「這麼多人在，我給你留了面子，你不要不知好歹。我知道你心裡未必捨不得家裡人，想的怕還是你小叔留下的家當。你再說下去，我不知會說出什麼話來。」

姜柏還是有些清高脾性，之前私下裡被姜老太爺說了一頓，現在回想起來，仍覺得臉紅。現下屋裡一家子聚在一起，他更不想在人前丟臉。

里正眼看勸不動了，不再多說，問姜老太爺準備怎麼分。

姜老太爺讓急紅了眼眶的孫氏去拿田契和銀錢。

孫氏是最不想分家的那個，但一輩子聽從姜老太爺的話成了習慣，只得回屋，開了櫃子去取。

姜家是耕讀人家，雖然早先在姜桃他爹之前，沒出過什麼有出息的讀書人，但童生卻是出過不少。童生不如秀才那麼搶手，更不能和舉人相提並論，但在鄉間的學塾裡，也是很有名望，不愁沒學生。

這麼祖祖輩輩積攢下來，到了姜老太爺這代，出了姜桃他爹這麼個有出息的秀才，給家裡又添了些田地，如今已經有了二、三十畝。

這時候的土地還是很昂貴的，尤其是農家人，重視田地，不真到山窮水盡，根本不會賣地。這二、三十畝地裡，有些是買來的肥田，還有些是祖輩響應朝廷號召，在荒山邊上開墾的瘦田。

姜老太爺清點完資產，道：「田地分成四份，要是有零頭，我和你們娘拿著。家裡這些年攢下的現銀，除去阿桃要出嫁的花費，還有四十多兩，也分作四份。鍋碗瓢盆、桌椅板凳，你們想要的都能分。老大、老二，你們怎麼說？」

姜正跟姜直能怎麼說？他們連在婆娘面前都說不上話，更別說在姜老太爺面前了。兄弟倆低著頭，都說聽爹的意思。

他們是沒有意見，可趙氏和周氏卻是不願意的。

趙氏訕笑著道：「爹怎麼能這麼分呢？您和娘多分點，我們不說什麼，但如今小叔不在了，楊哥兒和霖哥兒要到城裡進學，年紀又小，為什麼還得分他們一份？」

姜老太爺聞言，臉黑得堪比鍋底了。

周氏比趙氏聰明些，也道這時候不能趕著再觸姜老太爺的逆鱗，但家都要分了，田地又是一家子安身立命的根本，只得跟著幫腔。

「嫂子說得沒錯，楊哥兒和霖哥兒以後都是有大出息的，哪裡看得上這麼點田地？」

姜老太爺怒喝。「夠了！老三確實是歿了，可他兩個兒子還在呢！他們要走讀書的路子又怎麼了？妳們就能侵占屬於三房的田地嗎？這是把他們房當絕戶？我還沒死呢！」

周氏不敢吱聲了，姜老太爺是鐵了心要給姜楊一份，再說下去，怕自己能分得的更少。

趙氏嘀嘀咕咕道：「往常也是我們分三份來耕種，分給他們，難不成他們還自己下地？」

姜老太爺說：「這妳就別管了，既是分給他們的，隨便他們找佃戶來種，還是留在那兒荒廢，都跟你們沒有半點關係。」

他說完，也不想再和她們掰扯，立刻請里正寫下憑證。

不過，姜老太爺到底不是無情的人，把最肥沃的田分給姜楊，但數量不多；其他兩房分的田雖然瘦，可數量多些。總的來說，看起來還算公允。

分完田地再分銀錢和散碎的東西，這些都在明面上，沒有什麼好爭，依舊分作四份。

至於姜桃他爹留下的那屋子書，其他兩房雖然饞得跟什麼似的，卻沒敢再提，只問老太爺，分家以後，他們的孩子還能不能去看書？

姜老太爺沒回答，說以後那些書讓姜楊管，以後同他商量。

趙氏和周氏聞言，偷偷笑了起來。她們怕姜老太爺、孫氏不假，但是她們不怕姜楊啊！而且往後雖是分了家，但姜楊大部分時日都在城裡，那書房不過只上了一道普通的鎖，到時候撬了不就能進去？想來姜楊知道了，也鬧不出什麼風波來。

不過半個時辰，姜老太爺就把里正送出了姜家。

姜老太爺回來，跟大家說：「都別愣著了，回屋收東西去，等過完年，你們就該找地方搬走了。」

趙氏和周氏傻了，方才里正在的時候，姜老太爺沒提怎麼分姜家的屋子，以為姜老太爺的意思是，田地跟錢財分了家，但還住在一處的。

趙氏愣愣地說：「爹說啥？家裡住得好好的，為啥要搬出去？」

周氏也跟著道：「我們還想在爹娘面前盡孝呢。」

姜老太爺冷笑。「既是分了家，哪裡還有住在一處的道理？這幾間屋子都是祖上傳下來的，楊哥兒他爹在世時翻新，所以阿桃和楊哥兒他們住得，我和你們的娘也住得，你們卻是住不得！你們想住，等我和你們的娘入了土，再來分吧！」

姜老太爺和孫氏雖然年過花甲，但在鄉間過得舒服，沒吃過什麼苦頭，身子骨比姜楊還硬朗呢，一年到頭也不見生病。這房子少說十年，多則二十年，其他兩房是別想了。

姜老太爺說完，就拉著孫氏走了。

趙氏和周氏自知作為媳婦，這種事插不上嘴了，只能各自去拉自己男人。

姜正很生氣，不過氣的不是老太爺，而是趙氏和姜柏。

他是姜家長子，雖然不如三弟有出息，但爹娘對他一直也很看重。如今倒好，分家的時候，根本沒給大房多分些。等這消息傳出去，鄉親肯定要問，為啥姜家突然分家？又為啥沒有厚待長子和長孫？

這問來問去的，先不說外人會不會知道實情，但肯定要說他這長子不孝順，忤逆爹娘，才會落到這樣的後果。

所以，姜正揮開趙氏的手，沈著臉，回屋生悶氣去了。

姜直倒是沒生氣，反倒勸周氏。「妳別想這麼多了，爹說得沒錯，妳和大嫂鬧得家宅不寧，爹已經氣得分家，快別做旁的想頭了，不就是搬個住處嗎？這鄉間空的房子多得很，咱們有錢又有田，攢一攢，以後雇人來蓋新房，也不是難事。」

他這不勸還好，越勸周氏越急，她分家是為了給她的姜傑上好學堂的，哪裡來的銀錢蓋房子啊！

姜桃和姜楊沒有參與這場鬧劇，兩人只是待在屋裡，開著窗戶聽動靜。

雖沒聽仔細，但姜桃知道，以二老對姜楊的偏心，肯定不會委屈他的。

果然，不久後，孫氏送來屬於姜楊的那份田契和銀錢，趙氏和周氏又在外頭摔摔打打，故意弄出很大的聲響。

孫氏說：「你們別管，是你們爺爺讓他們過完年就搬出去，她們心裡有氣不敢發作，只能拿些小東西撒氣。」

姜桃聞言，挑了挑眉，很是欣賞姜老太爺這果決的氣勢。

這兩天大房剛搞出下藥的事，他便能立刻想到他們的動機，替她訂下婚期，想把她這禍根弄出去。今天看其他兩房在她訂下婚期之後，也不安生，還要接著鬧，乾脆不等她們提，自己分家。而且他也知道，分了田地銀錢還不算，唯有把其他兩房從家裡趕出去，才能確保姜楊往後的平安。

不愧是家族的大家長，判斷力和行動力都很驚人！

當然，這份欣賞只是姜桃身為外人來看這件事，若她真是這老太爺的親孫女，那就難說了，誰會欣賞偏心偏到身子外頭的長輩啊?!

等孫氏走後，姜桃就輕笑起來，對姜楊說：「還是今日你那一暈的功勞，不然少不得要再費些功夫。」

姜楊嘆息。「暈是假的，摔倒卻是真的，是爺爺怕他們再對我不利，才說要分家的。爺爺對我的一片苦心哪……」

姜桃笑了笑，沒接話。在姜楊面前，她並不想發表任何對姜老太爺和孫氏的看法，因為對姜楊而言，她是手心，二老是手背，手心手背都是肉，若是他們起了齟齬，他夾在中間，只會左右為難。

姜楊嘀咕完，又長長呼出一口氣。「事情總算塵埃落定。年後其他兩房搬走，妳出了嫁，我再和爺爺奶奶說一聲，之前在城裡住得不方便，日後跟妳一起住，休沐時歸家。爺爺為了我，連家都分了，想來不會為難這件事。」

姜桃卻一邊做針線、一邊輕聲道：「還要收尾呢。」

她說著，正好繡完一個圖案，拿起笸籮裡的剪子剪掉線頭，不知道說的是手裡的刺繡，還是旁的事……

鄉間沒有秘密，姜家突然分家的消息，不過半天就不脛而走。

從這天開始，姜家更熱鬧了，直到大年三十之前，還有人有意無意地經過姜家，想打聽其中的秘密呢。

趙氏和周氏都嘔死了，外人不知緣由，但已經開始說他們兩房多麼多麼不孝順，忤逆爹娘，才讓姜老太爺氣得在年關前分家。
雖然他們的猜想並沒有錯，但被安上這樣的名聲，任誰都高興不起來。
況且他們沒占到什麼便宜，雖然得了田地和現銀，但姜老太爺限他們搬家的日子近啊，正月十五之後就讓他們搬走。
算下來只剩半個多月了，這樣短的時日內，怎麼可能找得到好住處？總不能真在村子裡隨便找間荒屋吧。
而且，趙氏和周氏還存著旁的心思，想住得近一些，方便年後姜楊去了學堂，好想法子偷偷進三房的書房。
到時候，她們也搬出去了，就算書房失竊，也能推個乾淨不是？
分家後，姜桃帶著兩個弟弟去給原身的爹娘上墳，又在他們的墳前偷偷埋了一支原身最喜歡的髮簪，算是替原身立了一個小小的衣冠塚。
回到家，姜桃還是窩在自己屋裡刺繡，因為前頭已經做過帕子，也不知道那些帕子賣出去沒有，這次做的是荷包和抹額。
分家之後，她覺得鬆快不少，繡得飛快，很快便繡好兩個荷包。
起初姜楊還勸她別做了，說得了爺爺奶奶分下來的銀錢，手頭的現錢就有一百多兩，只要不是一下子在城裡買下整間宅子，短期內都不用再為銀錢發愁。

姜桃只說，她除了這個，也不知道做什麼，而且不用像之前那麼匆忙，每天只在日頭好的時候做上一陣子，也不覺得累。

姜楊這才不勸她了。

到了除夕，一家子忙碌起來，孫氏帶著兩個兒媳婦準備年夜飯，姜老太爺帶著姜楊、姜霖和姜傑兩個小的在院子裡放爆竹，一時間姜家上下顯得和睦熱鬧，彷彿之前的那些不快，都不曾發生似的。

姜桃也放下針線加入他們，打了水在屋裡擦洗桌椅。說起來，這還是她第一次感受到這樣濃重的年味。

在現代的時候，不用說了，住在療養院裡，只能隔著病房的窗戶，聽外頭的煙花爆竹聲，後來城裡不准燃放這些，便連聲響也聽不著了。上輩子雖和眼下是同時代，但繼母拘著她，連過年聚會見客都以她身體不好為由，不讓她參加。

反倒是現在，雖然窮苦了些，得為生計忙碌，倒是有了兩個真正的家人。

或許是闔家團圓的氣氛太過濃烈，姜桃擦著桌子，便開始想念自己的師傅——當年她是突然被送出府的，那時蘇大家去了江南訪友，後頭她知道自己的未來夫家犯了大事，唯恐牽累了蘇大家，不敢寫信給她。本想著等風頭過了再去找蘇大家，孰料竟成了永別，也不知道蘇大家現在怎麼樣了。

姜桃思念她，又怕打聽到不好的消息，加上如今換了副身體，這種事情太過怪力亂神，在這個時代更是忌諱，蘇大家會相信她嗎？

姜楊寫完春聯，來幫三房的幾間屋貼上，隔著門都聽到她止不住的嘆息聲。

「過年了，別嘆氣，沒看大伯母和二伯母今天都不鬧騰嗎？妳還有什麼不高興的？」

趙氏和周氏已經在家裡摔打了兩天，唯恐有人不知道她們不樂意搬家似的。

姜桃聞言，笑起來。「沒有什麼不高興的，只是猛地覺得有些冷清。」

姜桃說的是自家師傅，但是姜楊不知道，尋思著她姊姊除了她和弟弟，也沒有旁的親人了，嘴裡說冷清，那肯定是記掛別人了。

除了沈時恩，還有誰呢？

想到這個，姜楊牙酸得很，心道真是女大不中留，但是沈時恩已經是他板上釘釘的未來姊夫，他姊姊又一心為他和弟弟著想，姜楊就覺得，自己很有必要為他姊姊著想一回。

於是，下午趙家來人打聽分家的事的時候，姜楊尋了個機會，拉著趙大全去了角落說話，同他打聽沈時恩這兩天在忙什麼。

趙大全想了想，說：「採石場的監工也是要休年假的，這幾日那邊沒了人管束，苦役的活計都停下來了。」

姜楊聽見就不高興了，嘟囔一句。「他都要和姊姊成親了，既是無事，怎麼不想著過來瞧瞧？」

趙大全聽了，尷尬地撓撓頭，說：「昨兒沈二還來我家送了謝禮，同我打聽你們家分家的事情。我說你們家如今肯定亂得很，還是等過完年再來問吧。」

得，敢情是他把人攔住了。

姜楊無語地看著趙大全，只差把「你讓人年後再來打聽，今兒個自己卻過來了」的想法寫在臉上。

趙大全也挺不好意思，解釋道：「我不想來的，但我奶奶擔心我姑姑吃虧，非讓我年前就來問問。」

姜楊並不喜歡趙家人，但是耿直又熱心腸的趙大全是個例外，所以他也沒說什麼難聽的話，只說再遇著沈時恩，和他說一聲，讓他得空就過來多走動。

趙大全確實耿直又熱心腸，從姜家離開後，沒有先回家，而是去採石場尋沈時恩說話。

沈時恩知道姜楊不喜歡他，聽了趙大全轉述的話，以為姜桃是在分家中受了什麼委屈，二話不說，拿著新打的獵物就去姜家了。

第二十一章

此時姜桃正在招待客人。

說是客人也不像，因為來人是給她作媒的錢氏的獨女，叫錢芳兒。

錢芳兒亦是十五、六歲的年紀，大眼圓臉小嘴巴，模樣在鄉間算是出挑了。

錢氏是寡婦，帶著女兒靠說媒討生活。從前姜桃她娘還在的時候，覺得她們家不容易，時不時幫襯一下。

兩家一直有來往，錢芳兒只比姜桃小一歲，兩人很自然地成了手帕交。從前的姜桃也很在意這個姊妹，得了什麼好的，都會分錢芳兒一份。

但姜桃覺得，這或許是原身一廂情願了，她把對方當姊妹，對方或許並不這麼覺得。不然，怎麼之前她病了那麼久，又被家人送上荒廟，錢芳兒卻從來沒有露過面呢？

雖然她是個未出嫁的姑娘，得聽她娘的話，但從前面幾次為數不多的接觸來看，錢氏待人挺溫和親厚，並不像是會強迫女兒不和她來往的樣子。

果然，錢芳兒一來，也不說關心她這段時間過得怎麼樣，只自顧自說：「阿桃姊姊，早就想來看妳了，一直沒得空。今日總算見到妳了。」然後開始挑揀屋裡的擺設。「都要過年了，姊姊怎麼也不給家裡添置點新東西？看著破敗冷清，一點過年的氣氛也沒有。」

外人不知姜桃會做刺繡賣錢，但哪個不知道她兩個月前才失了父母？錢芳兒這話讓人聽著就覺得不高興。

姜桃不理她，自顧自地做針線。

錢芳兒見狀，臉上的笑淡了。「姊姊還是這般清高，真不愧是秀才家的女兒。」

聽她話中帶刺，姜桃抬眼瞧她，只見她神情譏誚不屑，也煩了。

「妳要是沒什麼事，就回家去吧。」

錢芳兒根本沒想到姜桃會直接趕她，過去別看姜桃是秀才的女兒，卻沒什麼朋友，僅有錢芳兒這麼個手帕交。往常姜桃對她大方，錢芳兒便覺得是姜桃巴巴要和她做朋友的，沒想到姜桃大病一場，連她都不放在眼裡了。

錢芳兒沒動，反而說起她年後也要成親了。

「我娘給我說的是城裡最大繡莊的掌櫃兒子，雖然不算頂富貴的人家，但也是富庶無憂，有一門吃飯的手藝，不用做那等賣力氣的苦活計。咦？姊姊怎麼在做針線，往常竟不知道妳還會這些？」

她說著，又嗤嗤地笑起來。「姊姊不會是擔憂成親後日子清苦，想做東西去賣銀錢吧？城裡的繡莊是有繡娘的，可不是隨便什麼東西都會收，恐怕姊姊要失望了。」

村裡人都知道姜桃和苦役訂親，錢芳兒有意無意說起自己的好親事，便是意有所指了。

姜桃前頭聽她說繡莊，還想問問是不是她去過的那間芙蓉繡莊，聽到後半句，就問也不想問了。

見姜桃不接話，錢芳兒幽幽地嘆了口氣。「我忘了姊姊不久之後也要成親。真是老天沒眼哪，姊姊這樣的出身和樣貌，竟淪落要去做苦役娘子，實在可惜……」

姜桃面不改色，只在心裡想著她已經送客了，這人還賴著不走，大過年的痛罵她一頓，會不會難看了些？又看看在旁邊玩著的小姜霖，正準備把他支開，以免破壞了她在弟弟心裡的形象。

這時候姜霖也察覺到錢芳兒話裡的惡意，搶著幫姊姊出頭了。

「我姊姊才不苦，我姊夫可厲害了。那麼大的野豬……」姜霖掄起手臂，使勁兒比劃。「他一個人就打下來了，是最厲害的大英雄！」

野豬的事情在村裡家喻戶曉，尤其姜老太爺還請了不少鄉親吃宴，已經是一樁美談。

錢芳兒不甘示弱地回應。「打野豬怎麼就是大英雄了？要我說，前不久掃平匪寨的壯士，才是真正的英雄。」

姜桃想起，之前姜楊接自己下山時，說起兩幫匪人自相殘殺的事，問她。「什麼掃平匪寨？不是兩幫賊人狗咬狗嗎？」

錢芳兒哼了聲，說那是外頭傳錯了，她這消息才是屬實。

前些時候，她的運氣很不好，和她娘出了一趟村子便遇上土匪，土匪推開她娘，劫走她，本以為一輩子就那麼完了。沒想到驀地出現一個俊朗青年，毫不費力就解決那群匪徒。

沒有少女不愛英雄的，錢芳兒上前謝恩，自報家門，又詢問對方的姓名。

沒想到那位青年竟是施恩不圖報，只作聽不到她說話一般，逕自進了匪寨。

錢芳兒心中激動，本想跟上去，但錢氏已經一瘸一拐地追過來，非要把她帶回家，說她已經是訂親的人，今天的遭遇要是傳出去，好親事可要告吹！

錢芳兒起初還不肯走，當時的她滿心滿眼都是青年的殺敵英姿，無奈對方腳程極快，她被錢氏絆了下，再也尋不到人，只能怏怏地下山。

這件事到底有礙名聲，所以之後傳成是兩幫匪徒拚殺，錢芳兒也不能為自己的恩公解釋，只在心裡遺憾當初沒有跟上他，不然英雄美人若能成就一段姻緣，怎麼也是一樁佳話！

如今在姜桃面前，錢芳兒半點都不想認輸，毫不避諱地說了這件事。反正以她對姜桃的了解，姜桃的膽子比老鼠還小，又愛看話本裡的英雄戲碼，聽了這件事，也不敢出去亂傳，只會在心裡羨慕嫉妒。

可錢芳兒想看的情景並沒有發生，姜桃只說了一句「妳運道真好」，之後又接著趕人，說家裡其他人全忙著，她也不好一直閒著聊天。

正說著話，姜楊打起簾子，探進半個身子，說：「沈二哥來了。」

方才姜桃對著錢芳兒還死氣沈沈的臉，這才亮了起來，笑得眉眼彎彎。「怎麼這會兒突然來了？」說著便放了針線，起身去相迎。

錢芳兒心中憋屈，立刻跟上姜桃。她倒要看看到底是什麼特別的苦役，讓姜桃既不羨慕她的好親事，又對她崇拜的英雄不屑一顧！

姜桃迎出來時，沈時恩剛跨進姜家的院子。

他還是穿著一身灰撲撲的短褐，但因為模樣生得實在好，讓人猛地見到他，並不會在意他的穿著打扮。畢竟生得這般相貌，何必綾羅加身？日光落在他臉上，宛如鍍上一層讓人不敢直視的金光，以為是哪位誤入凡間的神祇，周邊萬物皆成了他的陪襯。

只是，他今日的神情看著有些嚴肅，抿著唇的下顎很是緊繃。加上他的氣質本就偏冷硬，便顯得有些不好相處。

直到見著相迎的姜桃，沈時恩的神色才和緩了些。

姜桃看到他手裡還帶著一隻野兔，就笑了起來。「不用每回上門都帶東西的。」

農家人都知道打獵不是一門簡單活計，裡頭學問大著呢。更別說這樣冷的天氣，野物都是躲起來，遍尋不著蹤跡。比如姜桃住在破廟那陣子，待了好幾天，也只見到一隻野雞跟雪團兒。

但沈時恩就不同了，相看的時候便帶了一對野兔，下聘時送來巨大野豬，今兒個竟又帶了旁的。獵物竟像是隨便去山上轉一轉，就能隨手撿來似的。

這時錢芳兒也跟著姜桃出了屋，見到沈時恩的那刻，像被人點住穴道似的，怔在原地。

她怎麼也沒想到，居然在姜家見到了自己心中的大英雄！

可沈時恩眼裡只有姜桃，根本沒注意她後頭還跟了人。

「外頭風大，妳先進屋，我去和老太爺說一聲，回頭就來尋妳說話。」

姜桃垂下眼睛，應了聲好。

等沈時恩去了姜老太爺屋裡，姜桃轉身才看到雙眼放空、呆呆愣愣的錢芳兒。

姜桃不關心她又作怪，只說：「芳兒妹妹既然出來，我就不送了。」旋即進了屋。

孰料，姜桃前腳坐下，錢芳兒後腳又跟上了。

姜桃又拿起針線，有些不耐煩地說：「我知道芳兒妹妹有門好親事，又曾有一位英勇義士搭救，過得極好，我很羨慕，都酸得說不出話來了。妳要是沒有旁的事，就回家去吧，也好讓我獨自黯然神傷。」

錢芳兒依舊雙眼發直，像聽不出她話裡的諷刺，隔了半晌才問：「方才來的是誰？」

姜桃像看傻子似的看她一眼，這人沒毛病吧？之前每句話有意無意都在貶損她說了一門和苦役的親事，如今沈時恩上門，她能想不到？

不過，姜桃隨即回過味來，也是，自家夫君那模樣生得實在好，讓人根本想不到他會是苦役出身。

姜桃不由自豪，正想接著說話，沈時恩已經在老太爺那邊說完話，打起簾子進來了。

姜桃便不管錢芳兒了，放下針線起身，替沈時恩倒熱茶。

「今兒個雖出了日頭，卻也有風，怪冷的。先喝杯熱茶暖暖身。」

茶葉是原身她爹還在時備著待客的，在鄉間算不錯了，但在沈時恩這樣出身的人面前，自然完全不夠看。

不過瞧著姜桃親自為他泡茶，一雙白淨素手掀開茶蓋，另一隻手拈茶葉放進去，再提起小爐上暖著的小壺倒熱水……平凡無奇的一件事，由她做來，卻是那麼賞心悅目，令人挪不開眼。

沈時恩還沒喝上，就已經覺得熨貼無比。

他將茶盅握在手裡，發出一聲舒服的輕嘆，而後才注意到屋裡還有旁人。

他只當是姜桃的堂姊妹或朋友，微微頷首算是打過招呼，而後便轉過臉，跟姜桃說話。

「這幾日採石場已經歇工，本是早就想來探望妳。只是聽說妳家有些事要忙，便一直沒敢過來叨擾。今天大全幫著阿楊傳話，我便立刻過來了。」

姜桃沒想到姜楊會幫著自己傳話，心道果然沒白疼這個小子。不過這弟弟素來看她看得緊，怎麼突然轉了性子？怕是中間又誤會了什麼。

姜桃抿了抿唇，說：「我家的事也不是什麼秘密，外頭應該都傳遍了，就是分家。」

沈時恩點頭，有心想問她在分家中有沒有受委屈，但旁邊還杵著個大活人，一些體己話就不好出口了。

他微微蹙眉，又看了錢芳兒一眼，這人怎麼一點眼色都沒有？他們未婚夫妻說話，她待在這裡聽個什麼勁兒呢？

自沈時恩進來後，錢芳兒就一直瞥他，滿腹心思正不知道如何訴說，猛地發現沈時恩也在看自己，眼睛一亮。

「這位公子……你還認識我嗎？」

這話沒頭沒腦的，沈時恩愣了一下。

姜桃已經瞧出不對勁，目光在沈時恩和錢芳兒身上轉了兩轉——

錢芳兒看向沈時恩的目光又直白又癡纏，說話時，臉上的紅暈還明顯得很，任誰瞧了都知道，是少女遇到意中人才會有的表現。

再聯想到錢芳兒方才同她說的話，姜桃心中便隱隱有了猜測。

而沈時恩也察覺到錢芳兒的不對勁。那種目光對他來說並不陌生，沒頭沒腦搭訕的話更是沒少聽，尤其從前還在京城的時候，許多大膽的世家小姐見了他也會這般，所以他習以為常，也並不以為意。

若是別的時候就算了，現在他和自己的未婚妻一起，這姑娘還這樣，就讓他不高興了。

他面色微沈，掀了掀唇，正要回答，恰好外頭響起了錢氏呼喚的聲音。

錢氏來了姜家之後，就陪著孫氏說話，後頭沈時恩去拜會二老，她也看在眼裡。本以為自家閨女會有眼力地躲出來，沒想到都過了快一刻鐘，閨女還不見蹤影。

錢氏乾脆來喊人了，說時辰不早，該回去準備年夜飯了。

又是自家娘親來打擾他們！錢芳兒很不情願地起身，走到門口還戀戀不捨地咬住唇，多看了沈時恩兩眼。

沈時恩背對門口而坐，自然看不到她這番小女兒嬌態。

但姜桃的位置正好把錢芳兒的姿態全瞧在眼裡。

生平第一次，姜桃覺得有些吃味。

她和沈時恩的姻緣本就起於他危難時的搭救，但沒想到原來沈時恩救過的女子並不只她一個。

雖然她早知道他是個情深義重的好人，又有一身好本事，若是路見不平，肯定會施以援手。也是因為他那麼好，所以在姜家逼著她訂親、鬧出烏龍的時候，她對他只是萌生好感。但是現在想來，這優點反倒讓她心裡覺得酸酸澀澀的呢……

不容姜桃細想，沈時恩見錢芳兒走了，便問她剛剛那人是誰？

姜桃拿眼尾掃他一眼，聲音低低地道：「是給我作媒的錢嬸子的女兒，和我從前算是有些交情。」

沈時恩見她心情不好，又特地說了「從前」，想著從前有交情，現在怕是不算朋友了，所以也沒遮掩，直接說出心中所想。

「她這裡……」沈時恩指了指自己的腦袋。「是不是有些問題？」

他不是罵人，而是很認真地問。畢竟正常人會在別人的未婚夫面前做那種反應嗎？剛剛在鬧小脾氣的姜桃聞言，忍不住噗哧一聲笑出來，然後越想越好笑，笑了好一會兒都停不下來。

沈時恩也不明白她為何發笑，只見她方才還懨懨的，此時笑了才有生氣，也跟著她彎了彎唇角。

半晌以後，姜桃笑不動了，捂著發痛的肚子停下來。

沈時恩遞熱茶給她，她喝過一口，才道：「得虧錢芳兒走得早，不然現下聽到你這話，怕是要難受得哭鼻子。」

「嗯？我又不認得她，為什麼要哭？」

姜桃越看他這鋼鐵直男的樣子，越覺得可愛，忍住想掐掐他臉頰的衝動，笑道：「我先問你，不久前，你有沒有去過山上剿匪？」

「有吧。」沈時恩想了想，道：「我遇到妳之前，遇到兩夥賊人，便把他們都收拾了，再弄成自相殘殺的局面。不過我自認做得還算高明，妳怎麼會知道的？」

姜桃笑著點頭，說確實高明，現在外頭也是那麼傳的，但是他做得高明有什麼用啊？還有證人在場呢！

沈時恩摩挲著下巴回想，他當時就想著處理京城的探子，遇上土匪只是意外之喜，方便他掩蓋自己的痕跡。他記得已把那一夥土匪收拾乾淨了啊，連匪寨都一把火燒了，怎麼還會有什麼證人？

姜桃也不逗他了，把錢芳兒同她說的「英雄救美」的故事告訴他。

沈時恩這才恍然大悟。「是有那麼回事，我遇上土匪的時候，他們好像搶了個人來著，沒想到竟也是你們村裡的人。」

他說著，不覺笑了笑，陰差陽錯地救了人，還是同自家未婚妻有交情的，這不是他們的緣分是什麼？

「你怎麼對她一點印象都沒有了呢？」姜桃眼睛亮亮地看著他，聲音裡帶著一絲自己都沒察覺到的小得意。「她生得那麼好。」

生得好嗎？沈時恩努力回憶一下，依稀只記得對方是一雙眼睛、一個鼻子一個嘴，生得挺齊全的。

他懶得再細想了，而是想起別的，挑眉探近身子，問道：「方才還沒什麼精神，現在忽然這般高興。難不成妳之前是在吃味？嗯？」

他嗓音低沈醇厚，「嗯」的那一聲，尾音上揚，帶著無盡的繾綣和笑意，像貓爪子在輕輕撓人心肝一般，讓姜桃的心跟著微微發顫。

按沈時恩預想的，這種情況下，姜桃應該會被說得害羞起來，然後紅著臉頰、垂下眼睛，慌亂得不敢瞧他……起碼在他對女子有限的認知裡，當年他長姊在他那位姊夫面前，也是如此表現的。

但現實和他預想的完全不同，姜桃確實是臉頰微微發紅，卻沒有含羞垂首，而是大大方方地抬頭迎向他，笑道：「你說得不錯。」也往前探了探，目光從他的額頭一路向下，滑過鼻梁、嘴唇，直到下顎。「誰讓我家未來夫君生得如此之好？」

兩人離得近了，呼吸纏繞在一起，反倒是沈時恩不好意思起來，彷彿他才是被調戲的那個，便垂下眼睛。「說的是妳吃味的事情，怎麼又扯到我頭上？」

「這怎麼沒關係呢？若相貌生得不好的救了人，對方會說『壯士大恩大德，小女子無以為報，只能下輩子做牛做馬』。而像沈二哥這樣相貌生得好的，『小女子無以為報』後頭，才會接一句『只能以身相許』。」

沈時恩被她這說詞逗笑了，樂道：「哪裡看來的歪理？」

姜桃彎了彎唇，沒接話，還能從哪裡看來的，當然是現代的電視劇裡！

沈時恩又笑著問：「那妳當時心悅於我，難不成也是因為承了我的恩惠，見我生得不錯，才想以身相許？」

這又是誤會一樁了，當時她是對他抱有好感，但更主要的還是為了阻止姜家人給她隨便說親，哪裡會想到他就是來相看的那個，又恰好讓他聽著了呢？

不過也因為這樁誤會，他們兩個才訂了親。

姜桃覺得這是一場美好的誤會，便沒多解釋。

「咳咳——」姜楊的假咳聲又從屋門口傳來。

他咳嗽完進了屋，見他們不過隔著半個人的距離，眉頭又皺起來。

姜桃見了他，便招了招手說：「你來得正好，我有話和你們說。」

姜楊心道可不是來得正好，他要是再晚來些，他們就要膩在一處了。

姜楊坐下之後，姜桃收起笑意，正色看向沈時恩。「有兩件事，要託沈二哥幫忙。」

「妳這話說得客氣，只管說便是。」顧忌到姜楊在場，沈時恩把後半句「反正馬上我們就是一家子」的話給嚥回去。

「正月月尾就是咱們的婚期，過年這幾日大家又忙著過年節，城裡的住處也該早早準備起來了。」

沈時恩點頭，聽她接著道：「之前你送來的野豬，爺爺賣了二百兩，我們得了一百兩。阿楊為我買了些東西，只剩八、九十兩。我們不方便去城裡，只能麻煩沈二哥去尋住處。」

沈時恩搖頭，說這怎麼是麻煩，本就是他該做的，便是姜桃不說，他也會做。

不過他不肯接姜楊拿出來的銀票，道：「這本是給妳家的聘禮，婚後的住處本是我該準備，怎麼好再把聘禮收回。」

這不用姜桃開口，姜楊就幫著勸道：「二哥先收著吧，咱們不必計較那麼多。要是真計較，我和阿霖反倒不好意思去住了。」

姜桃知道他武藝了得，又怕他為了籌錢再去獵那等危險的獵物，也幫著一道勸。

沈時恩這才收下五十兩銀票，說若是不夠，他再想辦法。
「那第二件事呢？」
姜桃說第二件比較麻煩，壓低聲音告訴他們。
半晌之後，沈時恩點頭道：「好，這也容易。」
他依舊不問前因後果，這種信任讓姜桃覺得十分受用，連姜楊看向沈時恩的目光裡，也少了防備，多了些讚賞。

第二十二章

三人坐在一處說一會兒話，姜霖在外頭放完爆竹，跑進屋裡。

見到沈時恩，小姜霖激動地叫了一聲，然後像黏皮糖似的膩到沈時恩身邊，一會兒問姊夫怎麼來了？是不是來看姊姊和他的？一會兒又問姊夫什麼時候教他練武？長大了也要像他那麼厲害。

沈時恩沒什麼同孩子相處的經驗，但姜霖這一口一個姊夫，喊得他無比受用，同他說話時，不由溫柔了幾分，當下保證，往後只要他想學，他肯定教。

小姜霖嘴也甜得很，「姊夫最好了」、「姊夫就是天上下凡的仙男」，這種話不要錢一般往外倒。

一大一小湊在一處說了好一會子話，姜霖突然有些扭捏地道：「姊夫能不能……能不能抱我出去逛逛？」

姜楊見他太放肆了，開口道：「沈二哥是來咱們家做客的，你別一直這麼纏著他！」

姜霖也覺得不好意思，小聲解釋道：「可是往年爹爹還在時，他會抱著我到處去。剛才我和姜傑在院子裡放爆竹，二伯抱他出去玩，他還得意地對著我挑眉。我、我……」

原來他是想爹了。

姜楊這才歇了說他的心思，心情也變得有些低落。

這時，姜桃站起身拿了擦洗的抹布。「我要幹活了，都出去玩，別打擾我。」

沈時恩二話不說，把小姜霖扛上肩頭，讓他坐在肩膀一側。

姜霖快樂地尖叫一聲，用胖手抱住沈時恩的脖子，嘴裡還不忘揶揄姜楊。「可惜哥哥太大，不能坐在姊夫肩上喔！」

「誰稀罕哪！」姜楊沒好氣地回嘴。

姜霖神氣活現地揚了揚下巴，催促著沈時恩帶他出去。

姜桃見狀，推姜楊一把。「你也去，整日就知道關在屋裡讀書，也出去走走。」

姜楊這才「勉為其難」地跟上。

姜桃看著他們走出屋的背影，又忍不住彎了彎唇。

不久，孫氏來屋裡喊姜桃，傳姜老太爺的話，說孫女婿既然來了，今天一道吃年夜飯。

「阿桃去灶房幫忙，做道菜出來，讓他嚐嚐妳的手藝。」

往常，姜家灶房裡的活計，都是孫氏帶著兒媳婦在忙。

雖然灶房裡的活計不算輕鬆，但趙氏和周氏卻沒想說用這個來為難姜桃。倒不是她們發了善心，不願見姜桃幹活，而是灶房的東西多，油水也多，妯娌倆時不時拿些東西給自家孩子做好吃的，可不願意姜桃來分一杯羹。

眼下孫氏特地來說了，姜桃便放下抹布，跟著她一道去了灶房。

趙氏和周氏正在準備年夜飯，見了姜桃，臉就沈了幾分。

姜桃只裝看不到，笑吟吟地喊了人。

老太太說：「孫女婿送來的野兔已經收拾好了，妳就做這個吧。」

姜桃哪敢接話啊，她哪來的什麼手藝，幾輩子也沒下過廚房。而且原身在灶房裡最大的本事就是燒個火、添個柴，她想從記憶裡現學作弊都不成。

「野兔難做，我還是炒個雞蛋吧。」

這時候沒有番茄，辣椒也是鄉間不常見的東西，但灶邊有幾把水靈靈的小蔥，姜桃就準備做個小蔥炒雞蛋。

孫氏也知道從前小兒媳在的時候，對這孫女寶貝著，不會做菜很正常，就沒為難她，只說她看著辦就好。

姜桃捲起袖子，洗了手，拿起灶上碗裡的肥肉往鍋裡一抹，接著才想起來，雞蛋還沒打呢，又去拿碗筷，有些手忙腳亂地開始打蛋。

趙氏和周氏抱著手，在旁邊看她的笑話，這丫頭自打病了一場，就變了個人似的，分家之後她們才知道，她居然在廟裡學會刺繡，繡出來的東西賣了不少銀錢。要不是她做起廚房的事來還這麼笨手笨腳，她們還真以為她被仙人眷顧，變得無所不能了呢。

後頭周氏使壞，趁著姜桃轉身的工夫，往灶膛裡又添了一把柴。等她準備出鍋的時候，趙氏也跟著下手，在鍋裡放了一大勺鹽。

於是，姜桃本來會做出一盤火候不好的炒雞蛋，這下子成了盤顏色偏黑的奇怪東西。

姜桃皺著臉，想嚐嚐味道，趙氏和周氏卻催著她端出去，說這雞蛋沒問題，老了一些而已，今天年夜飯，上的菜多，放角落裡沒人注意。她們的事情還多著，就別擋在這裡了。

正好外頭傳來姜霖的尖叫聲，姜桃也顧不上雞蛋了，把盤子一放，就出去看了。

院子裡，沈時恩讓姜霖踩在肩膀上，扠著腰，神氣活現地準備點鞭炮。

一般鞭炮都是垂到地上的，不會掛得這樣高。

但此時院子裡的鞭炮明顯是故意被放到高處，鋪在屋頂上，尾梢只比屋簷低一點點。

姜桃正覺得奇怪，只見姜霖又笑又叫地對她招手。「姊姊快來看，姜傑故意讓二伯踩著梯子，把鞭炮放這麼高，不讓我點。可是這也放得太高了，二伯抱著他都點不到，只能讓我點啦！」

旁邊的姜傑被姜直抱著，聽了這話，氣得整張臉皺起來，氣鼓鼓用拳頭捶他爹的肩膀。

這種一長串的大鞭炮，在姜家是稀罕的東西，一年也不會放幾次。往年爺爺是讓小叔抱著姜霖點，今年小叔不在了，他就故意磨著他爹，把鞭炮掛到高處，沒想到掛得高過了頭，居然讓姜霖撿了個便宜！

這時，姜老太爺說時辰到了，可以點了，就把線香遞給姜霖。

別看姜霖年紀不大，點鞭炮卻是熟手，絲毫不慌地點了引線，然後催著沈時恩快跑。

沈時恩單手把他從肩頭提下來，在第一聲鞭炮響起之前，退了開去。

姜霖笑得比任何時候都快樂，咯咯笑個不停。

姜桃拿了帕子走到他們身邊，給沈時恩撣肩頭的灰。「你不要這麼縱著他，這小子看著乖巧，也有滑頭的時候，以後該沒事就纏著你了。」

沈時恩不以為意地笑了笑，又把小姜霖提著坐到另一邊肩頭，只說了一句「應該的」。

姜霖又開始猛拍他的馬屁。

等鞭炮放完，姜老太爺讓眾人進屋，準備上桌吃飯。

姜桃笑著把姜霖從沈時恩肩頭抱下來，小傢伙下了地，還戀戀不捨地看著他的肩膀，不肯挪眼。

姜桃一邊牽著姜霖進屋，一邊笑著說他。「下回不能這樣了，坐一坐就算了，怎麼能踩在人身上？你像個小胖子似的，把人踩疼了怎麼辦？」

姜老太爺十分滿意沈時恩同姜霖的相處，往堂屋走，笑著同他道：「方才我特地讓阿桃親自做了一道菜，你今日可得好好嚐嚐。」

說著話，幾人進了屋，姜桃和姜老太爺唇邊的笑意隨即僵住了——

一大桌菜餚中間，赫然擺著一盤格格不入的炒雞蛋。

它那麼特別，特別的黑，一下子就成為不可忽視的存在。從某個角度來說，其他菜餚在這時全淪為了它的陪襯。

姜老太爺當即沈了臉，以為是兩個不省心的兒媳婦又出什麼昏招，故意給他難堪。

還不等他說話，趙氏和周氏笑呵呵地端著別的菜從灶房過來了。

「爹，快嚐嚐阿桃的手藝。」趙氏指著那盤黑炒蛋說。

姜老太爺這才知道是姜桃做的，看向姜桃的眼神變得一言難盡。

他知道小兒子和小兒媳婦嬌養孫女，卻沒想到她連一盤炒雞蛋都能做成這樣。若是自家人也就罷了，偏偏孫女婿還在呢。雖說不至於為了一盤雞蛋壞了親事，但多少有些影響——誰會願意娶個連簡單飯菜都做不好的婆娘啊！

姜桃也尷尬死了，可能是之前一點點看著雞蛋變黑，出鍋時也沒覺得多難看。更沒想到，她這兩個伯母已經無聊到這種程度，居然特地把她做壞的菜放到了菜餚中間。

其實也不怪趙氏和周氏做這種無聊事，之前她們倒是做了好幾樁不無聊的，哪一件成功了？不都偷雞不著蝕把米嗎？現在哪還敢盤算大計劃？只能從小事入手，給姜桃添添堵。

沈時恩本想回絕姜老太爺留他吃飯的美意，畢竟他一個人過來的，蕭世南還留在採石場那邊。

這幾年他們兄弟倆沒過過像樣的年，但兩人在一處，總是彼此的慰藉。

但現下這個情況，他反倒不好走了，不然怕姜家人誤以為他是看不上姜桃的手藝，尋了藉口遁去。

「挺好的。」沈時恩微微頷首。「從前跟阿桃提了，我口味特殊，愛吃火候老一些的。沒想到阿桃一下子就記住了，實在有心。」

這話傻子聽了也不會相信。

唯有姜霖傻乎乎地笑。「姊夫的口味真奇怪。」被姜桃捏住臉，才沒接著說下去。

落坐之後，沈時恩道聲「失禮了」，就把那盤黑炒蛋挪到自己眼前。

姜老太爺見他這樣行事，對他更是滿意，讓人拿酒來，招呼著大家吃飯。

沈時恩真動了筷，面不改色地吃起雞蛋來。

那盤雞蛋一共就打了三個蛋，他幾筷子下去，便去了小半盤。

連姜桃見了都忍不住懷疑，難道她做的菜只是賣相差了點，其實味道還可以？

這麼想著，姜桃把筷子伸過去，沒想到筷子還沒碰到雞蛋，就被沈時恩擋下了。

「不是特地為我做的？怎麼還跟我搶呢？」

哇。我可能真的是個廚藝小天才！這種念頭在姜桃腦海裡冒出來，笑著縮回了手。「不搶不搶，你吃吧。」

別人或許以為那黑雞蛋只是賣相差，趙氏和周氏兩個始作俑者卻知道那菜裡擱了多少鹽。初時她們還只是看笑話，後頭越看越不對勁，沈時恩吃得太香，好像真的在吃什麼絕世美味的菜餚一般。

還沒成親呢，這苦役就把姜桃護成這樣了。

再看看她們的男人，姜正和姜直只顧著埋頭苦吃，跟豬刨食似的。

感受到自家婆娘的目光，姜正抬起頭，道：「這個魚有點淡了。」

姜直也跟著點頭。「大哥說得不錯，這魚淡了，便有點腥。」

趙氏和周氏氣得，要不是顧忌公婆在，恨不能一人給他們一拳。

農家人吃飯不講究規矩，熱熱鬧鬧地說話吃菜，沒多久便吃完年夜飯。

姜霖已經兩個月沒吃過肉，只有年節時可以不講究，吃得肚子脹得像個小皮球似的。

姜桃怕他積了食，讓姜楊帶著他去院子裡散散步。其他人也下桌了，只剩沈時恩和姜正、姜直陪著姜老太爺喝酒。

姜老太爺酒量很好，下聘那日，他帶著小輩敬酒，自己也喝了不少，卻沒有半點醉意。這一點姜家沒人遺傳到，都是一、兩碗就會臉紅，所以姜老太爺同沈時恩喝得高興，不肯放他走了，還說反正要守歲，不如喝過子時，然後直接住下。

沈時恩便說弟弟還獨自在家，不好放著他不管。

姜老太爺雖在興頭上，但不是不近人情，喊來趙氏和周氏去灶房再做幾個菜，讓沈時恩帶回去，也就放行了。

姜桃披了件披風送他出門，外頭天色已經暗下來，嗚嗚地颳著冷風。她算穿得多了，依然凍得瑟縮一下。

沈時恩就不讓她送了，說自己認得路。
姜桃沒有硬撐，這就回去，猶豫一下，才壓低聲音道：「我以後會好好練習做飯的。」
剛開始她看沈時恩吃得香，還真生出自己做菜不難吃的錯覺。但姜家過年不寒磣，桌子上有魚有肉，沈時恩卻只揀她的雞蛋吃，就很不對勁了。
那肯定真的很難吃，難吃到要是旁人嚐到，都會笑話她的地步。
姜桃心裡又甜又暖，又有些不好意思。
她這未來夫婿真的很好很好，即便是苦役的身分，也不能掩蓋他的長處。反觀她，除了會做刺繡，別的什麼都不懂。日後住在一處，怕是還要沈時恩來照顧她和弟弟的起居。
所以姜桃很認真地保證。「我會好好學的，你相信我。」
看她這麼嚴肅的模樣，沈時恩忍不住撇過臉，悶聲笑了起來。
「好。妳這麼聰明，以後一定能做出最美味的菜餚。」
她當然聰明。姜桃得意地昂起下巴，驕傲得像隻揚起尾巴的貓。
「快回去吧。」沈時恩伸手幫她攏攏披風。「明日拜年，我再過來。」
姜桃也確實覺得冷了，同他揮揮手，便腳步輕快地往回走。
沈時恩直到看著她進了屋才轉身。
有時他會覺得自家這未來妻子總是顯示出一股不符年紀的灑脫和淡然，好像歷盡滄桑一般。今日這樣，倒是顯出了一些稚氣，可愛得很。

半個時辰後，沈時恩回到採石場。

平時人滿為患，現在則冷清得沒有半個人影，眾人不知道去哪裡過年了。

唯有蕭世南守在屋裡，見了他便幽怨地說：「二哥，不是說去姜家看看就回來了嗎？怎麼去了這樣久？我還以為你要守完歲才回來呢。」

沈時恩歉然道：「因為一些事情，耽擱了一下。你還沒吃飯吧，我帶了飯菜回來。」

蕭世南卻說不想吃。

沈時恩了解自家表弟的貪嘴性子，今日見他一反常態，連胃口都沒有了，想來應該是真的生氣了。

他輕嘆一聲，道歉的話剛到嘴邊，就聽蕭世南打了個響亮的飽嗝。

沈時恩。「……」

蕭世南連忙捂住了嘴，尷尬地笑道：「餓的，這是餓出來的！」

「大全給你送過飯了？」沈時恩嗅著屋裡的味道，從角落裡找出食盒。

蕭世南低低地嗯了聲。

其實他不是有心要騙人的，只是怕表哥有了媳婦，就把他忘了。尤其下午採石場的人都成群結伴地找地方過年去，還打趣他，說他哥有了媳婦，便不管他了。

蕭世南說他哥不是那樣的人，旁邊的人便笑道：「你哥一月就成親了，成完親總不能還和咱們住一處，肯定要找地方搬。到時候，你被剩下了，可別哭鼻子。」

蕭世南是整個採石場的人看著長大的，他們還把他當孩子騙。

蕭世南嘴裡說不可能，心裡卻真的有些慌。京城他是回不去了，就算回去，也會替家裡招禍。如果表哥也把他撇開了，他該何去何從呢？

沈時恩沒怪他，只道：「吃飽了就早點睡，咱們明日一道去姜家拜年，拜完年就要開始忙活了。」

蕭世南問忙什麼，沈時恩道：「要開始找房子，我和阿桃商量一下，成親後搬去城裡住。到時候她兩個弟弟也要在城裡念書，平時也要在那裡落腳。加上咱們倆，一共住五個人，得找個寬敞些的宅子才成。」

「五個人？」蕭世南臉上的愁色頓時褪去，立刻脫鞋上床，乖乖躺下。「好好，那我睡了，明天拜完年就開始看宅子！」

沈時恩好笑地搖了搖頭。

大年初一一大早，姜老太爺在自家門口放了一串鞭炮，就開始有人上姜家拜年。

姜家祖上是從姜家村分出來的，這些年雖然同那邊聯繫得少，但重大節日還是會來往。

姜桃陪著孫氏待客，把這些面生的親戚全認了個遍。

接著，沈時恩帶著蕭世南來，親戚們又多了話題，打趣姜桃也算否極泰來，找了這麼個相貌堂堂的夫婿。

趙氏和周氏在旁邊作陪，心裡卻譏諷，別看這些人說的比唱的還好聽，早些時候姜桃還沒訂下親事和婚期時，這些人可嚇壞了，連面都不敢露，現在倒來裝親熱了。

屋裡的茶水喝完，趙氏提著水壺出來續熱水，卻見在床上養了幾天、一直下不來床的姜柏突然出了屋。

趙氏問他。「柏哥兒，你忙什麼呢？我都和你爺爺說好了，你身子還沒好全，不用出來見客。」

姜柏的臉色還是發白，顯得整個人越發陰鬱，壓低聲音道：「我不是出來見客的。娘，今日家裡人多，妳想辦法把姜楊的書房鑰匙偷出來。」

趙氏嚇得差點把手裡的水壺掉在地上，連忙環顧四周，確定沒人在屋外，才小聲道：「你是不是病壞了腦子？在你爺爺的眼皮子底下偷鑰匙，是嫌你娘命太長嗎？」

姜柏白著臉沒吭聲，趙氏又接著勸道：「現在你的身子還沒好透，先歇著。等過完年，咱們搬家，小病秧子也去城裡讀書，趁你爺爺不注意的時候，再來拿書。到時候咱們一推託，你爺爺沒有證據，怪不到咱們頭上。」

姜柏不耐煩地道：「二月就是縣試，過完十五還剩幾天？我不多拿，只拿幾本科考相關的。那一屋子藏書，少那麼幾本，看不出來的。」

趙氏還是不肯，實在是被前頭的事嚇破了膽子。
最後，姜柏也沒能說動她，只得恨恨地回了屋。
然而，這天入夜時分，所有客人都離開後，一道黑影出現在三房書房外頭……
——未完，待續，請看文創風883《聚福妻》2

2020年9月出版

文創風 878～879

野蠻娘子求生記

顏末原本只想在這個陌生的世界好好活下去，
不料這個從不近女色的男人，卻願與她一生一世一雙人……

面對愛情，鋼鐵也成繞指柔／垂天之木

大難不死的顏末，意外穿越到了大瀚朝，
在這男尊女卑的古代，為了活下去，只好先混進國子監浣衣舍，
卻因緣際會，幫了大理寺卿邢陌言的忙，得以晉身當個小跟班，
這對前世是警界霸王花、蟬聯三屆全國散打冠軍的她來說，
還真是適得其所呀！不就是換個地方打擊罪惡嘛！
但是顏末想錯了，掌管司法的大理寺可不是好混的，
尤其那個大理寺卿邢陌言更是冷酷狡詐，不但強迫她每天練字練到手痠，
還老是揪住她的小辮子，似乎等著要拆穿她的底細……
紙包不住火，顏末的身分終於曝光了，
正憂心被踢出大理寺後該何去何從時，只聽到邢陌言淡淡的説——
「妳是特別的，所以讓妳留下來。」
這句話曖昧又撩人，顏末捂著怦然跳動的心，
不禁憧憬著與邢陌言一生一世一雙人的承諾……
在隨後追查失蹤人口的事件中，意外牽扯出十多年前的巫蠱之禍，
揭開了邢陌言的驚人祕密，而這個祕密竟關係著他與顏末的未來……

為流浪貓狗加油 和貓寶貝 狗寶貝

廝守終生(一定要終生喔！)的幸福機會

對人來說，貓寶貝狗寶貝只是生活的一部分，但妳（你）對牠們來說，卻是生活的全部，領養前請一定要考慮清楚——

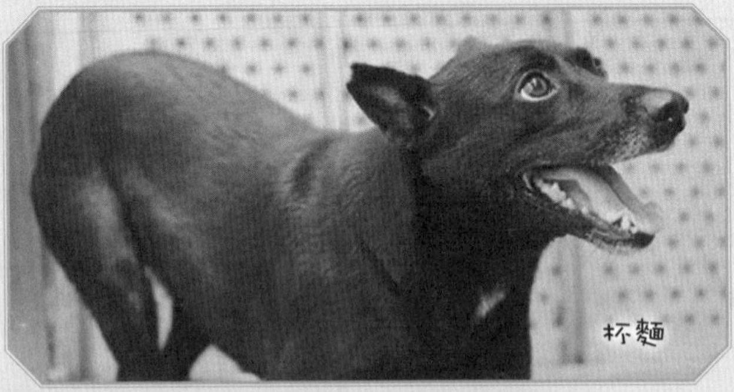

杯麵

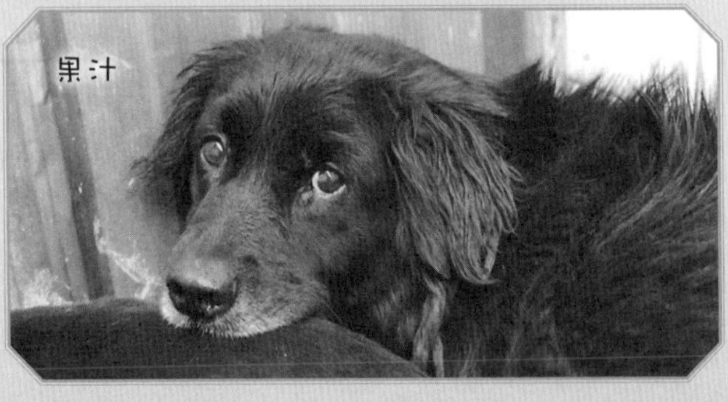

果汁

▲ 帥氣可愛卻害羞的 杯麵和果汁

性　　別：女生
品　　種：米克斯
年　　紀：成年，實際年齡暫無法評估
個　　性：超害羞緊張
健康狀況：均已除蟲除蚤
目前住所：新北市板橋區（板橋動物之家）

本期資料來源：板橋動物之家

『杯麵和果汁』的故事：

擁有一身短黑毛的杯麵和長黑毛的果汁，是3月時於板橋區重慶路上的菜園被拾獲，目前暫居在收容所內，可由於以前在外面流浪時，被人驅趕過導致心理受傷，又加上所內狗狗太多，讓牠們個性越發緊張。初來乍到時，杯麵不敢與人眼神直視，貼著牆壁發抖；果汁則怕得把臉埋起來，不敢好好看看周圍環境，兩隻總是亦步亦趨的窩在一起。

幸好經過志工們無微不至的關懷陪伴，溫柔安撫牠們倆的不安，最近才敢低垂著眼睛偷看志工一眼，甚至給小摸一下，偶爾還會吐舌頭露出微笑，即使現在仍會閃躲人，要等志工離開後才會吃食物，可牽出戶外放風跑跳將指日可待了。

希望能出現有緣的認養人，讓可愛的杯麵和帥氣的果汁離開這個容易緊張的環境，即使牠們對人還有一些陰影，相信只要持續的互動，一定會慢慢改變，敞開心房與人親近。

認養杯麵和果汁時建議用運輸籠帶走。有意願者（最好是有養狗經驗者）請私訊臉書專頁：板橋動物之家志工隊，讓杯麵和果汁勇敢活出自己！

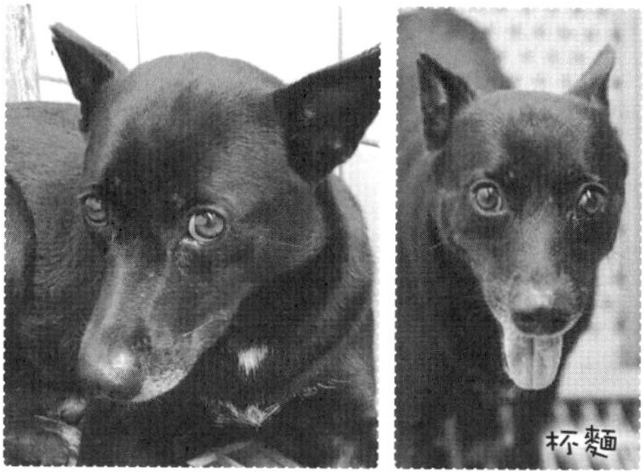

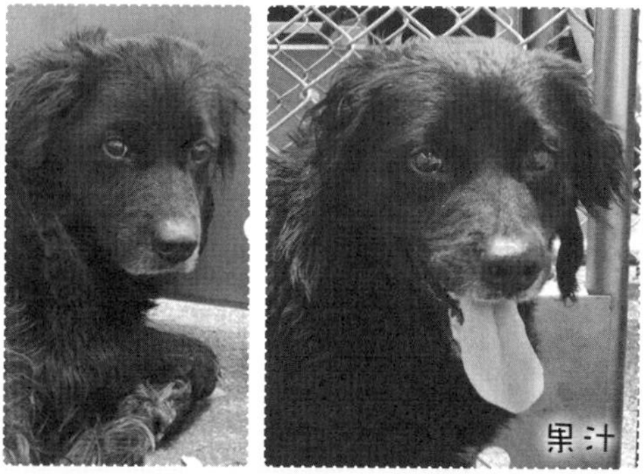

認養資格：

1. 認養者需年滿20歲，且具備飼養寵物之耐心。
2. 攜帶你的 [身分證] 和狗的 [提籠] 至現場辦理認養手續。
3. 須同意簽認養寵物切結書。
4. 須同意送養人日後之追蹤探訪，對待杯麵和果汁不離不棄。
5. 認養者可自行評估能力，無須一次認養兩隻。

來信請說明：

a. 個人基本資料：姓名、性別、年齡、家庭狀況、職業與經濟來源等。
b. 想認養杯麵和果汁的理由。
c. 過去養寵物的經驗，及簡介一下您的飼養環境。
d. 若未來有結婚、懷孕、出國或搬家等計劃，將如何安置杯麵和果汁？

文創風
882

聚福妻 1

國家圖書館出版品預行編目資料

聚福妻 / 踏枝著. --
初版. -- 臺北市 : 狗屋, 2020.09
冊 ; 公分. --（文創風）
ISBN 978-986-509-139-2（第1冊：平裝）. --

857.7　　109010466

著作者　踏枝
編輯　安愉
校對　黃薇霓
發行所　狗屋出版社有限公司
地址　台北市104中山區龍江路71巷15號1樓
電話　02-2776-5889～0
發行字號　局版台業字845號
法律顧問　蕭雄淋律師
總經銷　知遠文化事業有限公司
電話　02-2664-8800
初版　2020年9月
國際書碼　ISBN-13　978-986-509-139-2

本著作物由北京晉江原創網絡科技有限公司授權出版

定價260元
狗屋劃撥帳號：19001626
網址：love.doghouse.com.tw　E-mail：love@doghouse.com.tw